Scritt

**Dello stesso autore
nella collezione Oscar**

*L'avventura d'un povero cristiano
Fontamara
Una manciata di more
Il segreto di Luca
Il seme sotto la neve
Severina
Vino e pane
La volpe e le camelie*

Ignazio Silone

La scuola dei dittatori

Introduzione di Claudio Marabini

OSCAR MONDADORI

© 1962 Arnoldo Mondadori Editore S.p.A., Milano

I edizione Narratori italiani giugno 1962
I edizione Scrittori italiani e stranieri maggio 1974
I edizione Oscar Mondadori gennaio 1977

ISBN 88-04-45510-1

Questo volume è stato stampato
presso Mondadori Printing S.p.A.
Stabilimento NSM - Cles (TN)
Stampato in Italia - Printed in Italy

Ristampe:

10   11   12   13   14   15   16   17   18

2000   2001   2002   2003   2004

La prima edizione Oscar Scrittori del Novecento
è stata pubblicata in concomitanza
con l'ottava ristampa
di questo volume

Il nostro indirizzo Internet è:
http://www.mondadori.com/libri

Introduzione

La scuola dei dittatori è un'opera saggistica risolta in dialogo: una forma che Silone userà anche nell'*Avventura d'un povero cristiano* (qui con compiuta sceneggiata teatrale) e che compare anche in più parti dei suoi romanzi, in particolare dove si inseriscono i dibattiti morali e ideologici più elevati.

Nella *Scuola dei dittatori*, come dice il titolo, lo scrittore intende rivelare i nascosti meccanismi delle dittature a due americani che compiono, qui in Europa, un viaggio di istruzione inerente questa materia. I due americani sono mister Doppio Vu, che aspira a guidare l'America sull'esempio di Mussolini, Hitler e Stalin, e Pickup, un professore ideologo, suo accompagnatore e ispiratore, inventore di una teoria politica che si chiama «pantautologia» e che significa che «lo Stato non può essere che lo Stato». La futura dittatura americana dovrebbe nascere dal definitivo declino della democrazia.

Si deve notare il tono ironico della situazione e talora persino qualche punta di comicità nel dibattito che nasce quando i due, giunti a Zurigo, incontrano un fuoriuscito italiano, un'oppositore del regime che ha dovuto riparare all'estero, di nome Tommaso il Cinico, che può illuminarli nelle loro ricerche proprio perché egli viene dall'opposizione e conosce, per averli combattuti, i meccanismi del sistema.

Tommaso il Cinico esclude una prassi del colpo di Stato, indica l'individualismo dei dittatori come uno dei fattori costitutivi dei regimi dittatoriali e analizza profondamente l'interna corrosione delle democrazie. Lo svuotamento degli istituti liberali e il loro accentramento burocratico è causa determinante nel nascere delle dittature, a cui si unisce la crisi interna del socialismo. L'analisi penetra nella dinamica delle classi e dei gruppi all'interno delle società in trasformazione, del loro sorgere e fiancheggiare i conati assolutistici, e in quella delle masse, che stanno alla base della fortuna di questi regimi e del tipo di civiltà in cui oramai sono immersi. Il dittatore interpreta la massa, i suoi variabili umori, se ne fa incarnazione e idolo. Ma se questo è l'andamento generale della Storia contemporanea, l'uomo libero si oppone, sta dalla parte del libero giudizio e della dignità. Tommaso il Cinico conclude dicendo di non credere «che l'uomo onesto debba necessariamente sottomettersi alla Storia».

*

Silone inserisce l'invenzione dell'incontro e del dialogo che ne segue in un contesto autobiografico. L'ambientazione cronologica coincide con la permanenza dello scrittore in Svizzera come fuoriuscito. D'altro canto l'ironia e la comicità non debbono trarre in inganno, in particolare quando l'autore chiede di non essere disturbato da visitatori e intervistatori. Sappiamo bene che non ha mai abbandonato la lotta e quindi l'interesse per i problemi politici, come provano il messaggio di tutta l'opera e la biografia. Egli intende soprattutto esprimere il distacco o l'indipendenza da persone non troppo «attraenti», «degne di fiducia» o «discrete», che infestano l'ambiente internazionale e perciò non sono le più adatte a trattare o dibattere temi importanti, a cui si lega il destino di intere popolazioni e anche quello della libertà, e che richiedono molta fiducia e discrezione.

Una di queste persone è inventrice di una vera e propria scienza, la «pantautologia» appunto, che, al di là dell'ironia, significa il tutto di nulla e il nulla di tutto, mentre nella mentalità di chi la usa vuol dire che «ognuno è se stesso e non può essere che se stesso», e che questa può presentarsi non tanto come una filosofia da insegnare quanto come la dottrina ufficiale e obbligatoria dello Stato. A caricare il grottesco valga la pittura del personaggio, con la sua certezza missionaria, la sua sicurezza. «Il professore è vestito di nero, come un parroco, e anche la sua voce somiglia a quella d'un predicatore. L'abbondante criniera di colore giallo-granturco che gli corona la testa e l'ampia dentatura verde-gorgonzola gli danno un aspetto imponente, ma inoffensivo, di leone vegetariano».

Tommaso il Cinico è proiezione dello scrittore anche nel carattere: «aborre gli eufemismi e ha l'abitudine di chiamare le cose col loro nome»; e rievoca nel nomignolo una vita randagia e un'antica setta dei tempi socratici che anteponeva «al culto formale degli dei» la «pratica della virtù.» Inoltre «ama molto discutere ed essere contraddetto», per cui «preferisce la lettura dei libri e dei giornali degli avversari a quelli dei propri amici». «Quando egli non ha altri con cui dibattere, è stato osservato discutere con se stesso.» Che è definizione di una personalità ben nota, la quale non ama le situazioni di comodo, le verità pacifiche, e preferisce raggiungere la verità attraverso il contrasto: un uomo in lotta, che ha eletto l'avversario a suo perenne termine di paragone, il medesimo che sta al centro di tutta l'opera narrativa. Mancando l'avversario, egli lo trasferisce in se stesso e seguita a discuterlo. Ciò significa affrontare gli ostacoli sul cammino della verità, cercarla al di là di essi, essendo la verità un bene che si realizza nel continuo impegno e nella dedizione totale, in ogni momento della lotta.

*

La scuola dei dittatori per la materia e per la sua particolare natura formale non ha assunto il rilievo che merita nell'opera di Silone; eppure ha andamento vivace, spirito caustico, umore e ironia, e mostra tutta la «verve» polemica di cui lo scrittore era capace, e la profonda radice pratica del suo sentimento politico. Tutto ciò risulta meno dall'opera narrativa; qui invece viene a galla con evidenza diretta, fuori da ogni metafora, stante che l'invenzione dei due americani in esplorazione europea è ben lieve paratia.

Chi abbia a cuore la virtù saggistica di Silone e il vigore morale della sua prosa politica, col suo nerbo didascalico e dimostrativo, qua e là innervato di spunti narrativi, non può non attribuire il valore che merita a questo libro e considerarlo prossimo a *Uscita di sicurezza*, che contiene il meglio di questa parte dell'opera. Si libera in ogni caso qui, meglio che altrove, meglio addirittura che in *Uscita di sicurezza*, quella capacità di sorridere e ridere, pur con tutta la possibile amarezza, che i romanzi tendono a celare. Nella letteratura di Silone, severa e monocorde, certe pagine fanno macchia e arricchiscono felicemente una figura che ebbe evidentemente altre frecce nell'arco usato. Abbiamo parlato di ironia, umore e qualche tratto di comicità, ma il sentimento di fondo è il sarcasmo, il quale scaturisce da una ferita sanguinante e non destinata a chiudersi. Vero è che questo sentimento nei romanzi veniva filtrato dai personaggi e aveva necessità di patteggiare con essi e con la loro storia. Qui esce diretto dall'autore stesso, muove immediato dalla realtà storica e può puntare alla polemica, vale a dire a una proiezione sull'avvenire, mostrando le finalità pratiche.

Né la biografia, né la politica, né i tempi poterono sanare questa ferita, che col suo genere diede nutrimento alla letteratura. *La scuola dei dittatori* è un'appassionata perorazione, una paradossale indagine, un beffardo scherzo intorno a una malattia antica come l'uomo, ma vissuta in prima persona nelle sue presenti manifestazioni. Gli americani sono stati sul Rubicone, luogo dell'antica marcia su Roma, alla tomba di Napoleone, agli Invalidi, nelle birrerie di Monaco di Baviera, in Piazza San Sepolcro a Milano, dove furono fondati i Fasci di Combattimento: hanno compiuto un pellegrinaggio che pare esilarante oggi, mentre era ieri tetro e tragico. Anche Silone ride, ma col cuore gonfio. Non a caso la sua attenzione storica e il suo sentimento politico si sono allargati dal fascismo al nazismo e allo stalinismo, investendo il fenomeno in sé, il quale non conosce confini e mostra caratteristiche generali. L'analisi di Silone infatti penetra nella natura della civiltà moderna per individuarne le forze negative, le predisposizioni alla resa e alla possibile vittoria di chi voglia istituire una scuola di dittatura, con scolari votati a un silenzioso sacrificio.

*

Come è noto *La scuola dei dittatori* vide la luce in lingua tedesca a Zurigo nel '38 e uscì in Italia da Mondadori nel 1962, dopo che era stato pubblicato a puntate sul «Mondo». Prima dell'edizione italiana uscirono, con quella in tedesco, un'edizione americana, una inglese, una spagnola e una ebraica. Trascorsero la guerra e buona parte del dopoguerra prima che i lettori e la critica italiani potessero accogliere l'opera. Non solo, ma s'era nel frattempo praticamente esaurita la parabola narrativa, da *Fontamara* a *La volpe e le camelie*. La critica avvertì in questo libro l'atmosfera e la realtà degli anni lontani e una profonda analogia allo spirito di *Fontamara* e di *Pane e Vino*. Anche la *verve* saggistica, la forza polemica, parvero richiamare pagine di quella originaria narrativa. Lo spirito della «scuola dittatoriale» resta tuttavia a prima del Quaranta e all'esperienza dolorosa e ancora sanguinante del fuoruscito. La critica italiana sentì nel libro il Machiavelli del *Principe*; in realtà è vivissima l'esperienza politica siloniana, appena trasposta nella invenzione del dialogo, indubbiamente una delle più riuscite in tutta l'opera. Il libro vede lontano, tende a varcare i limiti storici, ma è frutto di storia patita. Nato praticamente alla macchia, si faceva conoscere in area italiana quando già certe paure si avviavano a dissolversi o mutavano natura. I vent'anni abbondanti trascorsi avviavano il mondo verso nuove esperienze. La stessa soluzione finale nella sua compattezza denunciava il rigore morale e politico di quegli anni di lotta. Non si seppe se accogliere il libro come racconto, saggio, trattato, *pamphlet* o brano teatrale; ma la tesi fu netta ed efficacissima, e agli orecchi attenti seguitò a parlare anche vent'anni dopo, cadute le dittature e i dittatori ma non venute meno nella società le premesse dell'antico male e le minacce.

Chi possiede questa attenzione sente questa voce ancora oggi. È sufficiente spostare lo sguardo dalle circostanze storiche all'uomo che sta al centro di una società che lo ignora e coi suoi ingranaggi tende a distruggerlo. Come scavalcava i dettagli cronistici della Storia, così Silone traversava le istituzioni per puntare alla sorte delle persone, al cittadino, in quella che chiamiamo democrazia: creatura debolissima quasi chiamata a farsi vittima. Alla fine il processo si dirige a una civiltà globalmente intesa e la componente politica diviene altamente morale. Nella *Scuola dei dittatori* vi sono le premesse di un discorso che Silone approfondì negli anni e che costituisce la parte più alta del suo pensiero. «L'umanità intera» egli scrive «è entrata in una crisi di civiltà e siamo con ogni probabilità appena all'inizio di una lunga serie di rivoluzioni, controrivoluzioni e disastri di ogni specie. È possibile un rimbarbarimento dell'umanità. Le masse possono ridiventare barbare con l'aiuto della guerra, della fame, della radio e di tutto il resto.»

Claudio Marabini

Ignazio Silone

La vita

Ignazio Silone, pseudonimo di Secondino Tranquilli, nacque il primo maggio del 1900 a Pescina dei Marsi, in provincia dell'Aquila. Il padre era un piccolo proprietario terriero, la madre una tessitrice. Silone perdette la madre nel terremoto della Marsica, all'inizio del 1915; il padre era morto un anno prima. Compì i primi studi al paese natale, fu convittore nell'Istituto Pio X di Roma, quindi ospite al pensionato di don Orione a San Remo. Frequentò il Ginnasio-Liceo di Reggio Calabria.

Prese parte molto giovane alla prima attività organizzativa dei lavoratori agricoli dei suoi luoghi, la condizione dei quali si rispecchia nel romanzo *Fontamara*. Scorci di quella attività si possono raccogliere in alcuni racconti e saggi di *Uscita di sicurezza*, assieme al suo giudizio e alle sue reazioni alla vita familiare e sociale. La sua fu una contestazione globale della vecchia società e delle sue istituzioni. «Sono nato e cresciuto in un comune rurale dell'Abruzzo, in un'epoca in cui il fenomeno che più mi impressionò, appena arrivato all'uso della ragione, era un contrasto stridente, incomprensibile, quasi assurdo, tra la vita privata e familiare, ch'era, o almeno così appariva, prevalentemente morigerata e onesta, e i rapporti sociali, assai spesso rozzi odiosi falsi...»

Interrotti gli studi, Silone si trasferì a Roma e iniziò l'attività politica. Durante la guerra (1917) fu direttore del settimanale socialista e pacifista «Avanguardia»; più tardi redattore del «Lavoratore» di Trieste. Al congresso di Livorno (1921) aderì al partito comunista e fu attivo dirigente della Federazione Giovanile. Dopo l'avvento del fascismo, fu accanto ad Antonio Gramsci come attivista clandestino. Dopo l'arresto del fratello si rifugiò all'estero, dove proseguì l'attività antifascista, incorrendo nell'espulsione da vari paesi. Rappresentò più volte il movimento comunista italiano con Togliatti a Mosca, nelle riunioni del Komintern. Dopo un breve soggiorno in Francia, si stabilì prima a Locarno, quindi a Zurigo, dove restò quindici anni.

Intorno al 1930 si staccò dal movimento comunista; ciò in seguito alla svolta politica staliniana, che aggravava il carattere tirannico dell'organizzazione comunista internazionale. Ne derivò una profonda crisi, che investì le basi ideologiche su cui si fondava la sua azione politica, risuscitando in lui gli impulsi cristiani e libertari da cui era partita la sua contestazione iniziale.

Silone non cessò pertanto dall'organizzazione e dai contatti con gruppi antifascisti e socialisti all'estero. Nel medesimo tempo maturò la sua vocazione di scrittore. Di questo periodo è la stesura di *Fontamara*, uscita in tedesco a Zurigo nel 1933. Seguiranno *Pane e vino*, in inglese (1936) e poi in tedesco (1937); successivamente, ancora in tedesco, *La scuola dei dittatori* (1938), *Il seme sotto la neve* (1941) e l'opera teatrale *Ed egli si nascose* (1944): attività creativa che, unita a quella di pubblicista, diede vasta notorietà a Silone all'estero.

Silone tornò in Italia dopo la liberazione ed entrò nel Partito Socialista. Fu deputato alla Costituente e direttore dell'«Avanti», organo del P.S.I., e di «Europa Socialista». Dopo la scissione, che segnò il distacco dell'ala socialdemocratica dal partito socialista (1948), Silone non seguì alcuno dei partiti rivali, pur manifestando la sua solidarietà con l'ideale del socialismo democratico.

Si dedicò quindi totalmente all'attività letteraria e pubblicistica. Man mano uscirono nuovi romanzi e saggi: *Una manciata di more* (1952), *Il segreto di Luca* (1956), *La volpe e le camelie* (1960), *Uscita di sicurezza* (1965), *L'avventura d'un povero cristiano* (1968).

Condiresse la rivista politico-letteraria «Tempo presente» (1952 - 1968) e presiedette l'Associazione Italiana per la Libertà della Cultura.

Si spense a Ginevra il 22 agosto 1978.

L'opera

C'è una linea ideale, che dal primo libro di Ignazio Silone, *Fontamara*, scritto nel 1930, giunge agli ultimi racchiudendo tutta l'opera intorno a un tema centrale: quello del riscatto dell'uomo da tutte le forze che tendono ad annullarlo, provengano esse dalle ataviche strutture feudali della società, dalla fatale prevaricazione dello Stato moderno o dalle minacce di una sempre più incombente civiltà tecnologica. Un riscatto che ha anche un aspetto economico, ma che è innanzi tutto morale, ponendosi la figura dell'uomo come una figura ideale, tesa addirittura ai più alti valori religiosi: quelli suggeriti da un cristianesimo pervaso dal fervore e dallo spirito messianico delle origini.

Questo tema centrale, che in *Fontamara* si risolse in un impianto corale di sapore veristico e nell'*Avventura d'un povero cristiano* in un canovaccio scenico d'ambiente medioevale, passando di libro in libro, da *Pane e vino* ('37) a *Una manciata di more* ('52), da *Il seme sotto la neve* ('45) sino a *Uscita di sicurezza* ('65), definisce non solo l'animo della letteratura di Silone ma anche la sua intima ed esterna struttura. Non c'è mai stato in Silone, infatti, un narratore puro. I suoi racconti e romanzi hanno uno scopo di denuncia, di protesta, di perentoria indicazione. Il documento narrativo a cui egli perviene tende sempre a un fine superiore; alla stessa maniera che nello scrittore il mondo morale dell'uomo politico prevale sull'artista e sul gusto del semplice godimento della pagina. Come i fatti narrati scoprono l'intima tensione alla denuncia e quindi all'azione politica, così la pagina narrativa rivela nel suo interno il germinare del saggio. *Uscita di sicurezza*, composto di vari brani che vanno dalla narrativa il più possibile pura al saggio, è illuminante e può restare come il libro che meglio compendia la personalità dell'uomo e dello scrittore.

Letteratura «spuria», in senso alto, si potrebbe osservare. E se si pensa agli anni in cui *Fontamara* fu scritto, se ne coglie l'originalità e l'indipendenza dalla letteratura corrente, e il significato precorritore. Del resto *Fontamara* fu scritto alla macchia. Né il dopoguerra, malgrado tutte le polemiche, si sottrasse alle suggestioni antiche della pura letteratura. Silone ebbe maggiore successo all'estero che in patria e attese per molti anni una piena affermazione. Il carattere «spurio» di questa letteratura è in realtà la sua forza, il segno di una ricerca di sintesi tra uomo e scrittore, tra impegno politico-morale ed estro narrativo. È probabile che in Silone la nascita dello scrittore sia dovuta solo a particolari circostanze. Non si può disgiungere infatti la parabola ideologica da quella letteraria. Ma è anche vero che ciò non toglie al documento letterario una forza di suggestione che talora si identifica con la poesia. È la passione morale tradotta in termini duraturi, al di sopra delle contingenze storiche e dentro l'eterna sostanza dell'uomo.

Disse Silone in *Uscita di sicurezza*: «Lo scrivere non è stato, e non poteva essere, per me, salvo in qualche raro momento di grazia, un sereno godimento estetico, ma la penosa e solitaria continuazione di una lotta... E le difficoltà con cui sono talvolta alle prese nell'esprimermi, non provengono certo dall'inosservanza delle famose regole del bello scrivere, ma da una coscienza che stenta a rimarginare alcune nascoste ferite, forse inguaribili, e che tuttavia, ostinatamente, esige la propria integrità.» E ancora: «Come ogni scrittore che concepisce la propria attività al servizio del prossimo, ho dunque cercato di rendermi conto, per me e i miei lettori... A questo fine, penso, han servito tanto i miei racconti che i miei saggi, tra i quali non sussiste differenza, se non tecnica.»

Silone tocca qui il punto centrale della sua letteratura. Ma non è detto che in certe pagine saggio e racconto non si fondano sino a dare la misura, secondo noi, del migliore Silone, in senso assoluto. Un esempio solo: la pagina dell'*Incontro con uno strano prete*, in *Uscita di sicurezza*, dove la narrazione dell'incontro tra don Orione e il giovanissimo Silone riesce magistralmente a inglobare una forte tensione morale e persino un impeto moraleggiante, che si allarga in una densa perorazione senza tuttavia infrangere l'equilibrio. È probabile che si debbano ricercare nell'opera dello scrittore questi momenti, attraverso cui includerlo in un'ideale galleria del «bello», quel «bello» a cui egli non tendeva e a cui debbono essere autorevolmente affiancati i documenti politici e morali, vale a dire il prodotto del saggista.

Verga, Alvaro, Jovine, sul piano più prettamente psicologico persino Dostoëvskij, sono le indicazioni di ascendenze che talora la critica ha dato. In effetti il verismo di Silone è quello di un separato, separato nello spazio e nel tempo. Separato dalla sua Marsica come – e assai più di un Alvaro e di un Jovine – dal tempo di un pur protratto e oramai critico verismo. Torna il discorso sulla funzione strumentale della sua narrativa: il documento terragno assunto come mezzo di «lotta». Si misura anche su questo l'ampiezza della separazione. La rappresentazione di dolori e di miserie che implicitamente perseguì il verismo, diviene in Silone netta denuncia: denuncia totale, che coinvolge tutto lo scrittore, il quale si fa tale per questo. Il «godimento estetico» è appannaggio successivo, si vorrebbe persino dire casuale. Lo scrittore è tutto al di fuori di quel mondo di poveri diavoli e di cafoni. È al di qua di una barriera che ne sancisce la definitiva lontananza, nella piena area dell'uomo contemporaneo, dibattuto tra forze tese ad annullarlo: dove ben più

XIII

che miseria e precarietà economica e sociale deve registrare il passivo dell'uomo: dove è lecito temere della sua pura e semplice sopravvivenza.

Silone tratta realisticamente la sua materia. L'osservazione vale per tutta la sua narrativa, anche se in *Fontamara* il suo realismo ha uno spicco veristico che poi si attenua. Questo realismo non disdegna situazioni romantiche. Nel contesto esse si allargano in vicende d'affetto e d'amore. L'amore è inteso da Silone come sentimento idillico. A cominciare dalla Elvira di *Fontamara* e dalla Ortensia del *Segreto di Luca* si possono annoverare limpide figure, le quali creano zone segrete, dove gli eroi siloniani quasi dimenticano loro stessi e i richiami della Storia. Valga specialmente l'amore infelice di Luca e Ortensia, la sua vittoria contro il tempo e poi anche contro la morte.

A fianco dei protagonisti si stagliano personaggi minori sui quali, sottratti spesso alla missione che anima gli eroi, si esercita maggiormente il tono veristico del racconto, certa vena bozzettistica paesana, che può avvicinare la narrativa di Silone alla narrativa meridionale.

La lingua in cui Silone ha realizzato la sua letteratura è una lingua media, che non muta registro passando dalla narrativa alla saggistica. Tranne *Fontamara*, dove il racconto è messo direttamente in bocca ai cafoni, la restante opera si esprime nell'italiano dell'uso corrente, schivo nello stesso tempo dei toni alti del dramma e di quelli bassi della commedia. Quanto di comico può talora affiorare, si realizza nei modi dell'ironia. Questa lingua non scende all'anacoluto, non orecchia il dialetto, è rispettosa della grammatica e della sintassi, usa un lessico, tranne rarissimi casi, accessibile e sostanzialmente comune.

Il passaggio alla saggistica, come si nota in *Uscita di sicurezza*, avviene pianamente, come pianamente la struttura narrativa si dissolve nella tematica ideologica e didascalica del ragionamento e del dibattito polemico. Il saggio morale, politico e sociale consente allo scrittore la trattazione diretta della materia ideologica, nell'opera narrativa affidata all'azione dei protagonisti. L'eloquenza dei fatti si trasferisce nel fervore didascalico. Perciò la saggistica non è meno trascinante di un riuscito racconto. Animata da un'onda intima, è colma di una profonda vena autobiografica e sospinta dallo stesso imperativo morale e civile che nutre i personaggi dei romanzi.

Bibliografia

OPERE DI IGNAZIO SILONE

Narrativa

Fontamara, Zurigo 1933, Basilea 1934 (in tedesco); Parigi-Zurigo 1934 (in italiano); Roma, Faro 1945; Milano, Mondadori, 1949.
Pane e vino, Londra 1936 (in inglese); Zurigo, 1937 (in tedesco); Lugano 1937 (in italiano). Prima edizione in Italia, completamente riveduta e col titolo *Vino e pane*, Milano, Mondadori 1955.
Il seme sotto la neve, Zurigo 1941 (in tedesco); Lugano 1941 (in italiano); Roma, Faro, 1945; Milano, Mondadori 1950, 1961 (interamente riveduta).
Una manciata di more, Milano, Mondadori, 1952.
Il segreto di Luca, Milano, Mondadori, 1956.
La volpe e le camelie, Milano, Mondadori, 1960.
L'avventura di un povero cristiano, Milano, Mondadori, 1968.
Severina (a cura e con testi di Darina Silone), Milano, Mondadori, 1981.

Saggistica

Der Faschismus: seine Entstehung und seine Entwicklung, Zurigo 1934.
La scuola dei dittatori, Zurigo 1938 (in tedesco); Milano, Mondadori, 1962.
L'eredità cristiana: l'utopia del Regno e il movimento rivoluzionario (conferenza tenuta a Roma nel 1945).
L'Abruzzo, in "Abruzzo e Molise" ("Attraverso l'Italia", XIV), Milano, Touring Club Italiano, 1948.
Testimonianze sul comunismo, Comunità, Torino, 1950.

La scelta dei compagni, Torino, "Quaderni" dell'Associazione Culturale Italiana, 1954.
Un dialogo difficile, Roma, Opere Nuove, 1958.
Uscita di sicurezza, Firenze, Vallecchi, 1965.
Ecco perché mi distaccai dalla Chiesa, in "La Discussione", 31 ottobre 1965, e in "La Fiera Letteraria", 7 novembre 1965.

Teatro

Ed egli si nascose, Zurigo-Lugano 1944; Roma, Documento, 1945; in "Teatro", n. 12-13, 1 luglio 1950.
L'avventura d'un povero cristiano (dall'omonima opera narrativa), in "Il Dramma", 12 settembre 1969.

PRINCIPALI SCRITTI SU SILONE

G. Pampaloni, *L'opera narrativa di Ignazio Silone*, "Il Ponte", Firenze, gennaio 1949.
E. Cecchi, *Di giorno in giorno*, Milano, 1954.
W. B. Lewis, *Introduzione all'opera di Ignazio Silone*, Roma, 1961.
Irving Howe, *Politica e romanzo*, Milano, 1962.
G. Bàrberi Squarotti, *La narrativa italiana del dopoguerra*, Bologna, 1965.
Antonio Russi, *Gli anni della antialienazione*, Milano, 1967.
Claudio Varese, *Occasioni e valori della letteratura contemporanea*, Bologna, 1967.
F. Virdia, *Silone*, Firenze, 1967.
G. Manacorda, *Storia della letteratura italiana contemporanea* (1940-1965).
A. N. Marani, *Narrativa y testimonio: Ignazio Silone*, Buenos Aires, 1967.
C. Marabini, *Gli anni sessanta, narrativa e storia*, Milano, 1969.
M. Mariani, *Ignazio Silone*, in *Letteratura italiana - I contemporanei*, vol. III, Milano, 1969.
A. Scurani, *Ignazio Silone*, Milano, 1969.
G. Petrocchi, *Letteratura abruzzese contemporanea*, Pescara, 1970.
L. d'Eramo, *L'opera di Ignazio Silone*, Milano, 1971.
C. Annoni, *Invito alla lettura di Silone*, Milano, 1974.
Alei, Bernardoni, Di Vanna, Piaggesi: *Socialista senza partito - Cristiano senza chiesa*, Alba, 1974.
G. Viti, *Il romanzo italiano del Novecento*, Firenze, 1974.

- G. Rigobello, *Ignazio Silone*, Firenze, 1975.
- P. Aragno, *Il romanzo di Silone*, Ravenna, 1975.
- A. Gasparini - A. Gentile, *Silone tra l'Abruzzo e il mondo*, L'Aquila, 1979.
- E. Guerriero, *L'inquietudine e l'utopia*, Milano, 1979.
- G. Spadolini, *L'Italia dei laici* (Firenze, 1980).
- S. Marelli, *Silone intellettuale della libertà* (Rimini, 1989).
- AA. VV., *Silone scrittore europeo* (Atti del convegno di Pescina – 8-10 dicembre 1988 – con contributi di Pampaloni, Luzi, Mauro, Valitutti, Garosci, Volpini, Petroni, Circeo, Pomianoski, Neucelle, Piccioni, Barberini, Gasbarrini), in «Oggi e domani», Pescara, aprile 1989.

PRINCIPALI SCRITTI SU «LA SCUOLA DEI DITTATORI»

- A. Kazin, *A Dialogue on Dictatorships*, in «The New York Harold Tribune», 12 dicembre 1938.
- G. A. Borgese, Recensione apparsa su «The New Republic», New York 14 dicembre 1938.
- G. Pampaloni, *Silone preferisce definirsi cinico*, in «Epoca», Milano 26 agosto 1962.
- P. Gentile, *Tommaso il cinico*, in «Il Corriere della Sera», Milano 28 agosto 1962.
- L. Valiani, *Un'anatomia del totalitarismo*, in «L'Espresso», Roma 9 settembre 1962.
- L. Salvatorelli, *Ignazio Silone ha scritto un "Principe" per il XX secolo*, in «La Stampa», Torino 12 settembre 1962.
- L. Baldacci, «La scuola dei dittatori di Silone», in «Il Giornale del Mattino», Napoli 31 ottobre 1962.
- E. Falqui, *Scuola di libertà*, in «Il Tempo», Roma 30 novembre 1962.
- C. Salinari, *Il cinico Silone*, in «Vie Nuove», Milano 10 dicembre 1962.
- M. Cesarini Sforza, *Ignazio Silone e il dogma del successo*, in «Il Mondo», Roma 15 gennaio 1963.

La scuola dei dittatori

> Quam parva sapientia
> regit mundum

I

Incontro dell'autore con l'americano Mr Doppio Vu, aspirante dittatore, e col suo consigliere ideologico, il famoso professor Pickup, venuti in Europa alla ricerca dell'uovo di Colombo.

Tra gli incontri più curiosi della mia vita di scrittore rimarrà senza dubbio questo di oggi con due strani americani di passaggio a Zurigo, dove io risiedo da quando sono stato costretto per motivi politici ad abbandonare il mio paese.

Malgrado che la piccola Svizzera confini adesso, per due terzi delle sue frontiere, con paesi sottoposti a regimi totalitari (siamo nella primavera del 1939), Zurigo è rimasta un crocevia sempre affollato di viaggiatori d'ogni parte del mondo. E non tutti, com'è ovvio, sono persone attraenti e degne di fiducia e discrete. Per rifiutare interviste a visitatori sconosciuti, senza ferirne la suscettibilità, io mi valgo da qualche tempo d'un argomento perentorio: a quelli che s'annunziano come interessati alla politica, rispondo che ormai non mi occupo che di letteratura; e ai cultori di belle lettere il contrario: dati i tempi, rispondo, i miei pensieri sono interamente assorbiti dalla politica. Naturalmente un siffatto doppio giuoco ha lo svantaggio, se le mie dichiarazioni, com'è già capitato, vengono riprodotte da qualche periodico, di dare un'immagine poco lusinghiera dell'instabilità del mio spirito; ma la tranquillità personale vale un sacrifizio del genere.

Oggi però l'invito di questi due americani m'è pervenuto tramite un'autorità locale che non ammette scherzi (il portiere d'un grande albergo); ed egli, per vincere la mia perplessità, non ha tralasciato d'aggiungere, sui personaggi raccomandati, indiscrezioni che m'hanno fortemente incuriosito. Dimodoché le parti, in un certo senso, si sono invertite, e il maggiore interesse per l'incontro è ora dal mio lato. « Non c'è bisogno che i vostri clienti si scomodino » ho risposto al portiere. « All'ora indicata, passerò io in albergo. »

Questo è situato sulla sommità di una delle colline boscose che fanno spalliera alla città. Per arrivarvi dalla mia abitazione devo percorrere un tratto non lungo di strada, dal quale si gode un'ampia e luminosa vista sul lago e sulle alpi glaronesi. È una stagione particolarmente mite. Pare che dal 1914 non si sia più avuto una primavera così dolce. Forse contribuisce ad accrescere il senso di serenità ch'è nell'aria la conclusione di un seminario di astrologi svizzeri, resa nota stamane, secondo cui ogni timore di guerra europea nei prossimi anni sia sicuramente da scartare (l'astrologia, assieme all'architettura e alla psicanalisi, è una delle discipline più curate in questa città).

« Io sono il professore Pickup » mi dice un signore anziano venendomi incontro nell'atrio dell'albergo. « Pe-i-ci-cappa-u-pe, Pickup, in persona. »

« Il famoso inventore della pantautologia? » non posso fare a meno di chiedergli, a scanso di equivoci.

« Precisamente » egli mi conferma, aggiungendo una formula della sua scienza: « Ognuno è sé stesso e non può essere che sé stesso ».

Tuttavia subito precisa:

« Inventore? No, non voglio ornarmi delle penne del pavone. A ben considerare, tutta la storia delle teorie filosofiche è una collezione di tautologie più o meno mascherate. Il mio solo merito è la franchezza. »

« Non è poco, dati i tempi. Come vi trattano i vostri colleghi? »

« In modo stupidamente liberale. Mi hanno offerto una cattedra in una buona università. »

« Non vi basta? »

« Se non si trattasse che della mia modesta persona, potrei anche dichiararmi soddisfatto. Ma io sono convinto che la pantautologia abbia tutti i requisiti per diventare la dottrina ufficiale e obbligatoria dello stato. »

Il professore è vestito di nero, come un parroco, e anche la sua voce somiglia a quella d'un predicatore. L'abbondante criniera di colore giallo-granturco che gli corona la testa e l'ampia dentatura verde-gorgonzola gli danno un aspetto imponente, ma inoffensivo, di leone vegetariano.

« Per favore, seguitemi » egli mi dice.

« Il vostro amico » chiedo al professore « non è con voi? »

« Lo conoscerete tra poco, ma vi prego di non pronunziare il suo nome neanche in sua presenza, ancor meno, s'intende, con estranei. Egli viaggia in incognito, per avere maggiore libertà di movimento ed evitare noie. Il suo pseudonimo è Mr Doppio Vu. Io sono il suo consigliere ideologico. »

« Mi pare di aver letto sui giornali di una sua grave infermità. »

« È un'amplificazione giornalistica, alla quale forse non è estraneo il Dipartimento di Stato. L'ipotesi più grave sull'origine dei suoi disturbi invece è già scartata, ma egli deve rimanere ancora alcuni giorni in questa città per ulteriori analisi. »

Il salottino dell'albergo in cui il professore mi conduce, è molto tranquillo. In un angolo è seduto un solo ospite che sorbisce a piccoli sorsi un bicchiere di latte e sfoglia una rivista illustrata. Egli non si cura di noi, anzi ci volta le spalle.

« Lo scopo del nostro viaggio in Europa è presto esposto » riprende a dire il professore. « Anche da noi comincia a sentirsi il bisogno di una riorganizzazione autoritaria della vita pubblica. La democrazia ha fatto il suo tempo, quest'è chiaro. Non parliamo poi di quelle pestilenze che sono la libertà di stampa e la libertà di coscienza. Secondo me, e tutti quelli che accettano i princìpi della pantautologia, lo stato è lo stato e non può non essere lo stato. Disgraziatamente lo sviluppo del movimento liberatore che dovrà concludersi con una marcia su Washington e la cacciata della quinta colonna sovietico-giudaico-negra dalla Casa Bianca, si è negli ultimi tempi un po' rallentato. Così mi venne l'idea di proporre al mio amico un viaggio in Europa, ed egli accettò. Il vostro fortunato continente ha contato governi dittatoriali fin dalla remota antichità e anche ora ne ha di rigogliosi. Andiamo a vedere di persona, ci siamo detti, come si sono costituite quelle famose dittature di cui tanto si parla, chi sono quei dittatori, come sono arrivati al potere e, soprattutto, che cosa ci insegnano le loro esperienze. Né abbiamo dimenticato di sostare e d'ispirarci nei luoghi resi sacri e fatali dai grandi uomini del passato. Siamo stati, tanto per esemplificare, al Rubicone, là dove Cesare con i suoi fedeli legionari iniziò la marcia su Roma. »

« Il Rubicone? » interrompe con voce sarcastica lo sconosciuto che siede a poca distanza da noi col giornale illustrato e il bicchiere di latte. « Un fetido fiumiciattolo... Per arrivarvi, una gita in un tassì sconquassato, tra campi polverosi; come ristoro, una colazione di pesce avariato, in un'osteria infestata da mosche, causa non ultima dell'infermità che ora mi trattiene in questo noioso paese. »

« Mr Doppio Vu? » esclamo con una voce in cui non riesco a nascondere la sorpresa.

Egli non mi degna di una risposta, ma il professore Pickup con un cenno degli occhi mi toglie ogni dubbio. Se il vicino non avesse egli stesso, in quel modo brusco, rivelato la propria identità, avrei continuato a crederlo un turista qualsiasi. Ma ora che so, m'è facile scoprire in lui qualche tratto singolare. Il suo viso è un po' asimmetrico a causa di una profonda cicatrice sulla gota sinistra; egli ha gli occhi cerchiati e lo sguardo stanco di quelli che soffrono d'insonnia; e la piega delle labbra è propria degli uomini abituati all'insolenza e al dileggio.

« Non potevamo, mio caro, trascurare il Rubicone » cerca di giustificarsi il professore.

« Avrei voluto vedere il tuo Cesare e i suoi legionari passare a guado il Mississippi » sghignazza Mr Doppio Vu.

« A Parigi, come ognuno può immaginarsi, abbiamo meditato a lungo di fronte alla tomba di Napoleone, agli Invalidi » prosegue il professore. « A Monaco di Baviera ci siamo fatti condurre da un milite S.A. in tutte le birrerie che abbiano avuto un rapporto qualsiasi con la nascita del nazionalsocialismo, cioè in innumerevoli birrerie. »

« Siamo stati così, alla sorgente prima e vera del nazionalsocialismo, alla sua sorgente di birra » aggiunge l'altro dando sfogo al suo malumore. « Una trentina di birrerie abbiamo dovuto visitare. Alla fine non ci reggevamo più in piedi e ci han caricato su una vettura per ricondurci all'albergo, impregnati di spirito ariano. »

« A Milano » continua il professore « abbiamo visitato

la piazza San Sepolcro che, com'è noto, è stata la culla del fascismo. »

« Una culla in un sepolcro, sembra il titolo di un romanzo macabro » commenta l'altro.

Il professore continua imperturbabile il suo racconto: « Durante il nostro viaggio abbiamo fatto la conoscenza di centoquarantasette professori di università e trecentosei tra scrittori militari ed ex-reclusi (qui è la lista, potete controllare voi stesso l'elenco). Abbiamo visitato duecentoquaranta redazioni di giornali. Abbiamo preso parte a novantadue banchetti. (Vi prego, date uno sguardo alla lista.) Riportiamo con noi, in America, dodici casse di libri sulla storia delle dittature antiche e moderne e una cassa di cimeli di guerra civile, autentici e rarissimi ».

Egli tace un momento perplesso, poi aggiunge sottovoce: « Siccome siete italiano, non posso fare a meno di confidarvi che un collezionista genovese ci ha venduto tra l'altro il famoso uovo di Colombo. »

« Esso è, in un certo senso, il simbolo della pantautologia » esclamo con malcelata ammirazione.

« Mi congratulo per l'acutezza del vostro spirito. Se il nostro colpo di stato riuscirà, quest'uovo avrà finalmente gli onori che merita. »

« Lo esporrete sul Capitol? »

« Lì o altrove, esso avrà finalmente il suo tabernacolo. »

« Non marcirà? »

« Mediante un procedimento speciale, ci ha assicurato l'antiquario, esso fu, a suo tempo, fortunatamente pietrificato. Che oggetto portentoso. Ogni volta che vi penso, ne ricevo una irresistibile emozione. Non credo che vi sia al mondo qualcosa che gli possa stare alla pari per la molteplicità e intensità dei significati. Non vi sembra? Un uovo è già, di per sé, simbolo di vita; ma questo è un uovo immarcescibile, dunque simbolo dell'eternità della vita; ed è l'uovo di Colombo, cioè, il simbolo delle nostre origini civili. Non credo di esagerare affermando che il ricupero dell'uovo di Colombo è il risultato più prezioso del nostro viaggio. Ma quali favolosi tesori si nascondono ancora nel vostro paese. Un antiquario di Siracusa ci ha offerto la terribile spada di Damocle. »

« Spero che Mr Doppio Vu non si sia lasciato sfuggire l'occasione... »

« Il prezzo iniziale era alto, addirittura irraggiungibile; in seguito il mercante l'ha abbassato di molto; ma Mr Doppio Vu non ha trovato l'oggetto di suo gusto. »

« È superstizioso? »

« Sì, naturalmente, come ogni uomo del destino. Ma, anche senza la spada di Damocle, egli ha già il sonno difficile. »

Mr Doppio Vu butta da parte la rivista e si volta verso di me.

« Quando mi decisi a intraprendere questo noioso viaggio » egli dice « vi fui indotto dalla curiosità di venire a scoprire se esistesse una tecnica della dittatura. A dire il vero, il viaggio non mi ha insegnato alcunché. Le persone conosciute ci hanno trattato come barbari primitivi e hanno tenuto con noi discorsi da banchetto ufficiale. I libri che ci han regalato e sui quali ho gettato qualche sguardo, sono opere di ingenua apologia. »

« Avete dimenticato » dico « che la verità bisogna impararla dagli avversari? Se volete sapere qualche cosa d'interessante sul capitalismo, leggete quel che ne han scritto i socialisti; sul cattolicismo i libri dei protestanti; sulla polizia le rivelazioni degli anarchici; e viceversa. »

A questo punto Mr Doppio Vu mi fa una proposta che mi coglie alla sprovvista.

« Vi metto alla prova » dice. « Poiché sono costretto a rimanere qui ancora alcuni giorni a disposizione dei medici, volete darmi delle lezioni sul tema che m'interessa? »

« Non ne sarei affatto geloso » mi assicura il professore col suo sorriso verdognolo.

« Naturalmente » insiste Mr Doppio Vu « non sarà per voi un disturbo gratuito. »

« Non posso » dico. « Non ho tempo. Mi dispiace. »

Poi subito aggiungo: « Posso suggerirvi qualcuno in mia vece? »

« Chi è? Di quale partito? »

« Un esule italiano, uno spirito di poco comune spregiudicatezza » cerco di spiegare. « La sua critica si applica agli amici come agli avversari. »

« Ha pubblicato libri? Come si chiama? » chiede il professore.

« Non posso rivelarvi il suo vero nome » dico « per un motivo assai semplice. Egli non ha un regolare permesso di soggiorno. Espulso già da vari paesi cosiddetti democratici, egli si è ormai abituato a vivere in incognito, come voi, Mr Doppio Vu, quando viaggiate all'estero, benché per altre ragioni. Gli amici lo conoscono sotto il nome di Tommaso; e poiché egli aborre gli eufemismi ed ha l'abitudine di chiamare le cose col loro nome, alcuni l'hanno soprannominato Tommaso il Cinico. Quelli han creduto, con tale nomignolo, di recargli offesa e discredito; Tommaso viceversa se ne compiace. Poiché cinico deriva dal greco *Kyon*, che significa cane, egli vi ha trovato la definizione più precisa della propria vita randagia. Con riguardo poi alla famosa setta dei Cinici, fondata dal greco Antistene dopo la morte di Socrate, egli vi ha scoperto un'indicazione certamente più esatta, meno confusa e meno equivoca del proprio credo politico, di quella contenuta nel termine banale di antifascismo. Come sapete, erano i Cinici, quattrocento anni prima della nascita di Cristo, quello che oggi la stampa benpensante chiamerebbe dei senza-religione e senza-patria. Al culto formale degli dèi essi anteponevano, seguendo l'insegnamento di Socrate, la pratica della virtù, e tra gli uomini non conoscevano stranieri. Ma ecco un particolare, concernente il mio amico, che forse vi renderà curiosi: pare che in questi ultimi tempi egli si sia dedicato a scrivere un manuale sull'arte d'ingannare il prossimo. »

« Questo mi sembra cinismo volgare e per nulla socratico » osserva il professore.

« Egli è giustamente convinto » io replico « che non i mistificatori abbiano, dal suo manuale, qualcosa da apprendere, bensì gli ingannati. »

« Potrebbe aiutarmi a vincere la noia » conclude Mr Doppio Vu. « Credete che egli accetterà? »

« Forse » dico. « Nel vostro caso egli sarà probabilmente attratto dal bizzarro della situazione. Ed egli ama molto discutere ed essere contraddetto. Anche per questo preferisce la lettura dei libri e dei giornali degli avversari a quelli dei propri amici. Quando egli non ha altri con cui dibattere, è stato osservato discutere con sé stesso. »

II

*Sulla tradizionale arte politica e le sue
deficienze nell'epoca della civiltà di massa.*

Tommaso il Cinico. Signori, dopo avervi cercato in tutto l'albergo, vi trovo finalmente e naturalmente nel bar. Vi prego di non scomodarvi e vi dispenso da ogni presentazione. Non c'è bisogno di essere indovino, per sapere a prima vista chi di voi sia l'illustre professore Pickup e chi Mr Doppio Vu.

Mr Doppio Vu. Sono molto sensibile al vostro complimento. Prendete posto vicino a noi. Quel cappello? Sedetevi sopra, tanto è del nostro professore. Cosa posso offrirvi?

Tommaso il Cinico. Un bicchiere di vino.

Prof. Pickup. Lasciatevi servire anche qualche cosa di nutriente. Tanto, la fame l'abbiamo patita tutti.

Mr Doppio Vu. Signor Cinico, anche in questo paese democratico, a quel che pare, voi avete difficoltà con la polizia? La vostra non dev'essere una vita facile.

Tommaso il Cinico. L'accettazione cosciente delle difficoltà ha sempre distinto la vita dell'uomo da quella degli animali domestici: galline pecore giornalisti-ufficiosi pappagalli e simili.

Prof. Pickup. Voi dunque siete un profugo politico. In parole povere, uno sconfitto. Non essendo stato capace di avere un successo nel vostro paese, come osate tenere cattedra di cose politiche?

Tommaso il Cinico. Per ciò che mi riguarda, siete male informato. Non ho mai lottato per il potere, ma per capire. In quanto a una pretesa incompatibilità tra le condizioni dell'esilio e la scienza politica, mi permetto di ricordare all'illustre professore che questa è in gran parte una creazione di esuli.

Prof. Pickup. Non semplificate un po' troppo la storia?

Tommaso il Cinico. Affatto. Machiavelli (bisogna pur cominciare da lui) fu scacciato da Firenze nel 1512 dopo la rientrata dei Medici; fu implicato l'anno dopo nella congiura di Pietro Paolo Boscoli e imprigionato per tre mesi; uscendo di carcere si rifugiò a San Casciano, e soltanto allora, lontano dalla politica attiva, e dopo i disinganni e le sconfitte patite, cominciò a scrivere il *Principe*. Alcuni decenni più tardi, il francese Jean Bodin, cui spetta il merito di aver fissato definitivamente nella storia del pensiero politico il concetto di "sovranità", non ebbe, come politico pratico, maggiore fortuna: fu al servizio del duca di Alençon, si compromise con la sètta dei *politiques* avversa alla guerra di religione, si attirò le ostilità di Enrico III e sconfitto e mortificato scrisse nella solitudine il suo trattato della *République*.

Due secoli dopo, Montesquieu ebbe certamente una vita meno difficile. Fu infatti membro della *Académie Française* e presidente del parlamento di Bordeaux; ma egli scrisse *L'Esprit des lois* sulla ripartizione dei poteri nella quiete di La Brède, dove si rifugiò al ritorno d'un viaggio in Inghilterra in cui aveva imparato a conoscere che cosa fosse la libertà politica. In quanto ai moderni, mi permetterete di ricordare gli esuli Marx Mazzini Lenin Trotzkij Masaryk? Soprattutto il primo, malgrado i suoi indegni epigoni. Marx ha, nella nostra epoca, con altri mezzi e altre intenzioni, adempiuto alla stessa funzione di Machiavelli nel 1500, in quanto ha cercato di mettere in chiaro il funzionamento reale della società capitalistica della sua epoca, liberandolo dai veli della filosofia idealista tedesca e dell'umanitarismo francese. Per cui, non a torto, egli è stato definito il Machiavelli del proletariato.

Mr Doppio Vu. Ora già vedo il modo come potrò fare del prof. Pickup un grande pensatore politico. Se arriverò al potere, il mio primo atto di governo sarà di mandarlo in esilio.

Prof Pickup. Vogliate scusarlo, signor Cinico. La stanchezza del viaggio e la cucina europea hanno messo a dura prova i suoi nervi.

Mr Doppio Vu. I miei nervi non hanno sofferto tanto degli strapazzi del viaggio, quanto della stupidità dell'idea che esistesse una scienza o un'arte della dittatura da venire a scoprire nei paesi in cui essa ha già avuto modo di svolgersi, per poterla applicare altrove.

Tommaso il Cinico. Non avete tutti i torti, a mio parere.

Prof. Pickup. Così sragionando, voi due negate la storia.

Tommaso il Cinico. Ammetterete che vi sono vari modi d'intenderla.

Prof. Pickup. Perché poco fa avete citato il Machiavelli?

Tommaso il Cinico. Non credo che la lettura del Machiavelli abbia condotto al potere un solo principe. Sulla differenza che corre tra la teoria e la pratica si usa ricordare un divertente episodio capitato al Machiavelli stesso. Trovandosi a Milano ospite del famoso condottiero Giovanni delle Bande Nere, questi lo pregò di mostrargli sulla piazza le nuove ordinanze militari da lui sostenute in un recente trattato, e a tal scopo mise a sua disposizione un intero corpo di fanti. Durante due ore Machiavelli cercò di ordinare i tremila fanti secondo lo schema da lui nel suo libro sì bene e sì chiaramente descritto, ma non vi riuscì. Quando sembrò che l'attesa cominciasse a durar troppo, poiché il sole cocente incomodava gli spettatori e l'ora del pranzo era già inoltrata, Giovanni delle Bande Nere disse: « Io vò cavar tutti noi di fastidio e che andiamo a desinare ». E detto allora al Machiavelli che si ritirasse, in un batter d'occhio, con l'aiuto dei tamburini, ordinò quei fanti in vari modi e forme, con ammirazione di tutti.

Prof. Pickup. Se non è vero, è ben trovato. Permettetemi tuttavia di osservare che codesta mania anti-intellettuale di voialtri intellettuali radicali europei non dev'essere l'ultima delle cause della vostra sterilità politica. Voi non fate, in permanenza, che segare ogni ramo sul quale riuscite ad arrampicarvi.

Mr Doppio Vu. Io non sono né intellettuale, né radicale, né europeo e trovo che la rivoluzione americana fu una grande e bella cosa appunto perché, a differenza della rivoluzione francese, non fu preceduta da giuristi economisti filosofi e altri chiacchieroni, né volle risuscitare la repubblica romana o ateniese, ma fu semplicemente la rivoluzione della gente che si trovava in America.

Prof. Pickup. Nel 1776 fu inviato in Francia, in qualità di diplomatico e d'intellettuale, Beniamino Franklin. Vuoi pretendere che non imparasse nulla di utile?

Mr Doppio Vu. Non so. Codesto quesito non è tra le cause della mia insonnia.

Prof. Pickup. Potrebbe esserlo però per un uomo di studio e la sua risposta riguarderebbe anche te, uomo empirico. La causa prima e vera della decadenza dell'odierna vita politica è ch'essa è gremita di dilettanti presuntuosi. Ognuno che fallisce in altra professione, crede di poter riuscire nella politica. In ogni conversazione, le stesse persone che non oserebbero parlare di algebra o di chimica senza averle studiate, parlano a tutto spiano di politica che pure non hanno mai approfondito. In altri tempi, per contro, l'iniziazione all'arte politica era lunga e dura, e operava una selezione severa tra quelli che osavano aspirarvi. Già Tacito, nei suoi *Annali*, a proposito della politica di Tiberio, parlò di "Arcana imperii", dei segreti del potere. Non è stata forse questa l'origine della stabilità di certe monarchie? La politica ha i suoi segreti o misteri, come ogni altra arte, misteri ai quali si può essere iniziati solo da persone competenti. Nell'epoca in cui gli uomini avevano ancora il tempo di meditare e non erano ancora istupiditi dalla stampa quotidiana, tra il 15.mo e il 17.mo secolo, vi fu in Europa tutta una letteratura sugli "Arcana Reipublicae", sui misteri della cosa pubblica, riservata a coloro che dovevano essere i collaboratori dei prìncipi nell'arte di governare. Anche allora vi era, senza dubbio, un aspetto delle istituzioni che non aveva nulla di segreto e che la stessa plebe poteva, dal di fuori, contemplare e ammirare, ma in quegli "Arcana" è detto che si trattava semplicemente di "simulacra", ovvero di costruzioni fittizie, dietro le quali la politica celebrava i suoi misteri.

Mr Doppio Vu. Altri tempi, altre canzoni.

Tommaso il Cinico. Se volete dire che in ogni epoca la politica ha i suoi misteri, vi do senz'altro ragione. La letteratura ora ricordata dal nostro egregio professore, che trattava l'arte della politica come una scienza occulta, fiorì nell'epoca dell'assolutismo, quando, a causa dei frequenti conflitti tra l'autorità civile e quella religiosa e a causa anche del decadere della teologia, non era più utile né comodo persistere a far derivare la sovranità dalle mani di Dio. Non potendo d'altronde sostituire l'investitura divina con una investitura popolare, per non urtare contro Scilla dopo aver voluto evitare Cariddi, l'autorità stessa fu indotta a circondarsi di mistero. Uno scrittore tedesco della fine del secolo passato, Gustav Freytag, ci ha lasciato una curiosa satira di quello che il prof. Pickup ora ci ha esposto. Egli riproduce uno dei manuali allora in voga sui segreti dell'arte di governare, la *Ratio Status* del 1666, e ne fa una parodia divertente. Il giovane considerato adatto alle funzioni di consigliere del principe viene introdotto negli appartamenti segreti in cui sono gelosamente conservati gli "Arcana Status" inerenti alla sua nuova altissima funzione: le uniformi di stato, le maschere di stato, gli occhiali di stato, la polvere per gli occhi, ecc. Vi sono speciali mantelli di stato, che attribuiscono a chi li indossa la dovuta autorità e reverenza, e si chiamano *salus populi, bonum publicum, conservatio religionis*, secondo che servono a spillare dai sudditi nuove imposte o a mandare in esilio ed espropriare gli oppositori, sotto il pretesto sempre efficace che essi sono diffusori di dottrine eretiche. Un mantello, completamente logorato dall'uso quotidiano, si chiama *intentio*, buona intenzione, e serve a tutto giustificare. Con gli occhiali di stato si entra in pieno illusionismo: essi permettono di vedere ciò che non esiste, e di non vedere ciò che esiste, ingrandiscono i fatti senza importanza e impiccioliscono gli avvenimenti gravi. Ma gli stessi risultati si ottengono ora con scenografie più semplici. Il mito plebeo della sovranità popolare le ha spogliate.

Prof. Pickup. La parodia è il più insulso dei generi letterari. D'altronde, non mi risulta che il re o la regina d'Inghilterra, il nostro presidente o il presidente dei soviet abbiano l'abitudine di presentarsi, nelle grandi cerimonie del loro rango, in costume da bagno.

Tommaso il Cinico. Sarebbe puerile confondere la verità col nudismo.

Mr Doppio Vu. Cos'è la verità? Avete ragione, signor Cinico, una folla di bagnanti non è più veritiera di un ballo in maschera. Ma è fuori dubbio che sia diversa.

Tommaso il Cinico. Cosa fosse la verità se lo domandava invano anche Ponzio Pilato, benché l'avesse davanti agli occhi. Ma egli era governatore romano e la verità non è una funzione statale. Non è solo questione di pennacchi o uniformi. L'odierna civiltà di massa non rende assurda l'ipotesi che in qualche paese ricco progredito e neutrale il potere sia un giorno conquistato, ad esempio, da una coalizione di società sportive. In quel caso avremo, alla direzione dello stato un atleta in *shorts* o una reginetta in costume da bagno. Ma anche allora la cosa pubblica non diventerà per questo più trasparente. L'organizzazione degli sport è ormai così oligarchica come quella di un qualsiasi partito politico, e le corse dei cavalli, le partite di boxe e le elezioni delle reginette di bellezza hanno anch'esse i loro segreti. Ma, da un punto di vista del tutto pratico, vorrei insistere sul fatto che sono misteri diversi da quelli di un Conclave della Chiesa cattolica o dell'ufficio politico del partito comunista sovietico.

Prof. Pickup. Non tanto diversi. A mio parere, cambiano

i tempi, non gli uomini. Ben scrisse il Machiavelli sull'immutabilità della natura umana nel variare dei secoli: "Il mondo fu sempre a un modo abitato da uomini che hanno avuto sempre le medesime passioni". Non per nulla Mussolini ha raccontato che, quando era ragazzo, il padre gli leggeva ogni sabato sera *Il Principe*.

Tommaso il Cinico. Quello che si conosce del padre di Mussolini porterebbe ad escludere che al sabato sera egli fosse in grado di leggere. Solo per necessità di pompa, allo stesso modo ch'egli usa uniformi medievali e monta a cavallo, Mussolini ha potuto accreditare una simile leggenda. Per sua fortuna, in tutta la sua vita egli ha letto e continua a leggere solo giornali. Da giornalista di talento, però, egli è fornito della facilità di parlare e di scrivere arrogantemente di cose che non conosce. Per documentare con quale disinvoltura egli si sia sempre comportato nel dominio dell'intelligenza, è da ricordare un particolare rivelatore riportato nella biografia ufficiale della signora Sarfatti. Dopo aver letto lo scritto di Nietzsche *Così parlò Zarathustra*, il primo libro quasi filosofico che gli capitasse sotto mano (prima della guerra quel libro era molto letto in Italia dagli operai anarchici e ne furono fatte varie edizioni popolari), Mussolini si era proposto di scrivere niente meno che una storia della filosofia universale. Egli credeva di saperne già abbastanza.

Prof. Pickup. È un particolare che ignoravo e lealmente dichiaro di non poterlo giudicare. Voi però ricorderete, spero, quello che Hitler confessa in *Mein Kampf*. La storia universale, egli dice, è stata sempre per me una fonte inesauribile di suggerimenti per l'azione politica nel presente.

Tommaso il Cinico. Sapete a qual genere di storia universale egli si riferiva? Secondo i biografi, la lettura preferita dell'adolescente Adolfo erano due volumi rilegati di una rivista illustrata sulla guerra franco-prussiana del 1870-71. Anche più tardi, come prova largamente lo stesso *Mein Kampf*, egli continuò a imparare dei condottieri militari e delle loro battaglie attraverso le illustrazioni a colori.

Prof. Pickup. E malgrado ciò Mussolini e Hitler sono riusciti a conquistare il potere in due tra i paesi più civili del mondo? Se quello che voi affermate, signor Cinico, risponde a verità, la loro vittoria mi rimane incomprensibile.

Tommaso il Cinico. Questo vuol semplicemente dire che la spiegazione del loro successo non dev'essere ricercata, come voi pretendete, in una loro superiore conoscenza delle cosiddette leggi della storia o della politica. Tra i loro avversari politici ve ne erano che ne sapevano certamente ben di più.

Prof. Pickup. Eppure, se non sbaglio, le vittorie del fascismo e del nazismo hanno colto alla sprovvista la maggior parte dei pubblicisti di parte democratica o liberale.

Tommaso il Cinico. Esatto; ma sapete perché? La loro scienza politica e sociale era rimasta al 1914. Di conseguenza, nelle loro menti il maggior pericolo per le libertà pubbliche continuava a risiedere presso le forze conservatrici tradizionali. Ripeto, non è che Mussolini e Hitler fossero intellettualmente più aggiornati; ma erano uomini di guerra, uomini nuovi, uomini d'istinto, e nella nuova realtà sociale ci stavano dentro, fino al collo.

Prof. Pickup. Abbiamo conosciuto a Roma uno scrittore fascista il cui pseudonimo è una contraffazione del nome di famiglia di Napoleone. Egli ha sostenuto, discutendo con noi, che la conquista e la difesa dello stato non è una questione politica ma tecnica, e che le circostanze favorevoli per un colpo di stato non sono necessariamente di natura politica o sociale e non dipendono dalla situazione generale del paese. La centralizzazione tecnica della vita moderna consente, a suo parere, di limitare al massimo la superficie del colpo di mano. Egli ha svolto questo suo concetto in un libro che ci ha regalato e che s'intitola appunto *La tecnica del colpo di stato*. Pare che il libro sia stato proibito dalle autorità italiane per evitare che gli avversari del regime ne traggano profitto.

Tommaso il Cinico. Trotzkij, che in quel libercolo è citato a modello ed esaltato al di sopra di Lenin, ne ha scritto una stroncatura magistrale; ma il testo non meritava tanto onore. La tendenza a considerare la politica come mera tecnica è un residuo intellettuale del Rinascimento. Essa va ravvicinata all'analoga tendenza degli artisti di quell'epoca a studiare nelle loro opere più i problemi tecnici che gli estetici. Adesso per noi è chiaro che, se i quadri dei maestri del Rinascimento ancora ci commuovono, ciò avviene malgrado la loro tecnica; in quanto alle contemporanee vicende del comune di Firenze sarebbe bravo chi riuscisse a spiegarcele come un giuoco meccanico. Ugualmente sorpassata è la concezione romantica che del colpo di mano rivoluzionario aveva elaborato nel secolo scorso il francese Blanqui. Devo aggiungere che, dal momento che l'articolazione della vita politica è quasi ovunque evoluta dai piccoli partiti di opinione ai partiti di massa, il giuoco non si è affatto semplificato. Nessun uomo politico può più ignorare le questioni economiche e sociali. Solo in astratto la centralizzazione tecnica della vita moderna consente di immaginare l'attuazione d'un capovolgimento politico mediante l'occupazione di sorpresa di due o tre edifizi della capitale. Neanche la massa più abbrutita si lascia arrembare come una nave. Anzi, in regime di pluralità dei partiti e di pluralità di tendenze della grande stampa d'informazione, la stessa civiltà di massa rende l'esecuzione di un colpo di stato più gravosa e complicata. Prima di essere tecnica, l'operazione rimane politica. Ma una conferma della frivolità dell'assunto del signor Malaparte, voi la troverete nel suo stesso libro. Poiché, mentre egli lo scriveva, la dura lotta nella quale era da anni impegnato il movimento nazista smentiva la sua tesi principale, ne concluse che Herr Hitler non sarebbe mai arrivato al potere.

Mr Doppio Vu. Se la vecchia arte politica è scaduta e la nuova ancora non esiste in libreria, come deve regolarsi, a parere vostro, un uomo di buona volontà che nel suo paese aspira alla dittatura?

Tommaso il Cinico. Allo stesso modo di chi proceda in una città sconvolta da un moto sismico: con un occhio alla carta e uno davanti a sé. In ogni situazione nuova o di transizione, l'istinto vale, ai fini pratici, più della scienza. Ecco però una qualità che non s'insegna. Mussolini l'ha detto molto efficacemente e quasi nei termini della pantautologia: "L'uomo pubblico nasce pubblico. Si tratta di una stigmata che l'accompagna dalla nascita. Si nasce uomini pubblici come si nasce intelligenti o deficienti. Nessun tirocinio riesce a far diventare pubblico un uomo che abbia tendenza alla domesticità".

Mr Doppio Vu. La democrazia è riuscita a far volare molte galline.

Tommaso il Cinico. Napoleone Bonaparte ignorava quasi tutto della storia d'Europa e per questo gli fu più facile metterla a soqquadro. Egli divenne un grande stratega e perfino un grande legislatore, scrisse il Metternich, "grazie al suo solo istinto". Per tornare ai nostri tempi, vi consiglio di leggere l'ammirevole ritratto di Stalin tracciato da Souvarine. Voi sarete meravigliati della sproporzione tra l'intelligenza e la volontà del successore di Lenin, tra il suo sapere e il suo "savoir faire". "Paziente, meticoloso, sobrio d'illusioni come di parole, e forte, soprattutto, del suo disprezzo per l'individuo, della sua mancanza di princìpi e di scrupoli. Egli è un prodotto delle circostanze" dice Souvarine "egli deve la sua fortuna politica ai suoi antagonisti. Egli non sarebbe riuscito a imporsi, senza un certo fiuto, senza delle facoltà naturali d'intrigo e una lega efficace di sangue freddo e d'energia. Abile a differire le soluzioni sfavorevoli, a dividere i suoi nemici e ad aggirare gli ostacoli, egli non arretra di fronte a nulla quando offre la possibilità di affrettarsi, di colpire, di schiacciare." Ma forse si può concludere che tutti i più fortunati uomini politici sono stati opportunisti di genio.

Prof. Pickup. Se il senso politico è il requisito decisivo nella lotta pratica, come spiegate l'istituzione di scuole politiche per la formazione di nuovi capi a Berlino e a Roma?

Tommaso il Cinico. Malgrado il loro nome pomposo, si tratta di seminari per la formazione di funzionari. Esse devono preparare attivisti docili e devoti. Il loro compito non è di formare nuovi hitler e mussolini, ma di impedire che si formino.

Mr Doppio Vu. Per oggi, basta. Mi permetterete un'osservazione che vi riguarda entrambi? Voi due citate troppo. Non potreste fare a meno di citare?

Prof Pickup. La conversazione diventerebbe personale, mentre il tema non lo è.

Tommaso il Cinico. E se volete diventare dittatore, dovete farvi l'abitudine. Una dittatura è un regime in cui, invece di pensare, gli uomini citano. Essi citano tutti lo stesso libro che fa testo. A nostro vantaggio possiamo almeno dire di citare autori diversi.

Mr Doppio Vu. Forse le citazioni mi danno ai nervi perché mi ricordano la scuola.

Tommaso il Cinico. Ma dittatura viene da dettare, ch'è anch'esso un esercizio scolastico. Con l'aggravante che la dittatura è una classe unica e gli sbagli di ortografia vi sono puniti dalla legge.

III

Su alcune condizioni che nella nostra epoca favoriscono le tendenze totalitarie.

Prof. Pickup. Mi concedete il privilegio d'introdurre la conversazione odierna? Vi ringrazio. Per cominciare vorrei subito dimostrare l'opportunità delle citazioni, giustamente difesa dal signor Cinico al termine del nostro incontro di ieri, ricordando quello che si legge nel libro quinto della *Politica* di Aristotile sulle cause che portavano alla rovina le democrazie elleniche. Le democrazie, scrive Aristotile, sono soggette a rivoluzioni per l'intemperanza dei demagoghi, poiché, esercitando ciascuno per conto suo il mestiere di sicofante contro i ricchi, li costringono a unirsi assieme e talora aizzano contro di loro la moltitudine. L'esperienza dei greci è importante perché la storia ha conosciuto una sola fioritura di dittature che possa essere per intensità paragonata all'attuale, e fu appunto quella che si manifestò durante il VII e il VI secolo a. C. nel mondo ellenico. La maggior parte delle città greche furono dilaniate da furiose lotte civili, durante le quali si contendevano il potere un partito aristocratico e un partito democratico. Alla testa del popolo si metteva per lo più un membro delle antiche famiglie aristocratiche, il quale, prendendo il potere, lo esercitava in modo tirannico, esiliava le famiglie aristocratiche rivali, confiscava le loro proprietà e le distribuiva ai propri seguaci. Più particolarmente gli storici raccontano che il partito dell'aspirante dittatore si componeva di soldati mercenari, maggiormente ligi alla fortuna del loro capitano e della sua famiglia che a quella della città, e di plebei malcontenti e pieni di odio contro l'aristocrazia che li sfruttava. L'impiego dei soldati per scopi faziosi divenne in quell'epoca possibile come conseguenza dell'introduzione del nuovo ordinamento nell'esercito, in base al quale erano soldati tutti quelli che potevano servirsi di armi proprie. Molti diventavano così soldati e rischiavano la loro vita per la patria pur non avendo alcun diritto nelle assemblee della città. Il capitano che sapeva procurarsi un ascendente personale sulle nuove reclute, aveva una facile possibilità di servirsene per impadronirsi del potere. Così ci è stato tramandato che il nobile Pisistrato, figlio di Ippocrate, essendo Atene divisa tra la fazione dei Pediaci, ricchi proprietari, e dei Parali, piccoli proprietari, costituì una terza fazione, arruolandovi i plebei più turbolenti da lui conosciuti e influenzati dal tempo della comune milizia. Tra essi Pisistrato ne scelse cinquanta particolarmente forti e audaci che armò di manganelli (*korunefòroi*) e con essi occupò l'Acropoli imponendosi ad Atene come dittatore. Per concludere vorrei solo osservare che la parola tiranno non aveva presso i greci il significato spregiativo preso in seguito. Il tiranno era spesso un democratico.

Tommaso il Cinico. Questo può accadere anche ai tempi nostri.

Mr Doppio Vu. Veniamo dunque ai tempi nostri. Un poeta francese che abbiamo dovuto visitare a causa della sua rinomanza, un certo Paul Valéry, parlando con noi ha ammesso che l'idea della dittatura è attualmente contagiosa, come nel secolo scorso lo era quella della libertà. Qual è l'origine di questa virulenza? Si può ritenerla un fenomeno generale e durevole? Mi chiedo questo perché, secondo un luogo comune, a cui un mediocre romanziere americano ha ora dato forma di slogan, il fascismo sarebbe da noi impossibile.

Prof. Pickup. Ebbene, in materia d'instabilità dei regimi, fa legge, mi sembra, il classico argomento del Machiavelli, per cui niuna forma è stabile, dato che la virtù partorisce quiete, la quiete ozio, l'ozio disordine, il disordine rovina; e similmente, per reazione, dalla rovina nasce la nostalgia dell'ordine, dall'ordine virtù e da questa gloria e buona fortuna. In questo pensiero del Machiavelli sembra racchiusa una vicenda naturale, ma è facile scorgere che tutti questi termini: virtù quiete ozio disordine rovina gloria, indicano fatti morali.

Tommaso il Cinico. Perché in una certa epoca la Germania ha avuto Bismarck ed ora ha Hitler? Credete che sarebbe stato immaginabile un regime di tipo hitleriano non molto tempo fa, mettiamo nel 1910?

Mr. Doppio Vu. È questa la questione.

Prof. Pickup. Avete ragione, anche il tempo ha i suoi diritti. Alla vostra richiesta risponde Spengler con la sua teoria sul fiorire e decadere delle civiltà, che completa e attualizza il pensiero del Machiavelli. La decadenza colpisce gl'imperi e le repubbliche come la vecchiaia colpisce l'uomo. Non c'è modo di sfuggire. Fino a che punto l'America è ora coinvolta nella decadenza dell'Occidente? Alcuni lati della sua diagnosi geniale, a me sembra, colpiscono il nostro paese ancora più dell'Europa, altri forse meno. Nella più sfavorevole delle ipotesi, la scelta spetta alla nostra volontà: anche in questo io sono d'accordo con lo Spengler. Il dovere è di irrigidirsi sul proprio posto, anche senza speranza, egli ha scritto. Star fermi come quel soldato romano, di cui si sono trovate le ossa dinanzi a una porta di Pompei, il quale morì perché allo scoppio dell'eruzione del Vesuvio qualcuno aveva dimenticato di scioglierlo dalla consegna.

Mr Doppio Vu. Chi ha raccontato al tuo Spengler che quel soldato si trovava lì di fazione e non per un appuntamento con la sua ragazza che era in ritardo?

Prof. Pickup. Evidentemente ognuno ha l'immaginazione che gli compete.

Tommaso il Cinico. L'immaginazione dello Spengler è quella d'un letterato decadente. I suoi seguaci tedeschi, fino a pochi anni or sono, si dilettavano nel ruolo di Cassandra e annunziavano la fine irrimediabile dell'Europa. (Bella consolazione per i risparmiatori rovinati dall'inflazione: è vero che noi siamo rovinati, ma anche gli altri, ah, ah, riceveranno presto quel che meritano.) Adesso, dopo la vittoria del nazionalsocialismo, essi cantano inni giulivi all'eterna gioventù del popolo tedesco e alla sempre verde foresta nordica. Quelli che avevano già cinto la toga del legionario pompeiano e scrutavano l'orizzonte in attesa dell'eruzione vulcanica, ora vendono birra e salsicce nelle feste campestri dell'associazione "Kraft durch Freude".

Mr Doppio Vu. Anche a me questa fantasia del nascere crescere e invecchiare delle nazioni mi sembra campata in aria. Non possono esservi instabilità disordine sconvolgimento anche in uno stato giovane? Ma, bando alle divagazioni nominali, alla ricerca delle leggi storiche e delle cause prime: signor Cinico, veniamo ai fatti.

Tommaso il Cinico. Cominciamo, se siete d'accordo, da alcuni aspetti attuali della crisi delle istituzioni democratiche, riscontrabili in tutti i paesi.

Mr Doppio Vu. Non potreste, per favore, rinunziare alla parola "crisi"? Essa vuol dire troppe cose, al punto da non significare più nulla di preciso.

Tommaso il Cinico. Se vi dà fastidio, cercherò di evitarla Il primo punto dunque sul quale vorrei attirare la vostra attenzione è la tendenza generale allo statalismo, per cui la democrazia, volendo realizzare sé stessa, si autodivora. È una condanna, mi pare, alla quale difficilmente la democrazia può sottrarsi. Infatti, essa deve soccorrere le masse e gli stessi imprenditori in difficoltà e può farlo soltanto sovraccaricando le vecchie istituzioni liberali di un numero sempre più grande di funzioni sociali. Ne risulta ovunque un accrescimento di poteri, di una specie e in una quantità tali che la democrazia politica non può in alcun modo controllare. La cosiddetta sovranità popolare si riduce in tal guisa ancor più a una finzione. Il bilancio dello stato assume proporzioni mostruose, indecifrabili per gli stessi specialisti. La sovranità reale passa alla burocrazia, che per definizione è anonima e irresponsabile, mentre i corpi legislativi fanno la figura di assemblee di chiacchieroni che si accapigliano su questioni secondarie. Alla decadenza della funzione legislativa corrisponde fatalmente la caduta del livello morale medio degli eletti. I deputati non si curano che della propria rielezione. Per poter servire i gruppi di pressione che la facilitano, essi stessi hanno bisogno della benevolenza dell'amministrazione. Le autonomie locali, i cosiddetti poteri intermedi, tutte le forme spontanee e tradizionali di vita sociale, deperiscono, oppure, se sopravvivono, sono svuotati di ogni contenuto. Ora l'egemonia di un'amministrazione centralizzata è la premessa di ogni dittatura; anzi, è essa stessa già dittatura. Nello stesso tempo (senza voler stabilire alcuna relazione di causa ed effetto col già detto) si assiste ovunque a una crescente disaffezione dalle credenze tradizionali. I grandi miti che alimentavano la fede degli avi sembrano largamente esauriti, almeno per ciò che riguarda i loro riflessi sulla vita pubblica. Sì, sopravvivono i templi le liturgie gli emblemi gli inni: ma dov'è l'entusiasmo? Chi s'illude ancora che la credenza nello stesso Dio possa migliorare le relazioni tra i popoli e che l'etica cristiana sia applicabile nella vita sociale? L'internazionalismo del movimento operaio, da parte sua, benché più giovane, non ha avuto sorte migliore. Presso gli elementi moderati esso è sfociato in varie forme di socialpatriottismo e presso gli estremisti nell'asservimento all'imperialismo sovietico. Il socialismo è stato quasi ovunque nazionalizzato, come le ferrovie e le PPTT. Infine, mi pare che neanche nei brindisi dei banchetti si usa più di levare i calici al Progresso graduale e inevitabile dell'Umanità e al ruolo umanistico delle scienze. Semplicemente, nessuno vi crede più. Ognuno che sappia riflettere è ora convinto che esiste anche l'alternativa della decadenza e dello sterminio. Questa è oggi la situazione spirituale delle élites più o meno in tutti i paesi progrediti. Di conseguenza esse non hanno nulla di valido da opporre, sia pure ad uso della limitata parte del pubblico accessibile alle forme superiori della cultura, all'invadente civiltà di massa. La quale si manifesta mediante l'enorme diffusione dei cosiddetti *mass-media*, col risultato di uniformare il modo di sentire degli individui e di distrarli da ogni pensiero autentico.

Mr Doppio Vu. Riconosco il quadro. Tutto quello che

avete indicato, da noi, più o meno, esiste già. Eppure non abbiamo ancora una dittatura.

Tommaso il Cinico. Allo stesso modo, un certo tasso di colesterolo nel sangue rende possibile, non fatale, l'infarto. Affinché, sulla base delle condizioni da me ricordate si verifichi il collasso politico, è indispensabile una congiuntura in cui l'insicurezza generale assuma le forme della disperazione e la dittatura sia invocata anche da molti suoi avversari.

Mr Doppio Vu. Di ciò parleremo un altro giorno.

IV

*Schema d'un colpo di stato
dopo una rivoluzione mancata.*

Mr Doppio Vu. Non riesco a capire perché il fascismo sia sorto, per prima, proprio in un paese come l'Italia, dove le condizioni della civiltà di massa, da voi descritte nel corso della nostra precedente conversazione, sono certamente meno sviluppate che in America.

Tommaso il Cinico. La stessa obiezione è stata mossa alle spiegazioni sociologiche della rivoluzione russa. A me sembra che la risposta di Trotzkij sia valida per ogni caso del genere. Una catena messa alla prova, egli ha scritto, si spezza sempre nel suo anello relativamente più debole. Bisogna ricordare la nostra situazione al termine della grande guerra. La guerra aveva sconvolto i vecchi rapporti tra i paesi e tra le differenti classi della popolazione. I paesi che non disponevano di grandi riserve, i paesi vinti, i paesi a struttura debole come l'Italia, gli stati sorti dai trattati di pace, ebbero la vita molto agitata. Quello che in seguito è avvenuto non era certo inevitabile, in quanto ogni crisi ammette sempre varie soluzioni, l'unica soluzione utopica essendo, in quei casi, lo *statu quo*. Nell'utopia conservatrice si cullarono appunto molti democratici e liberali, i quali vedevano nel disordine solo le espressioni psicologiche, la cosiddetta psicosi di guerra, e speravano che questa lentamente si evaporasse e si potesse tornare al modo di vivere del 1914. Ma la società non era più quella di allora.

Mr Doppio Vu. Tra le condizioni favorevoli a un colpo di stato, voi non avete menzionato la necessità di salvare la società dalla minaccia di una rivoluzione comunista. La vostra dimenticanza è intenzionale? Come potete supporre, per me questo è un punto assai importante. Starei fresco ad aspettare che un tale pericolo si produca negli Stati Uniti.

Tommaso il Cinico. Vi posso rassicurare che la condizione da voi ora indicata non mi sembra affatto indispensabile alla buona riuscita d'un colpo di stato.

Mr Doppio Vu. Ma tanto Mussolini che Hitler pretendono di aver salvato i loro paesi da una rivoluzione comunista imminente.

Tommaso il Cinico. Nessuno vi impedirà, dopo la vittoria, di creare di sana pianta la medesima leggenda. Certo è che tanto in Italia alla fine del 1922, quanto in Germania nella primavera del 1933, il marasma politico poteva ancora risolversi in varie forme; ma tra queste non v'era più la conquista del potere da parte comunista.

Prof. Pickup. Mi sembra, signor Cinico, che voi giuochiate abbastanza cinicamente sul prima e sul poi. Come potete negare che, nei due paesi ora in questione, gli operai fossero i primi ad attaccare ed erano ancora con l'arma al piede? D'altronde, i marxisti non ne avevano mai fatto mistero. Lasciamo pure da parte il vecchio "Manifesto" del 1848, ma proprio negli anni che precedettero la prima guerra mondiale, e in quelli che la seguirono, la sfida era stata ripetuta su tutti i toni. A loro parere, l'umanità "soffriva" allora nella pace e nel benessere, e Georges Sorel si domandava nelle sue *Riflessioni sulla violenza* come risuscitare nella borghesia un ardore che si spegneva. La violenza proletaria aveva appunto il compito di richiamare i borghesi al senso della propria classe. Come si preoccupava il Sorel di vedere i padroni accedere alle rivendicazioni del riformismo sociale e interessarsi alle assicurazioni contro le malattie e gli infortuni, alle società sportive, alle abitazioni igieniche per i propri dipendenti. Una borghesia che cercava di attenuare la sua forza riempiva quel brav'uomo di tristezza. Fortunatamente la violenza proletaria poteva costringere i borghesi a ricuperare la loro funzione di produttori e a restaurare le differenze di classe che tendevano a livellarsi. La società capitalista, nell'opinione del Sorel, avrebbe raggiunto la sua `pertezione storica" nella misura in cui proletariato e capitalismo rimanessero inconciliabili e si combattessero con spirito bellicoso. La battaglia, auspicata durante decenni e annunziata con grandi grida, ha avuto finalmente luogo. Per dirla con Sorel, la società ha raggiunto la sua perfezione storica, sotto diverse forme. I marxisti hanno vinto in Russia quasi di sorpresa e col favore di molte circostanze straordinarie; essi sono stati battuti e messi fuori combattimento nei Balcani, nei Paesi baltici, in Italia, in Germania, nell'America del Sud. Negli altri paesi la lotta è appena agl'inizi, e non è a dire che i marxisti vi siano inattivi spettatori. Ora non capisco perché i marxisti, quando sono battuti nelle battaglie ch'essi stessi provocano, si lamentino tanto e accusino la violenza avversaria.

Tommaso il Cinico. Anzitutto voi vi sbagliate, illustre professore, se prendete il Sorel come un rappresentante del movimento operaio. In Italia, dove l'influenza di lui irradiò di certo più vivamente che nella stessa Francia, egli non ebbe seguaci che pochi intellettuali, i quali nel 1914 furono tra i promotori della campagna per l'intervento dell'Italia in guerra e nel 1919 tra i fondatori dei primi fasci. Ma non s'intendono nel loro giusto senso le idee del Sorel sulla violenza, se si scompagnano dal suo pensiero fondamentale, che, cioè, non serva coprire e nascondere gli antagonismi reali della società con drappeggi ipocriti, perché ove ciò avviene, si falsifica il contenuto della vita sociale, si ha decadenza morale e intellettuale e la stessa produzione declina. Per questo Sorel avversò fieramente il socialismo parlamentare e la collaborazione dei riformisti e auspicò una lotta di classi senza intermediari, una lotta diretta tra operai e imprenditori. Ma a togliere alle violenze fasciste ogni carattere sorelista basta una sola osservazione: esse hanno assolto la funzione di sviare l'asse della lotta politica, dalla obiettiva e storica demarcazione dei partiti e delle classi, sostituendola con una artificiosa unità d'ordine nazionale o razziale. Con altri mezzi e altre conseguenze le violenze fasciste hanno dunque adempiuto alla funzione che prima della guerra era affidata al riformismo sociale, da Sorel avversato come reazionario e immorale. Tornando ora al quesito iniziale, io devo insistere nel confutare la falsa idea secondo la quale, tanto in Italia che in Germania, il socialismo sarebbe stato sconfitto dal fascismo. È vero invece che il fascismo e il nazismo sono nati dalla sconfitta socialista.

Prof. Pickup. E chi ha sconfitto, in quei paesi, il socialismo?

Tommaso il Cinico. Il socialismo vi si è sconfitto da sé stesso. Nel disordine politico e sociale in cui sia l'Italia che la Germania si trovarono nel dopo-guerra, fin dai primi mesi che seguirono l'armistizio, il socialismo apparve alle masse come la sola forza capace di soddisfare le loro aspirazioni e di dare un nuovo assetto alla società. Ma il socialismo dei due paesi era spiritualmente diviso, grosso modo, in una corrente rivoluzionaria che mirava, almeno a parole, all'espropriazione immediata delle classi possidenti e all'instaurazione della dittatura del proletariato, e in una corrente riformista che aspirava a un miglioramento graduale e pacifico delle condizioni delle classi povere. In Italia le due correnti si neutralizzarono a vicenda, per cui, né i riformisti tentarono le riforme, né i rivoluzionari la rivoluzione. In Germania i socialdemocratici aiutarono efficacemente a schiacciare il movimento spartakista e non intrapresero nulla di serio e di ardito, non dico per sostituire un'economia socialista a quella capitalistica in collasso, ma neppure per democratizzare radicalmente il paese. Invece, come simbolicamente fu detto, "il Kaiser partì e i generali restarono". D'altra parte, una congiuntura rivoluzionaria non dura mai lunghi anni e se il partito rivoluzionario non ne trae rapidamente profitto, le masse disilluse si rivoltano contro di esso e innalzano al potere, o accettano passivamente, il partito contrario. In Italia il capovolgimento della situazione si verificò dopo l'occupazione delle fabbriche, la cui evacuazione spezzò lo slancio degli operai e li demoralizzò, rivelando ad essi che il partito in cui avevano riposto le loro speranze era soltanto capace di fare delle chiacchiere. Il socialismo tedesco conservò la possibilità d'un intervento decisivo nella riorganizzazione del paese fino al 1923, ma anch'esso finì col capitolare senza lotta. La classe operaia italiana e tedesca dovettero perciò sostenere i primi attacchi violenti del fascismo, quando le proprie organizzazioni si trovavano già in un disordinato movimento di ritirata e avevano già abbandonato le posizioni progredite, occupate in fretta, più di sorpresa che di forza, nei primi mesi dopo l'armistizio.

La nuova situazione fu subito utilizzata dai gruppi capitalisti più retrivi per addossare alle masse la maggior parte dei pesi del disagio economico e finanziario, e far fronte, rducendo i salari, alla concorrenza delle industrie straniere. Essendo esaurito il pericolo rivoluzionario per deficienze interne del socialismo e prima ancora che il fascismo rappresentasse una forza politica, la borghesia appoggiò Mussolini e Hitler per trasformare l'indietreggiamento delle organizzazioni operaie in rotta e battere in breccia il troppo costoso riformismo sociale. Questo carattere della lotta risultò con maggiore evidenza in Italia, dove il suo sviluppo fu più rapido e diretto da un capo fascista dalla visione politica più spregiudicata. È fuori dubbio che il fascismo era sorto e si era sviluppato, dopo la sua prima fase patriottica, più come reazione al riformismo sociale che al socialismo rivoluzionario comunista. I contadini ricchi, i negozianti, i piccoli industriali, i quali nel 1921 avevano aderito ai fasci di Mussolini, l'avevano fatto per combattere le incomode istituzioni riformiste che avevano ridotto al minimo il profitto specialmente delle piccole aziende. Nelle provincie della valle del Po, dove in quarant'anni di pacifica attività i riformisti avevano creato una fitta rete di leghe, cooperative, istituzioni di assistenza e di credito, controllando gran parte della vita economica locale e in alcuni settori esercitando un vero monopolio, la reazione fascista fu appunto più sanguinosa. Ed è ben comprensibile. Il rivoluzionarismo parolaio, con le sue manifestazioni chiassose e inconcludenti metteva in pericolo solo le lampade dell'illuminazione pubblica e qualche volta le ossa degli agenti di polizia; ma il riformismo, senza aver grandi prospettive politiche, applicandosi ad un lavoro paziente, metodico e legale, minacciava qualche cosa di più sacro: il profitto degl'imprenditori privati; e più particolarmente, non il profitto delle grandi banche, dalle quali gli stessi riformisti dovevano rifornirsi di crediti, ma i profitti dei piccoli imprenditori privati. Contro i rivoluzionari a parole, la borghesia si sentiva difesa a sufficienza dalle leggi dello stato; ma contro il riformismo pacifico e legalitario, essa aveva bisogno delle bande terroriste del fascismo, rompendo quella legalità da cui non si sentiva più difesa. La violenza fascista coinvolse in un tempo successivo anche i socialisti rivoluzionari e i comunisti, nello stesso tempo in cui questi, svanite le speranze d'una rivoluzione immediata e per non lasciarsi isolare dalle masse, assunsero la difesa delle condizioni materiali di vita degli operai e nella lotta per i salari portarono uno spirito combattivo che disturbava i calcoli opportunistici dei capi riformisti, terrorizzati dall'attacco fascista, e disposti a concludere con essi un patto di pacificazione. Gli sviluppi e le complicazioni successive non devono però farci dimenticare questa verità iniziale: il fascismo è stata una controrivoluzione contro una rivoluzione che non ha avuto luogo.

Mr Doppio Vu. Quello che voi dite mi suona abbastanza convincente. Ma credete sul serio che uno svolgimento così schematico si possa ripetere altrove?

Tommaso il Cinico. Non so. Comunque mi permetto di riassumere il mio pensiero in questa forma: la prima condizione affinché prevalga un sistema totalitario, è la paralisi dello stato democratico, cioè, una insanabile discordanza tra il vecchio sistema politico e la vita sociale radicalmente modificata; la seconda condizione è che il collasso dello stato giovi anzitutto al partito d'opposizione e conduca a esso le grandi masse, come al solo partito capace di creare un nuovo ordine; la terza condizione è che questo si riveli impreparato all'arduo compito e contribuisca anzi ad aumentare il disordine esistente, mancando in pieno alle speranze in esso riposte. Quando queste premesse sono consumate, e nessuno ne può più, irrompe sulla scena il partito totalitario. Se esso non ha alla sua testa un imbecille, ha molte probabilità di arrivare al potere.

Mr Doppio Vu. Tratteniamoci alquanto sulla terza fase del vostro schema: il fallimento del partito tradizionale di opposizione, che può essere, se ho ben capito, socialista, oppure conservatore, o semplicemente democratico. Mi chiedo se le esperienze dell'Italia, della Germania, dei Balcani e dell'America Latina siano probanti anche per gli altri paesi. Non possiamo infatti trascurare il particolare che il fascismo si è imposto finora in contrade dove la democrazia aveva radici piuttosto superficiali.

Prof. Pickup. Scusate se m'intrometto nel dialogo. A mio parere l'inferiorità della democrazia rispetto al fascismo è nell'insufficienza dell'ideale democratico che postula un'assurdità: la sovranità popolare.

Tommaso il Cinico. La maggiore debolezza del sistema democratico nei nostri giorni è, a mio parere, nel suo carattere conservatore. Chi si ferma, mentre la società si muove, è travolto. Vi è una grande differenza tra i democratici dei nostri giorni e i loro avi, i quali si batterono per le libertà popolari, per l'uguaglianza giuridica e politica dei cittadini sulle barricate, nelle guerre civili e nelle guerre d'indipendenza. Questa differenza non dipende dalle doti del carattere individuale. L'uguaglianza politica e giuridica dei cittadini era allora una novità e un ideale. Come tale essa irradiava un fascino che infiammava tutti gli spiriti d'una qualche distinzione, i quali sposavano la causa del popolo e assieme a esso combattevano contro la corte la nobiltà il clero o la dominazione straniera. I democratici di oggi non hanno più un ideale da realizzare. Essi vivono di rendita sulle conquiste degli avi. Un movimento d'ascesa, che adempie a una funzione rivoluzionaria, ingrandisce i suoi protagonisti e dà a essi la statura gigantesca dei pionieri: dei Cromwell, dei Robespierre, dei Jefferson, dei Mazzini, dei Lenin. Una democrazia in declino che si sostiene praticando compromessi e ripieghi, non può avere al governo che dei Facta, dei Brüning, dei Laval, dei Chamberlain, e quanto più tempo passa, c'è da temere, tanto più giù si scenderà. È naturalmente possibile che la democrazia borghese trovi ancora interpreti di grande valore, ma io credo che questo si verificherà di preferenza nei paesi in cui essa non è mai esistita, nei paesi feudali, semi-feudali, coloniali, che sono arrivati da poco sulla soglia della rivoluzione cosiddetta borghese. Pensate a uomini come Sun-Yat-Sen e Gandhi, e paragonateli ai nostri ministri democratici poco fa menzionati: essi appartengono allo stesso movimento storico, ma quelli sono all'alba e questi al tramonto. I capi della democrazia europea mostrano, per dirla in breve, tutte le caratteristiche di una classe politica che abbia esaurito la sua missione.

Prof. Pickup. Goebbels ha scritto che il successo del nazionalsocialismo è dipeso in gran parte dalla stupidaggine degli avversari. Essi avevano tutto in mano, l'esercito la polizia la burocrazia le banche la maggioranza parlamentare la radio la grande stampa, e non seppero servirsene.

Tommaso il Cinico. Giudicato da quel punto di vista, ogni cambiamento di regime sembra il frutto della stupidaggine della vecchia classe dirigente, battuta di sorpresa. Non mancano storici i quali cercano di dimostrare che se Luigi XVI avesse agito in questo o quel modo e se i circoli zaristi nel 1917 avessero preso queste o quelle precauzioni, non avrebbero avuto luogo né la rivoluzione francese né quella russa. La stessa cosa si potrebbe facilmente dire di tutte le altre rivoluzioni, che hanno sempre, agli occhi dei superficiali, qualche cosa d'incomprensibile. È vero, una classe dirigente dispone, fino al giorno del cambiamento di regime, di tutti i mezzi materiali per difendersi. Ma difetta della volontà, della capacità, del coraggio di servirsene, e questi sono gli attributi essenziali del dominare. Prima di essere battuta e spodestata fisicamente, essa è spiritualmente già vinta. Si mantiene in piedi per forza d'inerzia, miope abulica acefala, affetta dalle malattie senili del formalismo e del legalitarismo. Essa continua a prestar culto alle formule e a trincerarsi dietro il rispetto formale delle leggi e della procedura, ma queste giovano più ai suoi avversari che alla democrazia ed ora hanno un effetto contrario di quello per il quale erano state ideate.

Prof. Pickup. Servirsi della legalità democratica per distruggerla, questo infatti hanno inteso assai bene i fascisti e i nazionalsocialisti. La democrazia, ha scritto Hitler nel *Mein Kampf*, è nel migliore dei casi un mezzo per paralizzare l'avversario. Nel 1935, due anni dopo la conquista del potere, Goebbels menò vanto del giuoco riuscito. Noi abbiamo sempre dichiarato, egli scrisse, che ci saremmo serviti di mezzi democratici per conquistare il potere e che, una volta al potere, avremmo negato ai nostri avversari tutte le possibilità di cui noi, quando eravamo all'opposizione, avevamo potuto usufruire. La posizione dei comunisti di fronte alla legge, nei paesi democratici, d'altronde, non è diversa.

Tommaso il Cinico. I democratici non l'ignorano, ma sono impotenti a porvi rimedio. Una classe dirigente in declino vive di mezze misure, giorno per giorno, e rinvia sempre all'indomani l'esame delle questioni scottanti. Costretta a prendere decisioni, essa nomina commissioni e sottocommissioni, le quali terminano i loro lavori quando la situazione è già cambiata. Arrivare in ritardo significa chiudere la stalla quando i buoi sono già scappati. Significa anche illudersi di evitare le responsabilità, lavarsene le mani, per mostrarle bianche e pure agli storici futuri. Il colmo dell'arte di governo per i democratici dei paesi in crisi sembra consistere nell'incassare degli schiaffi per non ricevere dei calci; nel sopportare il minor male, nell'escogitare sempre nuovi compromessi per attenuare i contrasti e tentare di conciliare l'inconciliabile. Gli avversari della democrazia ne approfittano e diventano sempre più insolenti. Essi congiurano alla luce del giorno, organizzano depositi d'armi, fanno sfilare per le strade i loro aderenti in formazioni militari, aggrediscono, dieci contro uno, i capi democratici più odiati. Il governo, "misurando bene le parole per non aggravare la situazione", deplora i fatti e augura, "per il buon nome del paese", ch'essi non siano stati premeditati, rivolgendo un appello accorato ai cittadini affinché "la serenità torni negli spiriti". L'importante, a giudizio dei capi democratici, è di evitare parole e provvedimenti che possano irritare i faziosi e aggravare la situazione. Se la polizia scopre che dei capi politici e militari sono compromessi con l'organizzazione sediziosa e hanno collaborato direttamente alla formazione dei depositi d'armi, il governo diventerà forse audace e, perché serva d'ammonimento, farà arrestare qualcuno dei collaboratori subordinati. I capi stessi giammai, perché equivarrebbe a provocare uno scandalo e a precipitare la catastrofe. Gli uomini responsabili della democrazia sanno ch'essi hanno tutto da perdere e nulla da guadagnare dall'inasprimento dei rapporti politici. Pertanto essi s'illudono di guadagnare tempo praticando la politica dello struzzo. Così la giovane repubblica spagnuola graziò Sanjurjo e mantenne i generali monarchici alla testa dell'esercito, anche quando tutti sapevano che preparavano un colpo di stato. Alla stessa guisa Mussolini non fu mai molestato a causa delle violenze che i fasci, sotto la sua direzione e dietro suo ordine, perpetravano nel paese. Gli ufficiali e generali, iscritti nei fasci, furono conservati nei quadri militari. Non altrimenti in Germania. "Per contribuire alla pacificazione degli animi", la repubblica tedesca graziò Ludendorff dopo il fallito putsch di von Kapp del 1920 e dopo quello prematuro di Hitler del 1923, e lasciò impuniti i capi dell'organizzazione terrorista "Consul" che ordinarono l'assassinio dei ministri Erzberger e Rathenau, benché nessun dubbio vi fosse sulla loro identità e responsabilità.

Mr Doppio Vu. Noi abbiamo incontrato a Berlino il barone von Killinger e il duca von Coburg, presidente della Croce Rossa tedesca, ambedue, fin dall'inizio capi dell'organizzazione "Consul". Essi ci hanno raccontato in ogni particolare come venivano ordinati gli attentati, di cui ora menano pubblico vanto, e la poca pena che dovevano prendersi, anche sotto il regime democratico, per dissimulare la propria responsabilità. Il loro coraggio, a dir vero, era proporzionato alla viltà delle autorità repubblicane.

Tommaso il Cinico. Vi erano però dei democratici non vili, né passivi, che hanno pagato con la vita, il carcere, la deportazione o l'esilio, la propria coerenza. Ma essi erano isolati, non potendo più contare sulle proprie basi tradizionali, i ceti medi, e ancor meno sugli operai, delusi nelle loro speranze rivoluzionarie.

Mr Doppio Vu. Non credete che le esperienze italiane e tedesche abbiano insegnato qualcosa ai democratici degli altri paesi?

Tommaso il Cinico. Che cosa? Finché la situazione è buona, ognuno è convinto che certe cose nel suo paese non sono possibili; quando sopravviene il ciclone, la parola d'ordine più seguita è: si salvi chi può. La verità è che una classe politica in declino ha tutti gli acciacchi della vecchiaia, compresa la sordità. Necker diresse consigli e avvertimenti al suo re, ma non potevano servire. Quanti avvertimenti aveva avuto lo zar Nicola II? Non avrebbe dovuto essere zar, per poterli capire. Non solo una classe politica in declino non ha più la forza la capacità la volontà il coraggio di servirsi dei mezzi a sua disposizione per governare e difendersi contro i nemici che l'attaccano; essa non ha più nemmeno l'intelligenza per dominare la situazione continuamente mutevole e capire quel che succede. Tutte queste ragioni favoriscono le iniziative totalitarie.

Mr Doppio Vu. Perché così di frequente, invece di fascismo, dite totalitario? Forse per non far torto ai comunisti?

Tommaso il Cinico. Per l'appunto. Ma anche per un giusto riguardo alle possibilità dittatoriali di qualche audace gruppo democratico o liberale.

Mr Doppio Vu. Volete scherzare? A parte che, dopo tutto quello che avete detto, una tale ipotesi mi sembra irreale, credete che sia concepibile un totalitarismo democratico?

Tommaso il Cinico. Perché no? Intendo un totalitarismo di tipo giacobino, schiettamente democratico nell'ideale e antidemocratico nel metodo, a causa delle condizioni arretrate delle masse. Forse questa sarà la forma politica più accessibile ai capi democratici dei popoli coloniali, nel momento in cui diventeranno indipendenti.

Mr Doppo Vu. Scusate una domanda personale: mi pare d'indovinare che le vostre preferenze vadano a un partito di questo genere.

Tommaso il Cinico. Non più. Da quando mi sono avveduto che, strada facendo, il mezzo si sostituisce al fine.

V

*Sull'amore non corrisposto dell'aspirante dittatore
per le Muse, sull'insignificanza degli alberi genealogici
e l'inevitabilità delle emicranie.*

Prof. Pickup. Mr Doppio Vu è stato convocato dal suc medico curante e vi chiede scusa per l'imprevisto contrattempo.

Tommaso il Cinico. Non fa niente. Potrò tornare più tardi, o quando meglio gli farà comodo.

Prof. Pickup. No, rimanete. Poiché egli non ha potuto preavvertirvi, s'intende che la conversazione di oggi vi sarà regolarmente contata.

Tommaso il Cinico. In questo caso permettetemi d'invitarvi al bar. Berremo un bicchiere di vino alla sua salute.

Prof. Pickup. Volentieri. Sediamoci però a una buona distanza dall'orchestrina. L'assenza casuale di Mr Doppio Vu mi consente di confidarvi qualcosa che, pur essendo di natura personale, tocca il fondo delle nostre conversazioni. Non avete ieri accennato al ruolo decisivo che la persona dell'aspirante dittatore ha per la riuscita della sua impresa? Ebbene, non vorrei apparire sleale, se vi assicuro di avere gravi dubbi sull'adeguatezza di Mr Doppio Vu alla sua alta missione.

Tommaso il Cinico. Vi conoscete da tempo?

Prof. Pickup. Lavoro per lui da un paio d'anni e, malgrado il suo pessimo carattere, ho finito sinceramente col volergli bene. Tanto più m'addolora il dovere apprendere, ogni tanto e da altri, certi episodi del suo passato che non depongono a suo favore. Intendo a favore della sua carriera.

Tommaso il Cinico. Non so a che cosa fate allusione. Solo posso dirvi che non tutto ciò che nuocerebbe alla reputazione d'un arcivescovo, torna a discapito di un aspirante dittatore.

Prof. Pickup. Da un suo ex-compagno di collegio, capitato per caso in questo stesso albergo, ho appreso che egli lasciò gli studi per suonare come sassofonista in una taverna di San Francisco. Lo ignoravo.

Tommaso il Cinico. Non è un mestiere disonorevole, a me pare.

Prof. Pickup. Pare anche che egli componesse qualche tango e foxtrot su dei motivi d'un cattivo gusto e d'una mediocrità che sembravano adattissimi a intenerire gli sguatteri e gli autisti frequentatori del locale in cui suonava.

Tommaso il Cinico. Tutto ciò, a mio parere, potrebbe essere perfino a favore di Mr Doppio Vu.

Prof. Pickup. Cosa intendete dire?

Tommaso il Cinico. La velleità di consacrarsi all'arte, il tentativo di esprimersi per mezzo della letteratura, della pittura, della musica, o in altro modo artistico, si ritrovano in quasi tutte le biografie dei grandi dittatori. La non riuscita come artista, dovuta a mancata preparazione o a mancanza di gusto, è stata una delle spine più frequenti e dolorose nella loro vita. Alcuni han cercato una facile vendetta dopo la conquista del potere, imponendo ai sudditi di ammirare le loro creazioni. Badate, non da oggi. Così si racconta che Dionigi il Tiranno componesse tragedie tanto ridicole, che il poeta Filomene non riusciva a mantenersi serio ascoltandole, malgrado sapesse quali dure pene lo aspettassero per quel suo delitto di lesa maestà. Lo stesso Dionigi comperò lo stile d'acciaio col quale Eschilo aveva scritto le sue tragedie, credendo così di scrivere allo stesso modo, ma il risultato fu ancora più ridicolo.

Prof. Pickup. Mr Doppio Vu resterebbe dunque nella tradizione storica se, quando sarà dittatore, imporrà agli Stati Uniti uno dei suoi foxtrot come inno nazionale.

Tommaso il Cinico. Non val la pena di perder tempo nel ricordare in tutti i particolari Nerone e la sua cetra; nel ricordare Napoleone Bonaparte, giovane ufficiale, ignaro del suo avvenire, che perdeva tempo a scrivere in stile enfatico un *Dialogue sur l'Amour* e delle *Réflexions sur l'état de nature*, scialba imitazione della *Nouvelle Héloise*; nel ricordare che Luigi Bonaparte, prima di essere Napoleone III, scrisse delle *Réveries politiques*. Quello che sappiamo dei dittatori contemporanei è invece più istruttivo perché mette in luce una parte della loro psicologia giovanile che ci è più facile seguire nel suo sviluppo ulteriore. Hitler, com'è noto, voleva diventare pittore. All'età di 18 anni si presentò due volte per gli esami d'ammissione all'Accademia di Vienna e ambedue le volte le sue prove di disegno furono trovate insufficienti e fu respinto. Lo scacco lo depresse oltre ogni dire ed egli non osò allora farne parte a sua madre, né più tardi l'ha menzionato nella sua autobiografia, dove tuttavia ha notato tanti episodi di minore importanza. Questo significa che il mancato compimento delle sue velleità di artista, che gli avrebbe permesso di elevarsi d'un gradino al disopra della modesta condizione sociale dalla quale proveniva, gli ha lasciato una ferita la cui cicatrice per molto tempo ha continuato a bruciargli. Quello stesso risentimento non dev'essere del tutto estraneo alla crociata contro l'arte moderna da lui intrapresa, trent'anni più tardi, appena arrivato al potere. Anche il nostro Mussolini ha tentato in gioventù la letteratura; in parte, certamente, anche lui, per elevarsi d'un gradino nella scala sociale, allo stesso modo come, pur essendo un semplice maestro di scuole elementari, usava biglietti da visita in cui si qualificava "Benito Mussolini, professore". I suoi libri non hanno alcun valore estetico, ma ne hanno uno psicologico decisivo per renderci conto dello spirito del giovane Mussolini. Il capolavoro, per così dire, è rappresentato da un romanzo anticlericale-pornografico intitolato *Claudia Particella ossia l'Amante del Cardinale,* che la stessa fascista Margherita Sarfatti, nella biografia ufficiale di Mussolini, definisce "un polpettone senza capo né coda, un film a lungo metraggio e a fortissime tinte, un romanzettaccio d'appendice". Si tratta ancora di eufemismi. Nello stesso spirito dell'*Amante del Cardinale,* Mussolini aveva concepito un altro romanzo, intitolato: *La lampada senza luce*; un racconto intitolato: *Vocazione*, il cui personaggio principale è una monaca, la notte di Natale; un dramma intitolato: *Si comincia, signori,* che si svolge nei bassifondi d'una città, tra teppisti; un altro dramma intitolato: *Reparto tranquilli,* che si svolge tra pazzi rinchiusi in un manicomio. La materia di questi componimenti è, nella sua goffaggine, sempre la stessa: violazioni del voto di castità da parte di ecclesiastici o di monache, rappresentazione sadistica di infermità e debolezze, passioni criminali; mentre la forma ricorda la prosa enfatica d'un giornalista di provincia. Questo non gli ha impedito di diventare dittatore nel paese di Leopardi e di Manzoni. Le circostanze che hanno favorito il suo successo sono state evidentemente d'ordine sociale e politico, e non estetico, ma è un fatto oltremodo significativo che, sulla base di quelle circostanze, un uomo con la psicologia dell'autore di *Claudia Particella* sia stato il più indicato a dirigere il movimento fascista. I biografi futuri di Mr Doppio Vu si porranno il quesito: se il nostro dittatore avesse avuto un brillante successo come sassofonista e come autore di tango e di foxtrot, avrebbe mai pensato a organizzare una marcia su Washington?

Prof. Pickup. Voi siete divertente, signor Cinico. Divertente e paradossale, non posso negarlo. Ma se vi ho menzionato per primo l'episodio musicale è solo perché esso è il più fresco nella mia informazione, non perché io lo consideri il più grave. Non so se voi abbiate un'idea dell'asprezza degli attacchi personali nelle polemiche americane. Ora, in un *pamphlet* contro Mr Doppio Vu pubblicato di recente, assieme a molte sciocchezze, vi sono insinuazioni gravi purtroppo non prive di fondamento.

Tommaso il Cinico. Ad esempio?

Prof. Pickup. Viene messa in dubbio la sua origine americana. Lo stesso Mr Doppio Vu n'è rimasto turbato e alle mie insistenze perché rendesse pubblico il proprio albero genealogico ha risposto in modo piuttosto volgare.

Tommaso il Cinico. Se non ho capito male, tanto voi, egregio professore, che lui, siete dell'opinione che un *leader* debba essere in modo sicuro originario del paese in cui svolge attività politica?

Prof. Pickup. Certamente. È il minimo che si possa pretendere da un capo nazionalista e da chiunque esalta i valori della tradizione e il ritorno alle origini.

Tommaso il Cinico. Ebbene, sono lieto, anche su questo punto, di potervi rassicurare. Nel fatto che Mr Doppio Vu non sia un puro americano, vedo un nuovo requisito che ignoravo e che lo fa adattissimo a dirigere in America un movimento nazionalista e xenofobo. Voi non ignorate, spero, che Hitler, il dittatore più riuscito della nostra epoca, è nato a Brunau, in Austria. Pochi anni prima di diventare cancelliere del Reich, egli ha corso il rischio di essere espulso dalla Germania come "indesiderabile". Un altro dittatore contemporaneo, Mustafà Kemal, è nato a Salonicco, e non si sa di sicuro se sia albanese o macedone, eppure è dittatore della Turchia; anche lui rischiò, verso la fine del 1922, di essere espulso dalla Turchia come straniero. Napoleone Bonaparte era corso, qualche cosa di mezzo tra francese e italiano, e parlava male la lingua del paese sul quale regnò. Né questa origine forestiera è una prerogativa dei capi di governo che sorgono dai colpi di stato, perché essa è ancora più frequente nelle forme tradizionali di governo. Le case reali d'Inghilterra, di Russia, di Spagna, di Romania, e altre, hanno avuto origini germaniche o austriache. La dinastia di Svezia discende da un francese, creatura di Napoleone. I matrimoni tra le varie case regnanti hanno come risultato che nessuna di esse sia esente da sangue straniero; eppure il re è generalmente considerato il rappresentante più puro e genuino del paese, vero simbolo vivente delle virtù ataviche del popolo. In quanto a Mr Doppio Vu, tutto dipende dall'esito della lotta da lui impegnata: se egli vincerà, i suoi biografi non avranno alcuna difficoltà a provare che un suo antenato era tra i pellegrini che sbarcarono in America con la *Mayflower*. Io levo il mio bicchiere e dico: « Professore, bevete con me alla salute del discendente della *Mayflower* ».

Prof. Pickup. Alla salute dell'America. Ma ecco Mr Doppio Vu di ritorno.

Mr Doppio Vu. Avete certamente approfittato della mia assenza per sparlare di me, non lo negate.

Prof. Pickup. Ogni tuo difetto ha nel signor Cinico un difensore a tutta prova. Ma poiché, mio caro, ti vedo più stanco e pallido del solito, ti propongo di ritirarti senz'altro nella tua stanza.

Mr. Doppio Vu. No, detesto la solitudine.

Prof. Pickup. Il medico t'ha almeno proposto un nuovo rimedio contro l'insonnia?

Mr Doppio Vu. Credo che non vi sia più nulla da sperimentare.

Tommaso il Cinico. Soffrite d'insonnia? Ebbene, se il condividere un'infermità di grandi uomini può recarvi sollievo, sappiate che, da Giulio Cesare a Hitler, tutti i dittatori, prima della conquista del potere, hanno fortemente sofferto di emicranie. Questa particolarità in cui i biografi concordano, è di una estrema importanza, perché per alcuni di essi è l'unica prova che fossero forniti di testa.

Mr Doppio Vu. Vi prego di riprendere la conversazione al punto in cui l'avete interrotta al mio arrivo.

Prof. Pickup. Si parlava del più e del meno.

Tommaso il Cinico. In ispecie di alcune qualità dell'aspirante dittatore.

Mr Doppio Vu. Benissimo. Proseguite pure.

Prof. Pickup. In tutte le biografie di dittatori le pagine che narrano l'attesa degli anni di gioventù, mi hanno sempre particolarmente affascinato. Vi si vede il giovane predestinato alla dittatura trascorrere la sua fanciullezza e gioventù appartato dai rumori della folla, in luoghi solitari, in isole abbandonate, o sulla cima di montagne. S'egli talvolta si avvicina alle città, lo fa per visitarvi i monumenti gloriosi del passato e, poiché li trova abbandonati e cadenti, la sua collera si esprime in alte invettive che attirano la folla. Ma il volgo non lo comprende, i tempi non essendo ancora maturi ed egli è considerato come un povero di spirito.

Mr Doppio Vu. Condivido l'opinione del volgo. La tua descrizione non potrebbe essere più sciocca.

Prof. Pickup. Pensalo pure, se questo ti aiuta a scusare i tuoi anni di gioventù, sperperati in malo modo. La disinvoltura con la quale mi parli anche in presenza di sconosciuti, mi autorizza, credo, a risponderti sullo stesso tono. Tu hai tentato cinque o sei mestieri, ma non ne conosci bene uno solo col quale farti una posizione. Hai avuto sempre grandi ambizioni, ma non la tenacia che ogni ambizione richiede. Sei sempre stato incapace di star solo, hai sempre voluto qualcuno accanto a te, ma non sei mai riuscito a farti dei veri amici. Non ti mancano certamente buone qualità naturali, ma finora non sei riuscito ad adattarti a nulla. Durante la guerra...

Mr Doppio Vu. Basta.

Tommaso il Cinico. In una controversia così personale, non avrei nulla da dire. Mi sarebbe stato perfino penoso di assistervi, e me ne scuserei, se non avessi udito alcuni particolari della vita giovanile di Mr Doppio Vu, che, a mio modo di vedere, provano ch'egli è tagliato nella stessa stoffa d'altri dittatori.

Mr Doppio Vu. Che intendete dire?

Tommaso il Cinico. Una delle ultime affermazioni del nostro illustre professore potrebbe essere assunta, tale e quale, per definire la fanciullezza e la gioventù dell'aspirante dittatore: egli non riesce ad adattarsi a nulla. Con questo non voglio alludere alle difficoltà puramente esteriori, alla fame, all'ambiente ostile, alle disgrazie familiari, alle malattie. Tutte queste cose vengono più tardi ricordate dagli stessi biografi ufficiali, e diventano anzi motivo di apologia; ma queste cose, in fondo, nella vita sono più frequenti di quello che si creda e molta gente semplice riesce a superarle o ad adattarvisi. Colui che un giorno sarà dittatore, non riesce invece ad adattarsi a nulla. Vi sono cose peggiori della fame...

Mr Doppio Vu. Vi sono molte cose peggiori della fame.

Tommaso il Cinico. Vi è la meschinità l'angustia la noia la tristezza l'incertezza; ma, ogni tanto, un presentimento angoscioso, della rapidità d'un lampo, che qualche cosa di inaudito avverrà, e tutte le umiliazioni patite saranno allora vendicate. Intanto i mesi e gli anni passano torpidamente, stupidamente, tristemente, i conoscenti e gli amici s'arrangiano, si mettono a posto, vanno avanti, comprano l'auto, la villetta, si sposano, sono onorati e stimati. Il futuro dittatore tenta anche lui qualche cosa, senza però riuscire ad adattarsi. Egli resta disponibile per qualunque impresa che abbia un carattere straordinario. Una guerra, una crisi politica, un'agitazione sociale lo attireranno assieme a migliaia di spostati simili a lui, come l'alta marea attira i rottami che trova sulla costa. Un'ondata più forte delle altre lo lancerà in alto e lo metterà in vedetta sulla sua cresta. Egli è già un altro; un capo. Egli stesso non avrà nessun dubbio di essere stato predestinato da Dio e si adatterà al nuovo ruolo.

Prof. Pickup. Molte biografie smentiscono quel che voi affermate.

Tommaso il Cinico. Attorno ad ogni uomo che ha successo, i cortigiani creano sempre una leggenda. Per distinguere la realtà dalla poesia, bisogna saper scegliere i testi.

Voi sapete probabilmente che il numero di miracoli attribuiti a Maometto, per il tempo in cui egli era vivente, si accrebbe di secolo in secolo. Nel sec. XIII essi arrivarono a tremila. Egli aveva avuto un'adolescenza molto umile e penosa, avendo perduto il padre alcuni mesi prima di nascere, e la madre quando era ancora fanciullo. Ma la leggenda racconta che la nascita fu accompagnata da portenti e fin dai primi vagiti egli si rivelò profeta. Certi biografi e autori di vite romanzate dei nostri giorni si comportano con la storia da veri musulmani.

Prof. Pickup. In una biografia di Mussolini, ch'egli stesso m'ha regalato, ho potuto leggere che fin da ragazzo egli udiva voci interne che dicevano: "Roma, Roma", allusioni evidenti alla futura marcia su Roma.

Tommaso il Cinico. Queste cose egli le fa volentieri raccontare, ma lui stesso ha conservato tutt'altri ricordi dalla sua adolescenza. "Non conobbi mai" egli ha narrato "la serenità e la dolce tenerezza di certe felici infanzie. Potete meravigliarvi, dopo ciò, che in collegio, a scuola, e in certa misura anche adesso, nella vita, io fossi aspro e chiuso, spinoso e quasi selvatico? Eppure, la mia storia *vera* è tutta in quei quindici primi anni. Da allora mi sono formato. Sento che quelle furono le risolutive influenze. Dentro di me c'ero tutto in germe."

Prof. Pickup. Nei tempi in cui faceva il muratore, ho letto che Mussolini fu a lavorare anche qui, a Zurigo.

Tommaso il Cinico. Vivono qui ancora dei socialisti italiani che lo ricordano. A dire il vero, Mussolini fece il muratore per modo di dire. Durante pochi giorni della sua vita egli si provò a fare il manovale-muratore, smettendo subito e conservando di quei pochi giorni un ricordo indelebile di fatica fisica. Questo è bastato perché egli venga definito l'ex-muratore. Quelli che allora lo conobbero, raccontano ch'egli si accontentava di vivacchiare con i piccoli sussidi dei gruppi socialisti.

Prof. Pickup. Hitler ricorda in *Mein Kampf* che il suo talento oratorio si rivelò a lui fin dalla fanciullezza, nelle dispute che intavolava con i compagni di scuola.

Tommaso il Cinico. Più che discussioni, erano dispute acrimoniose che interrompevano la sua abituale solitudine. Il risentimento era in Hitler un retaggio familiare. Suo padre aveva cominciato col fare il ciabattino, ma considerava questo mestiere come umiliante. Dopo lotte e privazioni gli riuscì di realizzare il sogno più caro d'ogni austriaco: divenne funzionario. Funzionario d'infimo ordine, ma funzionario. Egli avrebbe voluto che anche il figlio diventasse impiegato, ma il piccolo Adolfo aspirava a una maggiore distinzione, voleva diventare pittore. A sedici anni egli perdette i genitori e soffrì una grave malattia polmonare. Dopo essere stato bocciato agli esami della scuola media, trascorse gli ultimi due anni di vita di sua madre a casa, nell'ozio assoluto.

Come lui stesso più tardi l'ha raccontato, suo padre, prima di morire, lo considerava già un ragazzo fallito. Mancandogli il talento per diventare pittore e i certificati di studio per l'ammissione alla scuola d'architettura, egli fu costretto a fare il disegnatore. Con i colleghi d'ufficio nessun contatto. Egli ha narrato che beveva la sua bottiglia di latte e mangiava il suo pane standosene appartato. Osservava con diffidenza il suo nuovo ambiente e meditava sul proprio miserabile destino. Invitato a iscriversi in un sindacato, rifiutò, perché, pur essendolo, non poteva ammettere di essere un salariato. Dalla Germania facciamo adesso un salto alla Turchia. La differenza tra il grado di sviluppo dei due paesi è grande e le due dittature non possono essere messe nello stesso sacco. Ma ora noi ci occupiamo della formazione della personalità dell'aspirante dittatore. Armstrong narra nella sua biografia di Mustafà Kemal che i genitori di lui erano poveri, benché intraprendenti. Il padre era un piccolo impiegato che nelle ore libere praticava affarucci svariati. Quando egli morì Kemal aveva appena nove anni. La madre si ritirò allora in campagna. Kemal era un ragazzo silenzioso e chiuso; respingeva i richiami e le punizioni con scoppi di collera; non aveva amici. Aveva undici anni quando fu mandato a Salonicco per la scuola media. Ben presto, coi suoi modi grossolani, divenne antipatico tanto ai maestri che ai condiscepoli; finché fu messo fuori della scuola. Un suo zio lo fece iscrivere nella scuola militare dei cadetti. Anche lì si rese odioso, ma riusciva bene nello studio. Divenne presuntuoso e insopportabile; non ammetteva che qualcuno lo mettesse in ombra nello studio; odiava e perseguitava i rivali.

Mr Doppio Vu. Mi trovavo per caso all'Avana quando scoppiò l'ultimo colpo di stato, capeggiato dal noto sergente Fulgenzio Batista. Fui molto meravigliato di apprendere la storia di quel sergente. A 11 anni egli era stato messo, sembra, come apprendista presso un sarto; poi aveva fatto successivamente il cameriere, l'inserviente dei vagoni-letto, il macchinista ferroviario e il bracciante in una piantagione di zucchero. Per molti anni il suo sogno era stato, immaginate un po', di diventare parrucchiere con un proprio salone. Però non ne fu capace. Si è rivelato invece capace di prendere il potere di Cuba. Anche Juan Vicente Gomez, prima di terrorizzare il Venezuela, si dice fosse guardiano di bestiame, fino all'età di 30 anni.

Prof. Pickup. Caro, ognuno sa che nell'America del Sud tutto è possibile. Tu non devi però dimenticare che, seppure la tua origine è dubbia, tuttavia sei cittadino degli Stati Uniti.

Tommaso il Cinico. Noi passeremo dunque a esempi più degni. Li ricorderò alla rinfusa, non avendo che l'imbarazzo della scelta. Il giovane Cromwell, il futuro Lord Protector, ci è descritto da quelli che lo conobbero, come una persona "mancante di qualunque grazia, mancante di tutti quei talenti che servono a conquistare le simpatie dei presenti". Negli anni in cui egli studiò a Londra si fece notare più come giocatore di football e maneggiatore di randello che come studioso. Era melanconico, nervoso, timido e violento nello stesso tempo, e dopo aver lasciato gli studi passò per un oscuro periodo di depressione e di crisi esitando davanti ad ogni progetto. Napoleone Bonaparte non ebbe un'infanzia rosea. Le difficoltà contro le quali dovette lottare la madre per allevare la sua numerosa prole, sono conosciute. Nei tempi in cui era studente a Autun e Brienne, il giovane Napoleone ci è descritto solitario e taciturno, come spesso accade ai collegiali che vengono dalla provincia. I compagni di classe si prendevano dileggio di lui a causa del suo aspetto bizzarro e perché corso. Molto amor proprio ferito, ambizioso, privo di scrupoli, pronto all'intrigo pur di farsi innanzi; è il ritratto concorde dei biografi, prima ch'egli spiccasse il volo. Napoleone III ebbe come padre un uomo malato e strambo, fu educato dalla madre, rivelò un carattere difficile e chiuso e perciò era chiamato dalla madre "il dolce tenebroso". Egli era animato da una grande sete di gloria, visse una gioventù agitata ed errò in cerca di fortuna in molti paesi d'Europa e d'America.

Prof. Pickup. Ma se codeste qualità deteriori bastassero per fare un capo, noi avremmo assai più dittatori che stati.

Tommaso il Cinico. Molti sono i chiamati, ma fortunatamente pochi gli eletti.

VI
Molti sono i chiamati, pochi gli eletti.

Tommaso il Cinico. Nel libro dei Giudici v'è un capitolo sul colpo di stato di Abimelec, il quale, essendo figlio illegittimo di Gedeone, conquistò il potere per mezzo di squadre di poveri e di vagabondi da lui assoldati e armati. Col loro aiuto egli uccise a uno a uno, "sulla stessa pietra" dice il libro, i settanta figli che Gedeone aveva avuto dalle sue mogli legittime. Il racconto del misfatto è seguito, nello stesso capitolo, da un apologo veramente spietato sulla vocazione del capo politico. L'apologo dice che un giorno gli alberi, avendo deciso di scegliersi un capo, andarono prima dall'olivo e gli dissero: Comanda su di noi. Ma l'olivo rispose: Vorreste voi costringermi a smettere di fare olio e di rendere così onore agli uomini e agli dèi secondo la mia natura, per andare di qua e di là sempre in cammino, a fare il vostro capo? Allora gli alberi si recarono dal fico e gli dissero: Vieni e sii tu il nostro capo. Il fico rispose: Vorreste costringermi ad abbandonare la mia dolcezza, i miei buoni frutti, e spingermi per le strade del mondo a occuparmi dalla mattina alla sera di politica? Allora gli alberi si rivolsero alla vite: Vieni e regna su di noi, le dissero. E anche la vite rispose: Vorreste ch'io cessi dal produrre l'uva, il cui succo conforta gli uomini e gli dèi nella tristezza e ch'io mi metta alla vostra testa per fare delle chiacchiere? Finalmente gli alberi andarono dallo spino e gli proposero: Vieni e regna tu su di noi. Lo spino rispose senz'altro: Se il vostro invito di consacrarmi re, è sincero, venite, miei sudditi, e riposate nella mia ombra; altrimenti, che il fuoco esca dai miei spini e vi bruci e incenerisca tutti. Questo apologo è senza dubbio uno dei più sovversivi contenuti nella Bibbia. Lo spino accetta di comandare sulle altre piante perché non ha di meglio da fare.

Mr Doppio Vu. Vi sembra poco?

Prof. Pickup. Non ogni corona però è una corona di spine.

Mr Doppio Vu. Se anche lo fosse?

Tommaso il Cinico. Ben detto. La risposta, Mr Doppio Vu, vi fa onore. La natura del vero uomo pubblico, confrontata a quella dell'uomo comune, mosso da interessi e piaceri molteplici, può essere avvicinata a quella dello spino, che sembra una pianta sterile o avara, rispetto alle altre, e invece, semplicemente, è una pianta diversa, una pianta, direi, più concentrata in sé stessa. L'uomo che nasce con la vocazione politica, non può riuscire ad adattarsi alla vita normale, e presto o tardi, finirà col trovare la sua strada. A mano a mano ch'egli avanzerà, tutto il resto gli diventerà indifferente e la sua visione della vita si restringerà e preciserà attorno a quell'unico punto, che sarà la sola fonte delle sue angosce e dei suoi piaceri. Se vi sono uomini politici che desiderano il potere per realizzare, come si dice, le loro idee, o per arricchire, o per possedere donne e cavalli di buona razza, o per altre simili ragioni, essi non sono che miserabili intrusi. Il vero uomo politico desidera il potere per il potere; tutta la sua voluttà è nell'esercizio del comando. Le idee le riforme la pace la guerra il denaro le donne i cavalli esistono per lui come strumenti oppure come oggetto del potere; non viceversa. Quegli uomini che ora sono al comando a Roma, a Berlino, a Mosca, ci si può chiedere, erano uomini veramente straordinari? Coloro che li hanno conosciuti da giovani, lo smentiscono, e non ho difficoltà ad ammetterlo. Essi non erano affatto uomini straordinari; ma, bisogna subito aggiungere, neppure uomini comuni. L'uomo normale è un caos di desideri: gli piace mangiare bere fumare sedurre donne, allevare canarini, giuocare a tennis, andare a teatro, essere ben vestito, educare figli, collezionare francobolli, avere una professione e molte altre cose. L'uomo normale resta mediocre appunto perché non può fare a meno di disperdersi in molti svariati desideri. L'uomo, invece, posseduto dall'autentica vocazione del potere, non sogna che il potere. Il potere è la sua condanna, la sua idea fissa, la sua professione, la sua famiglia, il suo piacere. Tutto il suo potenziale psichico essendo assorbito in quell'unico punto, egli appare facilmente al volgo uomo straordinario, e così diventa un capo. Allo stesso modo di quelli che si concentrano totalmente in Dio e diventano santi, e di quelli che non vivono che per il denaro e diventano miliardari.

Prof. Pickup. V'è una differenza tra quello che voi chiamate concentrazione su un unico oggetto e la follia?

Tommaso il Cinico. La differenza è nella qualità dell'oggetto. Comunque è ben comprensibile che i dittatori i santi i miliardari appaiano all'uomo comune inumani. La loro condotta non potrebbe diventare regola universale di vita senza trasformare la terra in manicomio. La ripugnanza dell'uomo comune per una simile esistenza è ben rappresentata nella parabola biblica dalle espressioni di rifiuto a entrare nella vita politica da parte dell'olivo del fico e della vite. Essi, badate bene, non rispondono che non vogliono, ma che non possono, perché, grazie a Dio, la loro natura è di essere utili e di fare una vita ordinata, e non di correre di qua e di là, a far chiacchiere per le strade e darsi delle arie.

Mr Doppio Vu. Alcuni pretendono che Hitler e Mussolini siano pazzi autentici, nel senso clinico della parola.

Tommaso il Cinico. Non so, non sono uno psichiatra. Ma conosco gli argomenti addotti da politicanti democratici e socialisti in appoggio a questa diagnosi e vi trovo una conferma del loro dilettantismo. La superiorità del capo fascista sui suoi avversari è anzitutto questa: egli aspira al potere, solo al potere, a nient'altro che al potere. Coi capitalisti o coi proletari, con i preti o col diavolo, quest'è secondario; l'importante è il potere. Questo modo esclusivo di sentire la politica rappresenta un indubbio vantaggio tecnico su avversari, i quali spesso sono dei buoni padri di famiglia, talvolta perfino dei gentiluomini, e hanno "idee", princìpi" "programmi", sono legati a interessi permanenti, devono rispondere del loro operato di fronte ad assemblee e congressi, e, all'infuori della politica, hanno altri diletti come la letteratura la caccia la pesca alla lenza la musica il golf la pipa, per non parlare che degli *hobbies* di cui si occupano i giornali illustrati. Per poter sottoporre l'intera società al principio totalitario della priorità assoluta della politica, l'aspirante dittatore dev'esserne lui stesso l'incarnazione e la vittima. In una parola, per il capo totalitario la politica non è una carriera, ma una passione esclusiva.

Prof. Pickup. Passione viene dal latino *passio* e vuol dire sofferenza, Mr Doppio Vu, non dimenticarlo.

Tommaso il Cinico. Sul carattere passionale della tirannide i greci non avevano dubbi. Chiede Socrate nella *Repubblica* di Platone: "Forse per questo fin dagli antichi tempi Eros è chiamato tiranno?". Lo stesso sadismo dei dittatori è una derivazione evidente dell'Eros. Durante la rivolta proletaria della regione di Ancona nel 1914, Mussolini scrisse di registrare gli avvenimenti, "con quella gioia legittima che l'artista deve sentire di fronte alla sua creazione". Egli militava allora nel partito socialista, ma quel modo di esprimersi rivelava in lui già latente la vocazione fascista. Nei suoi ricordi di guerra Pilsudski confessa che per lui, nelle prime battaglie della guerra c'era molta commossa poesia, "come nel primo amore giovanile e nel primo bacio". Perfino in *Mein Kampf* di Hitler, che è un libro francamente "lugubre", si trova un passaggio eccezionalmente gaio nella descrizione del primo comizio durante il quale i suoi S. A. batterono a sangue i loro avversari. E per finire vorrei ricordare una confidenza di Stalin, uomo abitualmente chiuso e diffidente. "Non c'è veramente nulla di più delizioso", egli disse una volta a Kamenev, "del tramare minutamente un tranello in cui senza fallo l'avversario di partito dovrà cadere, e poi andarsene a letto."

Prof. Pickup. Credete voi che basta aver la passione di un oggetto per riuscire a possederlo? Conosco molti che non vivono che per il denaro, e nessuno di essi è diventato miliardario.

Tommaso il Cinico. Il numero dei chiamati, devo ripetere, è sempre di molto superiore al numero degli eletti.

Prof. Pickup. Lasciamo dunque da parte il gregge dei chiamati e occupiamoci della piccola schiera degli eletti.

Mr Doppio Vu. Così abbandoneremo le penombre della psicologia e torneremo alla politica. Ebbene, signor Cinico, come avviene la predestinazione?

Tommaso il Cinico. Non è un atto singolo, ma un processo complicato. Se ne avrete tempo e curiosità, potremo esaminare i principali elementi:

Prof. Pickup. Posso dire la mia? Ecco, anzitutto è necessario che l'aspirante creda in sé stesso. Una sera di novembre, a Fontainebleau, Napoleone, al card. Fesch che deplorava l'arresto di Pio VII, domandò se scorgesse qualche cosa nel cielo annuvolato e, avendo il cardinale risposto di no, Napoleone gli disse: "Eh bien, sachez donc vous taire: moi je vois mon étoile". Henri de Saint-Simon, a quindici anni, ordinò al suo cameriere di ripetergli ogni mattina, svegliandolo: "Signor Conte, alzatevi, perché avete grandi cose da fare". Più tardi, egli inviò a Luigi XVIII una lettera che cominciava così: "Principe, ascoltate la voce di Dio che parla per la mia bocca".

Tommaso il Cinico. Perché il conte di Saint-Simon incaricò il proprio cameriere di quel curioso memento mattinale? Può essere utile cercarne la ragione. Temeva forse di dimenticarlo? No, egli avrebbe potuto scriverlo su un pezzo di carta e affiggerlo accanto al letto, o appenderlo a un filo che dal soffitto gli scendesse fin sul naso. Il trucco non avrebbe avuto la stessa efficacia. Il cameriere era necessario, perché rappresentava in un certo modo la società. "La grandezza del capo", ha scritto Trotzkij, "è una funzione sociale." Il re presuppone i sudditi, il dirigente i seguaci. Giustamente i greci pensavano che non fosse il tiranno a creare i servi, ma i servi il tiranno. Come in certe forme primitive di vita, il soggetto è determinato dall'oggetto: "non è il pesce che prende la preda, ma la preda il pesce". Ogni nazione, si può anche dire, alla lunga ha il governo che merita. Infatti, si sono mai visti popoli liberi soggiacere a lungo alla tirannia e popoli servili godere la libertà? *Tyrannopoiòi*, facitori di tiranni, Platone chiamava i demagoghi che aiutavano ad accendere le passioni sregolate nella gioventù, e generazione "tirannica" quella che provocava il disordine morale e politico della città, facilitando il colpo di stato.

Mr Doppio Vu. Il vostro ragionamento sarebbe più chiaro se avesse meno aggettivi.

Tommaso il Cinico. Se la cosa non vi scandalizza, perché vi urta il suo colore? Pensateci bene, l'argomentazione dovrebbe esservi gradita. Essa dovrebbe liberarvi di ogni residuo sentimentale di insufficienza individuale. Dal momento in cui scocca la scintilla dell'identificazione del capo con la massa, il dittatore sente moltiplicare in modo vertiginoso le sue forze. L'identificazione sociale è appunto il processo discriminatorio che fa emergere l'eletto dal gregge dei chiamati. L'eletto ne esce trasfigurato. Egli perde i connotati individuali e assume quelli sognati da milioni di concittadini. Egli diventa, alla lettera, il prodotto individualizzato d'un irresistibile bisogno collettivo. Nell'attuale civiltà di massa tutte le risorse della tecnica contribuiscono all'esaltazione dell'eletto. I pochi tra i connazionali che sfuggiranno all'ipnosi e cercheranno di discuterlo e denigrarlo, ricordando le sue origini, la sua neghittosa gioventù, la sua limitata cultura, la sua vigliaccheria, la sua inadattabilità a una vita normale, faranno opera vana, perché effettivamente, ad esempio, l'attuale Duce del fascismo, per quello che egli ora rappresenta nell'immaginazione di molti italiani e stranieri, ha ben pochi rapporti col signor Benito Mussolini di prima della guerra. Fu quel signore, è vero, a fondare i primi fasci, ma è stato il fascismo che ha poi creato il Duce, rivestendo la sua persona piuttosto banale, con una quantità di virtù difetti aspirazioni dell'io-ideale di milioni d'italiani. Se voi tentate di criticare il dittatore o di discutere "oggettivamente" la sua persona o la sua condotta con un italiano qualunque, è come se in chiesa diceste a una beghina: Non vi accorgete, buona donna, che la statua di S. Antonio di fronte alla quale state inginocchiata, non ha neppure un valore artistico ed è opera dozzinale in cartapesta? La buona donna vi caverebbe gli occhi dalla faccia. Criticare il capo presso un credente equivale ad attaccare la parte sublimata di lui stesso, nella quale egli attinge il conforto per sopportare le difficoltà della sua misera vita. È appunto la stretta identificazione tra capo e massa che crea la forte coesione organizzativa dei partiti totalitari. Anche se il capo dice e fa oggi il contrario di quello che diceva e faceva ieri, e ordina stragi di innocenti, che importa? Il legame più forte che lega il capo alla sua massa non è ideologico o programmatico o etico. "Se il mio capo agisce in quel modo, vuol dire che avrà delle ragioni per farlo", pensa il fascista o il comunista. E poiché lui è convinto di non aver avuto nella vita il meritato successo solo per mancanza di furberia ed eccesso di scrupoli, egli è perfino fiero che il "suo" capo sia così abile e forte e sappia così bene sterminare gli avversari. Da ciò la superiorità del capo totalitario sull'uomo politico democratico che gli elettori vedono, di solito, ogni quattro o cinque anni, in tempo di nuove elezioni, e che considerano un estraneo.

Mr Doppio Vu. Stamane abbiamo chiesto, per pura curiosità, a varie persone incontrate per strada, se sapevano dirci il nome del presidente attuale della confederazione svizzera. Due sole di esse ci han saputo dare una risposta, delle quali solo una era esatta, l'altra avendo scambiato il presidente dello scorso anno con quello attuale. Gli altri ci han risposto con vaghi gesti, come per dire che, veramente, domandavamo troppo. Curioso paese.

Tommaso il Cinico. Ma non crediate che gli uomini politici di qui siano inferiori agli altri e che, con una propaganda adeguata, uno di essi non saprebbe diventare un semidio. Per ora non ve n'è bisogno, gli affari vanno bene, la neutralità rende, la fiducia è reciproca. L'equilibrio dei cantoni, delle lingue e delle confessioni si regge bene. A causa di ciò l'identificazione sociale della massa coi capi è ancora, in Svizzera, nella fase del politeismo.

VII
Sul partito dell'aspirante dittatore.

Mr Doppio Vu. A Roma abbiamo conosciuto molta gente del partito dominante: accademici vestiti come ammiragli, generali ricoperti di medaglie come certi pesci di squame, monsignori profumati d'incenso, e dame dell'aristocrazia olezzanti di naftalina. Ovunque siamo stati accolti con divertita curiosità, come se fossimo pellirosse. Quelli che hanno avuto la compiacenza d'invitarci al caffè o in ristorante, non hanno mai tralasciato di condurre con sé i cognati e le zie con le rispettive figliuolanze, e ci hanno infine sempre lasciato l'onore di pagare per tutti. Ma non è di questo che ora voglio parlare. Devo invece confessare che i miei seguaci in America sono d'un altro genere. Com'è possibile, dunque, definirci allo stesso modo?

Tommaso il Cinico. Non abbiate fretta, che diamine. I poeti i monsignori i generali le dame e i loro cavalieri verranno a voi dopo che avrete conquistato il potere. Salvo eccezioni, essi vanno al successo come le mosche al miele, o, se preferite, come i topi al formaggio. Democratici sotto il governo democratico, essi sono naturalmente fascisti sotto una dittatura fascista, e comunisti sotto il segno della falce e martello. Potrebbe forse meravigliare l'atteggiamento dei preti, se già i pagani non ci avessero avvertito che la causa dei vincitori è sempre piaciuta agli dèi. La teologia cristiana l'ha più tardi intellettualmente suffragata spiegando che ogni autorità viene da Dio. E in quanto alle dame, si sa che la tenera Venere ha sempre subìto una particolare attrazione per Marte, dio della forza.

Prof. Pickup. Su questo convengo anch'io. Mr Doppio Vu non ha però detto tutto quello che avrebbe dovuto per esporre in modo chiaro il suo dubbio. In realtà, non solo egli non ha dietro di sé, ed è comprensibile, quei ceti ora ricordati, che seguono sempre il più forte, ma neppure nulla che sia paragonabile al partito fascista o nazionalsocialista prima della conquista del potere. È pur vero che il numero dei suoi seguaci aumenta di mese in mese, e sono già molti quelli che vedono in lui "l'uomo di domani" e "il futuro dittatore dell'America"; ma non c'è dietro di lui un vero e proprio partito, quel partito che nella letteratura fascista ci è descritto, per distinguerlo dagli altri, come "un blocco granitico di coscienze e di volontà", come "una coorte di ferro consacrata alla morte", e quasi come "un corpo solo e un'anima sola agli ordini di un capo".

Tommaso il Cinico. M'accorgo che voi vi siete creato, delle origini e dello sviluppo d'un partito fascista, un'immagine falsa. A seguire da vicino le fluttuazioni della composizione interna del partito fascista italiano, ad esempio, non è difficile constatare ch'essa cambiò radicalmente a ogni fase del suo agitato sviluppo politico. I primi fasci costituiti nelle principali città italiane del 1919, erano formati quasi esclusivamente di ex-volontari di guerra, di ufficiali smobilitati, di mutilati, di arditi e di studenti. Nel 1920 il movimento fascista dilagò nelle campagne per l'appoggio ricevutovi dai grandi proprietari di terra e l'adesione di numerosi contadini piccoli proprietari, arricchitisi durante la guerra, i quali erano ansiosi di conservare i loro vantaggi che ritenevano minacciati dalle rivendicazioni dei giornalieri e salariati. Fu allora che D'Annunzio definì il fascismo "uno schiavismo agrario". Ma nel 1921 e 1922, dopo il fallimento dell'occupazione socialista delle fabbriche, il fascismo conquistò, a una a una, anche le città; se pochi operai vi aderirono, numerosi furono gli artigiani i piccoli commercianti i piccoli industriali i tecnici i disoccupati e spostati senza professione. Nel 1923, dopo la marcia su Roma, il partito fascista fu invaso dalla burocrazia statale, dagli operai e tecnici dipendenti delle grandi aziende pubbliche, e dai politicanti di provincia dei partiti borghesi sconfitti. Infine, nel 1925, secondo Mussolini, il partito fascista fu rinnovato da cima a fondo, come conseguenza del malcontento che vi aveva seminato la politica economica e fiscale del governo, e del turbamento che molti elementi fascisti manifestarono durante la crisi Matteotti. Dal 1919 al 1925, in cinque anni, la composizione sociale del partito fascista italiano, dunque, si modificò profondamente ben cinque volte.

Traversie interne più complicate tumultuose e lunghe dové affrontare il partito nazionalsocialista tedesco prima di arrivare al potere. Nei primi nuclei che, dal principio del 1919 alla metà del 1921, costituivano a Monaco il Deutsche Arbeiterpartei e a Norimberga il Deutsch-Soziale Partei, si ritrovavano ufficiali dei "corpi liberi" giornalisti medici artigiani in fallimento impiegati studenti e anche qualche operaio refrattario alle organizzazioni della sua classe. Le unioni separatiste bavaresi erano allora numericamente più forti e influenzarono in modo deciso il NSDAP a diventare un partito del ceto medio malcontento della città. Tale esso rimase anche dopo che, alla fine di luglio del 1921, Hitler ebbe liquidato i fondatori del partito, e seppe imporsi come Führer. Il NSDAP si sviluppò nel 1922 e '23 numericamente, anche fuori della Baviera, ma, fino al *putsch* miseramente fallito del novembre 1923, la sua tattica antiparlamentare, assieme alla rinunzia a nuovi colpi di mano, permise al partito nazionalsocialista di mettersi alla testa per qualche tempo dei ceti contadini che avevano largamente profittato dell'inflazione ed erano perciò malcontenti dei partiti conservatori che vi avevano messo un termine. Nella Germania del Nord, dove il NSDAP era stato precedentemente proibito, prese piede nel ceto degli ufficiali e dei proprietari di terre il Deutschvölkische Partei, di cui buona parte degli effettivi dovevano più tardi passare direttamente al nazionalsocialismo. Alla fine del 1924, mentre Hitler era in carcere a causa del *putsch* dell'anno precedente, il NSDAP attraversò una grave crisi, nel corso della quale si scisse in due gruppi e perdé la maggior parte dei seguaci. La congiuntura economica dell'anno seguente, culminante nei prestiti americani alla Germania, liquidò l'influenza nazionalsocialista nelle campagne. Dal 1925 al 1929 Hitler dové ricostituire il suo partito, si può dire, su nuove basi, mettendo a profitto tutto quello che gli si offriva: in Renania, dietro Gregor Strasser e Goebbels, molti piccoli commercianti in rovina e anche gruppi di operai disoccupati, nell'Est, dietro Otto Strasser, parecchi transfughi della socialdemocrazia e del comunismo; dietro il tedesco nazionale Stoehr, capo d'una organizzazione d'impiegati, molti di questi; attraverso l'assorbimento del cosiddetto Bund der Artamanen, un certo numero di giovani disoccupati della campagna; in Pomerania e in altre regioni proprietari di terra; e, in tutte le città universitarie, gruppi rumorosi di studenti, per i quali l'idea del futuro diploma s'accompagnava con la previsione d'una sicura disoccupazione. Quando scoppiò la grande crisi economica del 1929 il NSDAP possedeva solidi punti di appoggio per il gigantesco sviluppo ulteriore. I piccoli commercianti in rovina costituirono subito il nerbo dell'organizzazione urbana, e a fianco ad essi affluirono in sempre maggior numero gl'impiegati e i liberi professionisti, che in quegli anni erano categorie oltremodo sovrappopolate. Nel corso del 1930 il NSDAP riuscì a prendere la direzione del movimento contadino in varie regioni, ma specialmente nella Germania del Nord, esaltando fino al parossismo il sentimento di rivolta che da lungo tempo vi serpeggiava. Molte oscillazioni sofferse invece l'influenza nazionalsocialista tra il proletariato industriale, contrastata vivamente dal partito comunista. Indubbi successi il NSDAP riportò tra il 1929 e il 1930 tra gli operai della Sassonia, della Turingia, del Mecklenburg, del Baden; ma se nella concorrenza tra le due demagogie parve che i nazionalsocialisti registrassero successi anche tra gli operai disoccupati di Berlino, quei vantaggi andarono in parte perduti nel giugno del 1930, quando scoppiò il conflitto tra Otto Strasser e Hitler. Il programma estremista dello Strasser sembrò sacrificato allora agl'impegni che Hitler aveva assunto con i grandi industriali. L'incapacità rivoluzionaria della direzione del partito concorrente, ispirato da Mosca, venne però in soccorso di Hitler, fornendogli, anno per anno, un numero sempre crescente di elementi proletari, disillusi nelle loro speranze d'una rivoluzione socialista e disposti a battersi per qualunque suo surrogato, pur di battersi. Ma di questo, per ora basta. Spero di avervi convinto che le immagini del "blocco granitico" e della "coorte di ferro", se sono frequenti nella letteratura apologetica fascista, non corrispondono minimamente alla realtà. Ma, per riprendere la discussione al punto in cui Mr Doppio Vu l'ha iniziata, devo dire che non ho ancora ben capito di quale sorta siano i suoi seguaci.

Prof Pickup. A dirla in poche parole, e senza volere offendere Mr Doppio Vu, si tratta di gente poco ragguardevole e, spesso, poco onorevole. A parte pochi militari, suoi amici personali dai tempi della guerra europea e dell'agitazione per il Bonus, e qualche studente povero, nelle sue riunioni ho incontrato malcontenti di tutte le classi, commercianti falliti, operai disoccupati, donnette più o meno isteriche, contadini rovinati dal fisco e dalle ipoteche. A dirla francamente, qualche volta mi è sembrato di assistere a riunioni dell'Esercito della Salvezza. Sia ben chiaro che quello che mi preoccupa non è l'umile origine sociale della maggior parte dei seguaci di Mr Doppio Vu (i dodici apostoli di Cristo non erano dei pescatori?), ma la loro indisciplina, il disordine del loro spirito, la loro volgarità. Qualunque cosa si voglia pensare dei regimi autoritari, non si può negare che essi rappresentano la restaurazione più rigorosa del principio gerarchico e dell'ordine sociale. A dir vero, negli ultimi tempi, io mi sono sforzato di attirare a Mr Doppio Vu anche qualche persona di qualità superiore, professori d'università artisti gentiluomini...

Tommaso il Cinico. In guardia, Mr Doppio Vu. Non accettate tra i vostri seguaci i personaggi pretenziosi ingombranti e vili che il vostro consigliere vorrebbe attirarvi. Che essi vengano più tardi, non subito. È vero che un movimento totalitario, dopo la conquista del potere, diventa un partito d'ordine, anzi, il partito dell'ordine; ma, prima di arrivare a tanto, deve essere, in misura estrema e irreconciliabile, il partito del disordine. Voi siete ancora nella fase in cui vi tocca pescare nel torbido. Non vergognatevi dunque dei seguaci di oggi. Grazie ad essi il vostro movimento è in regola con l'esperienza fascista e nazista, come pure con la grande tradizione dei partiti dittatoriali di tutti i tempi. Certamente non avete dimenticato quello che lo stesso professor Pickup giorni fa ha ricordato dei tiranni dell'antica Grecia.

Prof. Pickup. Se la prendete per questo verso, non posso non dichiararmi d'accordo. Considero una sciocchezza democratica il ritenere che la tirannia sia sempre stata il risultato d'un complotto delle classi superiori della società contro il popolo. Al contrario, gli antichi tiranni, anche quando non erano essi stessi di origine plebea, si appoggiavano sempre sulla plebe e dovettero lottare contro l'aristocrazia. Così, più o meno, ogni altro potere autoritario.

Tommaso il Cinico. Per una ragione molto semplice. I contrasti tra il governo tirannico e le classi superiori sono stati sempre originati dal fatto che queste, nelle situazioni date, erano le sole forze in grado di controllarlo e limitarne gli arbitrii. Così la storia dell'assolutismo fu dominata da un antagonismo permanente tra il monarca da una parte e il papa e i vescovi i baroni dall'altra, mentre la borghesia non si occupava che di affari. Poiché nelle situazioni più arretrate i fenomeni sociali si presentano di solito nella loro forma più semplice, nulla è più istruttivo, a questo riguardo, della storia di Ivan il Terribile, nel periodo caotico del suo regno che seguì alle guerre contro la Livonia e la Polonia. Ivan seppe allora sfruttare l'odio popolare contro i boiari, di cui egli non si fidava, e con elementi scelti tra la plebe creò l'Opricrina, un'anticipazione della moderna GPU. Quattromila boiari furono giustiziati e molti, che si salvarono, furono espropriati.

S'intende che il rapporto tra il partito totalitario e massa è un altro paio di maniche. Ci avvicineremo ai casi nostri ricordando il movimento che sostenne Luigi Bonaparte nel suo colpo di stato. Mentre vi leggerò la magistrale descrizione che Marx ci ha lasciato, nel suo "Diciotto brumaio", della "Società del dieci dicembre", voi sentirete già aleggiare l'aria mattutina dei tempi nostri. Prestatemi la vostra attenzione, vi prego:

"Col pretesto di fondare una società di beneficenza, la feccia di Parigi era stata organizzata in sezioni segrete; ogni sezione era diretta da agenti bonapartisti; il capo supremo era un generale bonapartista. A fianco di scampaforche rovinati, con mezzi d'esistenza equivoci e venuti non si sa donde; a fianco di rampolli perduti e avventurieri della borghesia, vi erano vagabondi, soldati destituiti, detenuti liberati, forzati evasi, truffatori, saltimbanchi, lazzaroni, borsaioli, prestigiatori, facchini, ruffiani, cantastorie, cenciaioli, arrotini, calderari ambulanti, accattoni, insomma la massa indecisa, errante e fluttuante che i francesi chiamano la *Bohème*. Con questo elemento, col quale aveva tante affinità, Bonaparte formò lo *stock* della 'Società del dieci dicembre'. Società di beneficenza? Sì, nel senso che tutti i suoi membri provavano come Bonaparte il bisogno di beneficare sé stessi a spese della nazione laboriosa. Cotesto Bonaparte che si fa Capo della marmaglia, che trova qui in una forma più larga quegli stessi interessi suoi personali a cui dà la caccia, che riconosce in questa feccia, avanzo e rifiuto di tutte le classi, la sola classe sulla quale può assolutamente contare, è il vero Bonaparte, il Bonaparte senza frasi... Alcune sezioni di questa società, ammucchiate nei vagoni, dovevano improvvisargli un pubblico nei suoi viaggi, rappresentare l'entusiasmo del pubblico, strillare: 'Viva l'imperatore', insultare e bastonare i repubblicani, tutto, naturalmente, sotto la protezione della polizia". Fin qui Marx.

Un movimento moderno, di tipo totalitario, si differenzia naturalmente sotto molti aspetti e principalmente per la diversità della struttura sociale e dei problemi in giuoco, da quello bonapartista. Ma nel fascismo italiano del 1919-21 si potevano osservare numerosi elementi identici a quelli della "Società del dieci dicembre". Accanto agli studenti, agli ex-ufficiali, agli ex-arditi senza lavoro e senza professione civile, erano numerosi, specialmente nei fasci delle città, i teppisti e i criminali professionali.

Mr Doppio Vu. Sono i criminali italiani così docili ai consigli delle autorità?

Tommaso il Cinico. Non offrivano servizi gratuiti. Il criminale che accettava di mettersi a disposizione del fascio, vedeva abrogata l'interdizione di soggiorno e la sorveglianza speciale cui era sottoposto e riceveva un compenso per ogni delitto patriottico di cui potesse rendersi colpevole. Ma, a parte ciò, oso dire che il teppista è spontaneamente portato a sentimenti reazionari: egli ha ribrezzo della situazione proletaria, dalla quale è evaso, e sogna di riuscire, mediante un buon colpo, a vivere di rendita.

Mr Doppio Vu. In quanto all'impiego di criminali nella lotta politica, permettetemi di dirvelo senza falsa modestia, noi americani non abbiamo nulla da imparare da voi.

Tommaso il Cinico. L'originalità del movimento fascista è nel fatto che, seppure molte sue sezioni sorgono col favore dei padroni, delle autorità militari e della polizia politica, i quali così agiscono col proposito segreto o palese di servirsene come meri strumenti e poi di disfarsene, ciononostante esso rapidamente assurge a vita politica autonoma, oltrepassa i limiti che i suoi favoreggiatori avrebbero voluto assegnargli e pone infine la sua candidatura alla direzione stessa dello stato. Il segreto di questa fortuna del partito fascista risiede essenzialmente nel posto ch'esso occupa nella società, tra una classe dirigente impotente a far fronte alle necessità nuove del paese e un'opposizione incapace di sostituirla. Per occupare quel posto nel modo più proficuo e afferrare la fortuna per i capelli, il partito fascista ha bisogno di essere diretto da un capo follemente ansioso di successo e fornito d'una demagogia senza limiti, e di avere a disposizione una massa di stracioni, di falliti, di spostati, di disperati, una massa ammutinatasi contro la classe dirigente e contro i vecchi partiti, ivi compresi i partiti cosiddetti rivoluzionari, una massa, infine, che sia passata per la guerra e vi si sia familiarizzata con la morte. Penso che quando un tale partito si forma, nei nostri tempi, esso ha molte possibilità di successo.

Mr Doppio Vu. Il vostro ottimismo non mi persuade del tutto, ma mi consola.

VIII

*Sull'inutilità dei programmi e la pericolosità
delle discussioni e sulla tecnica
moderna per suggestionare le masse.*

Mr Doppio Vu. Vogliamo oggi parlare dei programmi?

Tommaso il Cinico. Volentieri. Spero di riuscire a persuadervi di non prenderli troppo sul serio.

Prof. Pickup. Ricominciate da capo con i vostri pregiudizi anti-intellettuali?

Tommaso il Cinico. Se devo dare consigli sinceri a un aspirante dittatore, mi è inevitabile. Non nego che sarebbe proprio di una sana vita pubblica se la gara tra i partiti si svolgesse mediante la contrapposizione di programmi politici ed economici. Ma il fascismo nasce in un clima del tutto diverso. Esso lancia, sì, rivendicazioni immediate o *slogans* al fine di accaparrarsi l'appoggio delle forze sociali di cui ha bisogno, ma per il resto si astiene dal formulare un programma ricostruttivo. In sua vece il fascismo propaga un'ideologia raffigurata in simboli della razza o della nazione. Se voi mirate al successo, Mr Doppio Vu, dovete attenervi a questa regola: dovete gettare il discredito sul sistema tradizionale dei partiti e sulla stessa politica, renderli responsabili di tutti i mali della patria e aizzare contro di essi l'odio delle masse.

Prof. Pickup. Con quelle arti, io penso, si può far presa soltanto sulla parte più arretrata del paese.

Tommaso il Cinico. Cosa intendete, nell'epoca della civiltà di massa, per arretrato? L'apparente incivilimento delle classi medie e superiori luccica in tempi normali, ma è una vernice che si polverizza appena la situazione diventa disperata. Residui di mentalità primitiva, pre-logici e alogici, sonnecchiano in tutti i gradini della scala sociale.

Prof. Pickup. Quelli che voi considerate, signor Cinico, residui di mentalità primitiva, sono in realtà le sorgenti inesauribili del sentimento religioso. Per me non fa dubbio che il misconoscimento di questa parte, la più nobile dell'anima umana, e il volgare materialismo adottato come dottrina, siano stati la causa della sorte miserabile del socialismo europeo.

Tommaso il Cinico. Della religione, se permettete, parleremo forse in altra occasione. In quanto al socialismo, bisogna ammettere ch'esso non ha subìto una sconfitta metafisica, ma ben concreta, e che la vittoria della mistica fascista sul "materialismo" socialista acquista il suo vero significato quando si constata ch'essa ha equivalso alla eliminazione apparente d'un certo numero di problemi vitali che il socialismo, bene o male, rappresentava, e alla loro sostituzione con frasi vaghe e "stati d'animo". Quei problemi però non erano arbitrari, non erano stati inventati dai socialisti, ed essi perciò rimangono alla base del disordine generale della società e influenzano pesantemente lo stesso fascismo. La sola maniera di eliminare i problemi concreti è quella di risolverli e non d'ignorarli o mascherarli. D'altra parte non è da tacere che i socialisti, avendo gli occhi fissi alla lotta delle classi e alla politica tradizionale, furono sorpresi dall'irrompere selvaggio del fascismo. Non capirono le ragioni e le conseguenze delle sue parole e dei suoi simboli, così strani e inusitati, e neppure immaginarono che un movimento così primitivo potesse arrivare al potere d'una macchina talmente complicata come lo stato moderno, e mantenervisi. I socialisti erano impreparati a capire l'efficacia della propaganda fascista, perché la loro dottrina fu formulata da Marx ed Engels nel secolo scorso e da allora in poi non ha più fatto passi innanzi. Marx non poteva anticipare le scoperte della psicologia moderna, né prevedere le forme e conseguenze politiche dell'attuale civiltà di massa.

Mr Doppio Vu. Il filosofo Huizinga, da noi visitato in Olanda, ci ha detto che il malessere della nostra civiltà è un indebolimento di raziocinio e di senso critico. C'è un conflitto tra la vita e la ragione, egli ci ha detto, e la gioventù moderna presta il suo culto idolatrico alla vita. Come filosofo, egli ne parlava naturalmente con rammarico. Ma se è così, come anche voi cinicamente convenite, perché un capo politico non dovrebbe approfittarne?

Tommaso il Cinico. Questa vostra domanda, Mr Doppio Vu, esorbita dal limite convenzionale che rende possibili le nostre conversazioni. Noi dobbiamo occuparci del *come* e non del *perché*.

Mr Doppio Vu. Non capisco la differenza, ma potete continuare.

Tommaso il Cinico. Ora, a proposito del *come*, devo ricordare che la prevalenza fascista, in Italia prima e in Germania poi, ha avuto inizio dal momento in cui i partiti socialisti si rivelarono incapaci di soddisfare le speranze che le masse avevano in essi riposto. Allo stesso modo come l'individuo impotente a sormontare le difficoltà della vita e a realizzare le sue aspirazioni, finisce col liberarsi nei sogni dalle sue angosce e dai suoi desideri, così le masse, sconfitte per incapacità di capi, cercano di sfuggire alla disperazione rifugiandosi dietro emblemi d'un'epoca lontana, nei quali le contraddizioni sociali sono "simbolicamente" risolte, gli uomini "simbolicamente" fratelli e il profitto capitalistico "simbolicamente" eliminato.

Prof. Pickup. Credete veramente che la finzione abbia nell'ideologia fascista dei paesi d'Europa un ruolo così importante?

Tommaso il Cinico. In ogni ideologia e in ogni tipo di stato, illustre professore, ma in modo particolare, s'intende, nelle ideologie degli stati totalitari. L'antropologo inglese Frazer ha già affermato che il mantenimento dell'ordine pubblico e dell'autorità statale si è sempre fondato, per una parte essenziale, sulle immagini superstiziose che le masse se ne formano. Senza di ciò, infatti, molta storia umana resterebbe incomprensibile. Incomprensibili le guerre, incomprensibile l'esistenza di ceti sociali parassitari, le caserme, le carceri, i rapporti tra metropoli e colonie, e il resto. No, il fascismo veramente non è caduto dal cielo ed esso non ha sottomesso a sé uomini liberi, ma folle già predisposte a servire dal loro modo quotidiano di vivere e già educate a ubbidire da tutte le forme della vita democratica (insegnamento scolastico, servizio militare, pratiche religiose, e anche dall'addestramento ricevuto nei sindacati e partiti d'opposizione, centralizzati e burocratizzati come il resto). Lo psicologo Bernheim pretese già di provare che la disposizione alla suggestione è "inerente allo spirito umano" e che il patrimonio cerebrale normale è costituito prevalentemente da "suggestioni successive". L'esistenza nell'uomo d'una disposizione atavica alla soggezione non esclude però ch'essa possa essere superata per far posto a una coscienza libera e responsabile; ma si tratta di un fatto sgradevole alla maggior parte dei politici, i quali amano di servirsi degli uomini come di docili strumenti. E può essere un fatto penoso anche all'uomo comune, benché, se la sorte degli animali domestici non sempre è invidiabile, spesso è l'unico ripiego per vivere in pace.

Prof. Pickup. Vorreste far violenza alla natura umana, signor Cinico? Non dimenticate, vi prego, che la libertà di coscienza è stata sempre l'appannaggio d'una ristretta *élite* e presuppone una ricchezza di pensiero quale le masse non potranno mai possedere. Le masse possono ricevere il loro nutrimento spirituale solo sotto forma di pillole da inghiottire a occhi chiusi.

Tommaso il Cinico. La storia prova caso mai il contrario. Prova che non v'è stato progresso politico e sociale d'una qualche importanza che non sia dovuto alle lotte delle classi cosiddette inferiori. Ma per non allontanarci troppo dal tema, voglio ora particolarmente insistere sul fatto che l'istruzione, anche l'istruzione superiore, non è affatto incompatibile con la credulità e la superstizione. Conosco un famoso professore di matematiche il quale trema, se, andando all'università, incontra un gatto nero. Le superstizioni più pericolose sono quelle abituali, che noi non avvertiamo nemmeno come tali. A molte di esse neppur avrei fatto caso, se un mio amico papuasiano non me le avesse additate. Permettetemi di raccontarvi la sua storia. Egli aveva avuto la ventura di essere raccolto da un missionario presso una delle tribù più arretrate della Nuova Guinea olandese e condotto a Roma in un collegio della *Propaganda Fide* per esservi liberato dalle native superstizioni e istruito cristianamente. Benché d'ingegno vivace, egli non aveva mai mosso obiezioni di sorta alle verità del Vangelo, e sembrava già maturo per essere rispedito come missionario indigeno presso la sua antica tribù, quando il caso, o la Provvidenza, volle ch'egli incontrasse, in una visita al giardino zoologico della Città Eterna, un magnifico vecchio canguro. Il canguro era ed è l'animale totemico del *clan* d'origine di quel giovane, e non potete immaginarvi quale fosse la sua emozione nel ritrovare il suo sacro antenato nella città straniera. Nessun dubbio ch'esso vi fosse arrivato per via soprannaturale e per ammonirlo a non dimenticare le sue origini, restando fedele agli avi. Inutilmente i maestri cattolici cercarono di distogliere il giovane convertito da quel postumo accesso di superstizione, ricorrendo a tutte le risorse dell'apologetica cristiana. Per finire essi misero l'impenitente pagano alla porta del collegio, in cui era diventato motivo di scandalo. Egli vagò triste e sconsolato per varie città e alcun tempo dopo venne in Svizzera. Io ho avuto occasione d'incontrarlo per caso e di fare la sua conoscenza nel giardino zoologico di Zurigo, mentre egli si aggirava eccitatissimo attorno al reparto dei canguri. Avendogli mostrato d'avere qualche conoscenza degli studi apparsi negli ultimi anni sul mondo mitico delle tribù australiane e papuasiane, egli se ne è uscito in iscandescenze. Codesti vostri scienziati che anch'io ho letto, si è messo a protestare, sono dei cretini. Nelle loro scritture pretenziose essi dissertano sui nostri *alchera, ungud, Kugi, dema,* come se si trattasse di oggetti inanimati di laboratorio. Nel colmo dell'agitazione egli ha estratto un quaderno da una tasca e m'ha imposto di leggerlo. Qui è la mia vendetta, m'ha detto. Il quaderno recava scritto sulla copertina a guisa di titolo: "Le incredibili superstizioni delle tribù europee". Vi confesso d'aver letto il quaderno d'un fiato. Il giovane papuasiano è riuscito a scoprire, con i suoi vergini occhi, una quantità inimmaginabile di feticci idoli totem e tabù che dominano gli atti più importanti della nostra vita civile, direi, quasi, senza che noi ce ne accorgiamo. Il quaderno era redatto in forma aneddotica, rendendo conto delle scoperte nella successione in cui esse erano avvenute. Come voi potete immaginare, tutta la liturgia cattolica, coi suoi incensi ceri lampade oli ceneri reliquie vi prendeva il posto d'onore. Ma non mancavano osservazioni bizzarre sulla nostra vita privata. Ricordo particolarmente una discussione tra il papuasiano e una donna romana che traeva all'anulare un cerchietto d'oro, la fede matrimoniale. Dalle domande sulle funzioni di quella *fede* aurea, il giovane era passato ai rapporti tra l'anello e la *fedeltà* coniugale, l'istituto di *Propaganda Fide* e l'offerta delle *fedi* alla patria fascista. A un certo punto la donna non aveva più saputo rispondere. Un giorno il giovane papuasiano fu condotto, assieme ai chierici del suo collegio, a piazza Venezia, a rendere omaggio alla tomba del milite ignoto, situata ai piedi dell' "altare della patria". La patria è anche una madonna? egli domandò a un suo superiore. No, gli rispose quello. Perché dunque c'è un altare della patria? Tu non puoi capire. Perché? Accorsero due carabinieri che imposero silenzio. Se devo tacere, vuol dire ch'è una madonna, continuò il papuasiano a borbottare. Un altro giorno egli aveva notato nel suo quaderno: Ho letto in un giornale che in Abissinia la lupa romana ha scacciato il leone di Giuda. Sembra che il leone britannico abbia tradito quello di Giuda. Dunque, come da noi, ogni grande tribù europea venera un suo antenato totemico: la Francia ha il gallo, la Germania l'aquila, l'Italia anche un'aquila, Roma una lupa con due bambini, l'Olanda, il Belgio, la Svezia e altri paesi il leone, che sembra l'animale più frequente in Europa. Un'altra volta, a Genova, egli assisté al varo d'una nave. Una signora ruppe una bottiglia contro lo scafo. Gli spiegarono che era una bottiglia di champagne. Peccato, egli disse, sarebbe stato meglio bere lo champagne e rompere una bottiglia d'acqua. Il battesimo non sarebbe stato valido, gli fu risposto. Gesù, lui replicò, non fu battezzato con acqua? Sei stupido, gli replicarono. La discussione continuò. La nave ha un'anima? egli domandò. No, gli fu risposto. Che cosa dunque è stato battezzato? Sei stupido, gli fu risposto di nuovo. Un altro giorno egli aveva assistito alla sfilata di molti uomini, vestiti tutti alla stessa maniera; davanti camminava uno con un palo al quale era attaccata della tela colorata. Al passaggio del palo tutti salutavano con rispetto. Un vecchio che non si tolse il cappello, venne subito aggredito e bastonato. Perché? domandò il papuasiano. Non ha salutato la bandiera, gli fu spiegato. Ma è solo un palo con un pezzo di tela, egli osservò. La bandiera, gli gridò un energumeno mostrandogli i pugni, è l'immagine sacra della patria. È la patria stessa, gli gridò un altro, è il sangue, l'anima della patria. La patria ha un'anima? domandò il papuasiano. Volevano portarlo in prigione. Numerosi altri episodi riferiti nel quaderno riguardavano il potere magico dei timbri, delle uniformi, dei distintivi. Sono cose che noi tutti conosciamo, ma, a causa dell'abitudine, finiamo col non farvi più attenzione.

Mr Doppio Vu. La vostra storiella è divertente, ma non vedo quale relazione abbia con la nostra conversazione di oggi.

Tommaso il Cinico. Una relazione evidente. In uno studio dell'etnografo A.P. Elkine sulla vita segreta degli aborigeni australiani ho trovato il seguente giudizio: Il legame tra una persona e il suo paese non è semplicemente geografico o fortuito: è un legame vitale, spirituale e sacro. Il suo paese è il simbolo nello stesso tempo della via di accesso del mondo invisibile e potente degli eroi, degli antenati e delle potenze dispensatrici della vita, di cui profittano l'uomo e la natura. Vi ho subito avvertito che si tratta di aborigeni australiani, rimasti ancora fuori d'ogni contatto con la cosiddetta civiltà, per impedire che voi pensaste che A.P. Elkine abbia voluto riferire degli *slogans* della propaganda nazionalsocialista tedesca. Una differenza tuttavia esiste tra gli atteggiamenti spirituali dei due popoli, a tutto vantaggio degli aborigeni australiani. In essi quel contatto mitico con le forze naturali è ancora spontaneo e puro, nei tedeschi di oggi è invece una suggestione d'ideologi fumosi, il cui successo è da ricercarsi nelle terribili condizioni di smarrimento spirituale del popolo tedesco durante gli anni del dopoguerra.

Mr Doppio Vu. Per quanto abile, una propaganda non può avere successo senza un certo appiglio nella realtà. Ma in America noi manchiamo di tradizioni. La nostra storia comincia con la dichiarazione d'indipendenza nell'anno 1776. Prima di allora i 13 stati erano colonie inglesi. Quindi la nostra breve storia è tutta liberale. Se riflettete al fatto che nel 1776 gli Stati Uniti contavano appena 2 milioni d'abitanti (e un certo numero tra le famiglie più notevoli lasciarono allora il paese e tornarono in Inghilterra), e che ora gli abitanti arrivano a 130 milioni, vi apparirà chiaro che, dal punto di vista puramente demografico, gli Stati Uniti sono una creazione dell'epoca liberale, una creazione recente. In queste condizioni, una tradizione nazionale non s'inventa.

Tommaso il Cinico. Voi credete che esista nel popolo italiano una tradizione romana? Disingannatevi. Vi è stata, alcuni anni fa, una discussione tra alcuni storici italiani sull'epoca nella quale debbano fissarsi le origini della loro nazione. Alcuni volevano porle al principio del 1800, altri nel 1700, altri sono risaliti fino al 1300 e a Dante. Nessuno, proprio nessuno, neppure uno storico fascista, benché, col fascismo al potere, naturalmente storici fascisti non manchino, ha osato sostenere che la storia d'Italia cominci nell'antichità classica. Questo non ha impedito a Mussolini di gonfiare quel nonsenso storico che è la tradizione romana dell'Italia fino a farla diventare il mito centrale dell'ideologia fascista ed estrarre da esso le denominazioni i simboli i riti per l'organizzazione del partito e dello stato fascista. In larghi strati della opinione pubblica la mistificazione sembra riuscita. Vi sono stati dei giovani i quali sono andati volontari in Africa e in Ispagna e hanno consacrato con il proprio sangue la fede nella tradizione romana.

Mr Doppio Vu. Affinché una mistificazione riesca, a mio parere, essa deve contenere per lo meno un qualche elemento di verosimiglianza. Tra l'Italia d'oggi e la Roma dei

Cesari c'è, se non altro, una coincidenza geografica. In America non abbiamo nulla di equivalente.

Tommaso il Cinico. Non c'è da disperarsi. Affinché si attui una mistificazione, la prima condizione è che le persone da mistificare abbiano la ricettività necessaria. Uno studioso francese ha scritto che il mito è un desiderio collettivo personificato. Per attivare un processo suggestivo il suo contenuto ha un'importanza secondaria: decisivo invece è lo stato psichico della persona da suggestionare. Si può dire, in sostanza, che ogni suggestione è sempre, nel suo dinamismo, una autosuggestione. Qui c'è la risposta alla domanda di quelli che, dopo aver conosciuto da vicino i capi fascisti e nazionalsocialisti e averne potuto giudicare la limitatezza intellettuale e morale, non sanno poi spiegarsi come mai tali uomini mediocri abbiano potuto creare movimenti di massa così potenti. In realtà non sono essi che hanno creato quei formidabili movimenti; essi ne sono i beneficiari. Dimodoché il segreto del nazionalsocialismo e del fascismo deve esser ricercato anzitutto nelle condizioni spirituali delle masse italiane e tedesche a seguito della gurra, della crisi economica e del fallimento dei partiti democratici e socialisti.

Mr Doppio Vu. Non dimentichiamo, per favore, lo scopo delle nostre conversazioni. Da quel che avete detto, quali conseguenze intendete ricavare?

Tommaso il Cinico. La conseguenza più importante è questa: non scoraggiatevi. Non crediate che sia compito d'un aspirante dittatore di creare la dittatura dal nulla. Riponete piuttosto la vostra fiducia nell'impotenza dei vecchi partiti a superare la crisi di civiltà in cui l'umanità intera sembra entrata. Non dimenticate che noi siamo con ogni probabilità appena all'inizio di una lunga serie di guerre rivoluzioni controrivoluzioni disastri d'ogni specie. Non abbiate fretta. Abbiate fiducia nel possibile rimbarbarimento dell'umanità. Anche senza avere dietro di sé una grande tradizione storica, le masse possono ugualmente ridiventare barbare, con l'aiuto efficace della guerra, della fame della radio e di tutto il resto. Dio mi guardi dal mettere in dubbio la sapienza del prof. Pickup e degli altri vostri collaboratori; eppure, per veramente istupidire le masse, gli sforzi dei migliori propagandisti sarebbero come innocui ronzii di mosche, senza la collaborazione decisiva dei massacri bellici e della prolungata miseria. Non scandalizzatevi, vi prego, se chiamo le cose per il loro nome: evito le perifrasi per essere più chiaro. È ormai un fatto accertato che a seguito delle guerre nazionali, delle guerre civili e della disoccupazione prolungata, si ha, in forma epidemica, un fenomeno di dissociazione della coscienza, per cui un numero sempre maggiore di individui sono privati dell'attività psichica normale. In essi si verifica una graduale atrofia dello spirito e un'ipertrofia delle facoltà psichiche inferiori, istintive e automatiche. Non parlo dei casi gravi, che richiedono un intervento psichiatrico, ma, in generale, della massa dei combattenti e disoccupati, delle loro famiglie, di tutti coloro che sono sottoposti per lungo tempo a emozioni in tense. Salvo casi di eccezione, l'esperienza dimostra che lo spirito umano perde, in simili prove penose, l'abituale equilibrio, non è più adatto al ragionare ponderato, oscilla tra il cupo disperare e l'ottimismo ingenuo, e diventa facile preda d'ogni demagogia. L'insicurezza fisica e l'incertezza del nutrimento, se durano per anni, riconducono l'uomo, anche il più normale, anche il più colto, anche il meglio educato, in una situazione di angosce ataviche, in uno stadio che dopo molti secoli di sviluppo sembrava definitivamente superato. È quello lo stato di grazia, nel quale si fanno avanti i totalitari, non i totalitari da salotto, ma i veri totalitari, i disperati, il cui solo apparire in un luogo pubblico basta a generare sgomento.

Mr Doppio Vu. Questo che voi dite, mi fa ricordare, signor Cinico, un'affermazione dello spagnolo Ortega y Gasset da noi incontrato a Parigi. L'uomo che comincia ora a dominare, egli ci ha detto, in confronto alla civiltà complessa da cui proviene, è un primitivo, un barbaro, un individuo che sorge fuori da una botola, un invasore verticale; la sua individualità è affatto differenziata, è un uomo che può ogire solo in gruppo, in una parola, un uomo-massa. Ma questo ormai è un luogo comune.

Prof. Pickup. La mobilitazione di milioni di uomini-massa per opera dle fascismo non è però tutto il fascismo. L'essenza del fascismo è nella sua idea. L'uomo-massa è la forza bruta di cui l'idea si serve per trionfare. Dietro Mussolini vi sono Sorel, Pareto, la tradizione romana. Dietro Hitler, Fichte col suo socialismo nazionale, la "Willen zur Macht" di Nietzsche, la fede nel destino di Richard Wagner, la teoria della razza di Gobineau e H. S. Chamberlain, la dottrina dell'ereditarietà di Mendel, l'idea di potenza di Treitschke.

Mr Doppio Vu. La vuoi smettere? Perché a ogni costo vuoi farci perdere tempo? Sai bene che in America, fuori delle università, le idee non sono ammesse a circolare e meno che altrove nella vita politica.

Prof. Pickup. Proprio questo, amico mio, è il guaio al quale fa d'uopo porre un termine. Si tratta di sostituire la farraginosa tradizione liberale e cristiana, di cui la prossima crisi sociale mostrerà l'impotenza, con una nuova idea, semplice e moderna, capace di ricevere l'adesione della gioventù intellettuale e di suggestionare milioni di uomini-massa. Il primo compito è perciò di aprire una discussione...

Tommaso il Cinico. Mi permettete d'intterompervi? Siete su una falsa strada, voglio dire, la strada che intendete imboccare non è quella del fascismo. Voi vorreste aprire una discussione? In realtà il fascismo rappresenta il tentativo di mettere l'ordine sociale fuori discussione, di renderlo indipendente dalla coscienza dei cittadini e dalle fluttuazioni dell'opinione pubblica. Per il fascismo la società è eterna, essa è già la quando l'individuo nasce, e continua a esistere quando l'individuo muore. L'individuo deve adattarsi alla società e non viceversa. In questo senso il fascismo europeo è un tentativo di ricondurre i rapporti tra l'individuo e la società al punto in cui essi erano due secoli or sono. Scusate la pedanteria. Voi sapete che, fino all'illuminismo, il problema dell'insieme dell'organizzazione sociale non era soggetto di disputa. Con l'illuminismo la società stessa invece divenne un problema. Da allora ebbe inizio l'epoca delle costruzioni politiche e sociali razionali, l'epoca dei programmi. Nacquero il liberalismo la democrazia il socialismo, con tutte le loro varietà, ognuna di esse rappresentando una maniera diversa di concepire i rapporti tra gli uomini. Sembrava che la ragione avesse definitivamente spodestato la tradizione. Si trattava però di un regno puramente astratto. La società nell'ultimo secolo continuò rigogliosamente a svilupparsi e a evolvere, ubbidendo ad altre leggi che a quelle della ragione. Quello sviluppo però era esso stesso oggetto di discussioni, alimentando sempre nuovi programmi, e nessuno, a dir la verità, vi trovava un inconveniente. Finché la guerra mondiale ha creato una situazione in cui il discutere è diventato pericoloso. Il vecchio ordine sociale si è rivelato razionalmente indifendibile. Allora è sorto il fascismo. Devo ricapitolare il già detto negli incontri precedenti? Esso è sorto dall'angoscia dei ceti medi minacciati dal progresso tecnico nella loro esistenza; dalle disillusioni degli operai sconfitti in tentativi rivoluzionari male organizzati; dalla paura dei capitalisti sotto la minaccia dell'espropriazione e della morte sociale. Il fascismo non si è presentato con un programma contro i programmi già esistenti; non ha neppure criticato i programmi degli avversari; esso si è formato al di fuori d'ogni discussione, negando che la società possa essere un problema sul quale sia lecito discutere. Contro la ragione "dissolvente" dei politicanti, il fascismo ha fatto appello agli istinti atavici, alla voce del sangue, alla tradizione, alla mistica dell'ovile, "al bisogno di credere in un capo", alla fedeltà, alla solidarietà di fronte al pericolo, "alla salvezza nell'obbedienza", "alla castità del sacrificio", alla fratellanza dettata dal destino. A tutto quello che vi pare e piace, ma non alla ragione.

Mr Doppio Vu. In termini più semplici, ecco come io vedo la cosa, per ciò che mi riguarda. Se avremo nello stesso tempo un peggioramento della situazione economica e delle relazioni internazionali, è probabile che i nostri due grandi partiti facciano fiasco. La parola d'ordine "Abbasso la politica", sarà allora molto popolare anche tra noi e piacerà a tutti, agli operai, ai coltivatori della terra e anche ai trusts. Le confesso che vedo il mio avvenire politico legato al realizzarsi di una tale congiuntura. Però, mi domando: sarà solo un fuoco di paglia? Sapete, non sono molti gli americani che amino sinceramente la politica e che siano disposti a battersi per difendere il sistema dei due partiti; ma a tutti piace la libertà.

Tommaso il Cinico. Prima che il fascismo arrivasse al potere in Italia, molti sostenevano ch'esso fosse incompatibile con la nostra psicologia individualistica. La stessa incompatibilità fu sostenuta in Germania, confrontando il primitivismo di Hitler al grandioso contributo dei tedeschi alle arti e alla filosofia. Con una formulazione che sembrava presa in prestito alla pantautologia del nostro prof. Pickup, si poteva udire affermare fino al 1933: "La Germania non è l'Italia" e dal 1933 al 1938: "L'Austria non è la Germania". Bisogna aver chiaro in mente che anche la tradizione nazionale la più solida è rappresentata, nella stratificazione psicologica dell'individuo medio, da elementi del tutto superficiali, i quali sono tra i primi a svanire in condizioni di profondo turbamento. Nessun paese possiede una tradizione o una psicologia nazionale che renda il totalitarismo fatale, ma neanche che a priori lo scarti. La psicologia nazionale interviene nella genesi del totalitarismo come elemento puramente decorativo e può servire a far distinguere il fascismo tedesco da quello ebreo (sì, esiste anche questo), il fascismo italiano da quello francese o irlandese. Ma la civiltà di massa tende, d'altronde, a livellare le psicologie nazionali, mentre neppure scalfisce i complessi atavici. Questi si ritrovano anche in uomini del tutto sprovvisti di tradizione nazionale, essendo residui di un'epoca in cui le nazioni neppure esistevano, e molto probabilmente essi continueranno a sussistere anche quando le attuali nazioni saranno sparite. Uno psicanalista che vive in questa città, C. G. Jung, ha scoperto che i sogni dei negri non hanno un contenuto diverso da quelli degli europei o degl'indiani.

Mr Doppio Vu. Avete mai udito parlare, signor Cinico, delle nostre "elezioni del vino di mele" del 1840? Un uomo senza programma politico e di spirito romantico conquistò le folle più eterogenee facendo viaggiare, da una regione all'altra, case su ruote e botti piene di sidro.

Prof. Pickup. Amici miei, siamo ancora fuori strada. Il rapporto tra il capo e le masse, nei vari regimi, merita di essere meglio chiarito. La sprezzante noncuranza dei vecchi politici si esprimeva con la formula "panem et circenses". In tempi più recenti, anche Nietzsche raccomandava di assicurare alle masse il maggiore benessere, affinché non turbasse, con i suoi lamenti o i suoi tumulti, le più alte manifestazioni dello spirito. Era un punto di vista aristocratico che presupponeva l'ordine e la prosperità, due condizioni ormai aleatorie. D'altra parte, che cosa offriva la repubblica di Weimar ai disoccupati tedeschi? Lo spettacolo delle polemiche tra i partiti e l'insigne onore di partecipare in astratto alla sovranità popolare. In quanto ai comunisti, nulla mi sembra più illuminante della confidenza che Lenin rilasciò un giorno alla comunista tedesca Clara Zetkin e che questa cita in un suo libro: alla domanda se la rivoluzione bolscevica non fosse stata molto facilitata dal fatto che la maggioranza dei contadini russi erano analfabeti, Lenin rispose senz'altro affermativamente. In confronto a tutte queste forme di dileggio e inganno, mi pare che Hitler si ponga un gradino al di sopra, quando dice di aver voluto dare alle masse una nuova fede.

Tommaso il Cinico. Sarebbe più esatto dire, un surrogato di fede: il mito del sangue e della terra.

Prof. Pickup. La nuova fede è stata accettata dal popolo tedesco. Non vi basta? Non è un criterio democratico di giudizio? Non più "panem et circenses", dunque, ma "panem et fidem". Ma se per le masse basta la fede, per i dirigenti, ne convengo, si richiede in più scienza e consapevolezza. Questo compito, a me pare, ci è ora molto facilitato. Le realizzazioni del fascismo in Europa sono così grandiose, ch'esse offrono un materiale abbondante per la sua giustificazione scientifica. Il corporativismo, ad esempio, è un sistema di organizzazione della produzione la cui superiorità si può scientificamente dimostrare. Perché dovremmo rinunciare a estrarre dalle sue realizzazioni una sintesi scientifica e adottarla come programma? Perché non dovremmo portare quel programma nelle pubbliche discussioni, nelle quali non interviene la massa, ma la parte intelligente del popolo, e mostrare ch'esso risponde ai dettami dell'esperienza e della ragione?

Tommaso il Cinico. Avete veramente un tale programma? Comincio a preoccuparmi.

Mr Doppio Vu. Sì. Perché tacerlo? Esso è stato elaborato da una commissione di accademici presieduta dal prof. Pickup. È un lungo programma. A dir la verità, io non l'ho ancora letto fino alla fine.

Tommaso il Cinico. Vi consiglio di metterlo in archivio e di dimenticarlo.

Mr Doppio Vu. La commissione di accademici m'è costata un occhio della testa. Il programma ora è là, già pagato; perché non dovrei stamparlo?

Tommaso il Cinico. Registrate le spese della commissione nel capitolo della beneficenza e dimenticate quel programma. È il solo modo di ridurre al minimo le perdite. Discutere? Persuadere? Sarebbe una pazzia. Un aspirante dittatore non deve fare appello allo spirito critico degli uditori. Egli ne sarebbe la prima vittima. Un capo fascista deve saper trascinare infiammare esaltare i suoi uditori, ispirando disprezzo e odio verso i perdigiorno che discutono. "Le chiacchiere non riempiono lo stomaco", ecco uno slogan efficace contro i politicanti tradizionali. Tutto quello che il capo fascista dirà, sarà enunciato nella forma dell'evidenza, in modo da non dare adito al minimo dubbio o discussione. Locuzione come "può darsi", "forse", "a me sembra", "salvo errore", saranno rigorosamente evitate. Ogni invito alla discussione sarà respinto. "Non si discute sulla salvezza della patria", "non si discute coi traditori", "i disoccupati aspettano lavoro e non parole", ecco risposte che ogni seguace approverà. Un comportamento diverso sarebbe disastroso. Permettetemi di citarvi un esempio recente, offerto da questo piccolo paese. Alcuni anni fa, come ripercussione delle vittorie fasciste in Italia e in Germania, si ebbe anche in Svizzera un embrionale movimento fascista, chiamato frontista, che, però, dopo un inizio rumoroso, rapidamente si esaurì. Il suo fallimento fu dovuto, in primo luogo, alla mancanza, in questo paese, delle speciali condizioni politiche e sociali che sono la premessa d'ogni minaccioso movimento totalitario, sia di destra sia di sinistra. Ma il fallimento del fascismo svizzero fu accelerato dalla circostanza che i suoi dirigenti credettero di poter propagare il fascismo accettando pubblici contraddittorî con gli avversari socialisti, democratici, liberali e perfino ebrei. I risultati furono disastrosi. Devo però aggiungere che probabilmente quegli sciagurati non avevano altra scelta. Data l'educazione democratica di questo paese, se qui un dirigente politico rifiuta d'incontrarsi a contraddittorio con i suoi avversari, rischia di squalificarsi e di non trovare aderenti. Quello che rende ancora più azzardata l'impresa dei totalitari in questo paese è la scarsa simpatia del popolo per l'eloquenza.

Mr Doppio Vu. Infatti ho saputo che la maggioranza dei politici di questo paese non appartengono al ceto degli avvocati, come accade nelle altre democrazie, ma sono maestri di scuola.

Tommaso il Cinico. Sì, sotto questo aspetto, esso è rimasto il paese di Pestalozzi. Ma, per fortuna del fascismo, non tutti i paesi democratici somigliano alla Svizzera. Nella maggior parte di essi, se si sopprimesse l'eloquenza, che resterebbe della democrazia? In quei tentativi di contrabbando fascista in Svizzera non mancarono giovani studiosi i quali si applicarono, a somiglianza del prof. Pickup, a estrarre una teoria del fascismo dall'analisi delle istituzioni statali create di recente in Italia e in Germania. Si tratta d'un errore tipico d'intellettuali, i quali, conforme al detto per cui intellettualità e intelligenza spesso hanno poco a che fare tra loro, facilmente si lasciano attrarre dal lato formale e strettamente giuridico della realtà sociale. È colpa di questa sorta d'intellettuali se democrazia è diventato sinonimo di parlamentarismo e bolscevismo sinonimo di soviet, anche dove il parlamentarismo ha distrutto la democrazia e anche dopo che il bolscevismo ha eliminato i soviet. Per ciò che riguarda il fascismo, Mr Doppio Vu, fissatevi bene in mente questo: esso non può identificarsi con nessuna delle espressioni in cui si è manifestato finora e con nessuna delle istituzioni create dopo la conquista del potere. Il fascismo è sempre nazionalista, ma non obbligatoriamente antisemita; esso crea sempre organismi di massa, ma non necessariamente corporazioni. Le istituzioni sono simulacri che adempiono a funzioni secondarie che solo i professori di diritto possono prendere molto sul serio.

Prof. Pickup. Da molto tempo non ho assistito a un tale travisamento della verità. Potrei, signor Cinico, seppellirvi sotto una valanga di citazioni per provarvi che Mussolini non disdegnava la polemica e i programmi.

Tommaso il Cinico. Non metto in dubbio la vostra affermazione, potete dunque risparmiarvi la fatica. Mussolini aveva indubbiamente la vocazione del potere, ma ha scoperto con ritardo le regole del giuoco totalitario. I progetti di riforma ai quali voi alludete, non hanno facilitato ma complicato la sua vittoria. Perfino sulla questione fondamentale dello stato, si trovano nei suoi scritti le concezioni più contraddittorie. Ancora nell'aprile del 1920 egli si permetteva di scrivere: Abbasso lo stato in tutte le sue forme e qualunque sia la sua incarnazione. Lo stato di ieri, d'oggi, e di domani, lo stato borghese e lo stato socialista. Non ci resta più a noi, ultimi superstiti dell'individualismo, per attraversare la notte presente e quella di domani, che la religione ormai assurda, ma sempre consolatrice dell'Anarchia. Erano parole di Mussolini.

Mr Doppio Vu. Ancora nella primavera del 1920?

Tommaso il Cinico. Il secolo della democrazia è finito, egli scriveva però nell'agosto del 1922. Un secolo aristocratico, il nostro, succede all'ultimo secolo. Lo stato di tutti finirà per ridiventare lo stato di pochi. Le nuove generazioni proibiscono alla democrazia d'ingombrare con la sua massa cadaverica le vie dell'avvenire. Infine, dopo la conquista del potere, altro suono di campana. Per il fascismo, egli scrisse, lo stato è l'assoluto, di fronte al quale gli individui e i gruppi non sono che il relativo. La rapida parabola era conclusa. Dopodiché nessuno dovrebbe più permettersi di spiegare il successo di Mussolini partendo dalla chiarezza delle sue idee sulla questione dello stato.

Prof. Pickup. Malgrado la volontà d'assoluto proclamata da Mussolini, sotto vari aspetti, lo stato italiano attuale è meno totalitario di quello germanico. Indubbiamente Hitler ha avuto una visione più coerente della propria mèta. Lo stato è un mezzo per un fine, egli scrisse, e il fine è la conservazione della razza.

Tommaso il Cinico. Anche Mussolini però non era privo di talento nel caricare di enfasi le formule più banali. Noi siamo contro le rinunce, siamo per i nostri diritti, egli scriveva. Noi siamo contro l'irresponsabilità, siamo per il rispetto dei valori, egli ripeteva assai spesso. Vi raccomando particolarmente il termine di "valori". Potete servirvene a tutto spiano, suona bene e non impegna a nulla.

Mr Doppio Vu. A proposito, che significa "eia eia alalà"?

Tommaso il Cinico. Niente. Era un grido inventato da D'Annunzio durante la guerra. Voi non ne troverete traccia in alcuna lingua, né dialetto, e il suo stesso inventore non vi attribuiva alcun significato razionale. Aveva pertanto tutti i requisiti per diventare una delle formule della liturgia fascista. Quando quella formula è urlata da una folla eccitata, essa assume un significato carico di affettività e può esprimere, secondo le circostanze, stupore estasi supplica implorazione ansia del sacrificio. Simili parole valgono, per il successo d'un movimento fascista, più di qualsiasi trattato teorico sulle corporazioni. Il fatto stesso di essere formato quasi sempre di suoni inarticolati, ricorda in modo impressionante quelli che dovevano essere gli urli degli uomini delle caverne. *Alalà, a noi, heil* sono le formule liturgiche che iniziano e chiudono ogni manifestazione fascista o nazista. La recitazione salmodiata di testi incomprensibili è stata in tutti i tempi una risorsa preziosa delle religioni di massa. Il latino non ha mai allontanato i contadini analfabeti dall'assistere alla liturgia cattolica, anzi, esso ha sempre concorso ad attrarveli.

Prof. Pickup. Anche il *Capitale* di Marx, se fosse stato scritto in modo più comprensibile, avrebbe goduto meno popolarità.

Tommaso il Cinico. Se nessun partito ha mai rinunziato a sfruttare questa debolezza umana, il fascismo è stato però quello che vi ha edificato sopra tutta la sua fortuna, creando la tecnica moderna della suggestione popolare politica. È un merito che non gli si può negare.

Mr Doppio Vu. A Berlino abbiamo incontrato un certo dottor Guterer, gran cerimoniere delle manifestazioni pubbliche del nazionalsocialismo. Parlando con lui, ho capito perché le chiese e i teatri in Germania ora sono spesso deserti: la coreografia si è trasferita in piazza.

Tommaso il Cinico. In piazza sono anche i simboli e feticci della nuova idolatria: le aquile le croci uncinate i fasci littori le bandiere. Napoleone aveva già detto: Datemi un bottone e obbligherò la gente a vivere o a morire per esso. L'esperimento di Napoleone è riuscito. Ogni fascista e nazionalsocialista trae all'occhiello della giacca un distintivo con l'emblema del partito e per esso dice di essere disposto a dare la vita. Quel bottone serve ad assicurare a chi lo porta la protezione della forza sacra in esso racchiusa: vale a distinguere il fascista dagli altri uomini e stabilire la sua superiorità sui disgraziati che ne sono sforniti. Le cronache raccontano che dei fascisti lo baciano al momento di morire; altri lo recano con sé nella tomba, come pegno di salvezza contro le potenze infernali; altri lo depongono per un momento sulla fronte del figlio neonato, affinché cresca consacrato alla patria. La bandiera del circolo rionale cessa d'essere un palo e un pezzo di tela dal momento in cui il delegato del capo la tocca con le sue mani. La nuova sede provinciale cessa di essere una casa con uffici dal momento in cui il delegato del capo ne apre le porte. Il simbolo finisce col confondersi con la cosa rappresentata. La bandiera non rappresenta la patria, essa è la patria. Ogni tentativo di spiegare l'efficacia d'un feticcio partendo dalla sua forma o dal suo colore, sarebbe arbitrario. La forza d'un feticcio è da ricercare solo nello spirito di quelli che l'adorano: la bandiera nazionalsocialista tedesca è grande e rossa, mentre quella del partito fascista italiano è piccola e nera, eppure adempiono alla stessa funzione con lo stesso risultato.

Prof. Pickup. Perché i simboli degli avversari si sono rivelati inferiori a quelli della dittatura? Ah, ah, ah, spiegatemi un po' questo.

Tommaso il Cinico. L'uso dei simboli da parte dei partiti socialisti e democratici è accompagnato da una ideologia che impedisce, o almeno non facilita la loro trasformazione in feticci. Il socialismo è per per l'operaio qualche cosa di concreto (il salario la fabbrica la casa). La bandiera resta, in quel caso, una semplice bandiera. Lo stesso dicasi dell'oratoria. Il capo di un movimento totalitario di solito non è un grande oratore nel senso tradizionale. Egli ricorda in certi tratti il propagandista di guerra che arringa i soldati prima dell'assalto, in certi altri, esattamente il contrario, un improvvisato capo di soldati ammutinati. Eppure quel modo veemente e incolto di parlare serve vieppiù a riavvicinarlo alla massa, che finisce col sentire in lui la propria voce. Esiste veramente un genere di eloquenza fascista, falsa e artificiale come ogni altra eloquenza, ma, alla presenza di masse che conoscono la guerra e la disoccupazione prolungata, infinitamente più efficace della vecchia eloquenza "tenorile" dei Gambetta Jaurès Lassalle Enrico Ferri Lloyd George. È la superiorità di Al Jolson su Caruso.

Mr Doppio Vu. Sapete chi era Van Buren? Nel 1828 egli portò alla presidenza Jackson al termine di una travolgente campagna elettorale condotta con la parola d'ordine della difesa dei "sacri diritti del popolo". Nessuno minacciava quei diritti, e meno di ogni altro John Quincy Adams, il presidente uscente, ma la trovata di Van Buren ebbe una accoglienza strepitosa. Van Buren successe personalmente a Jackson nella presidenza ed ebbe lui stesso a esperimentare la sua mirabile ricetta, quando, volendo essere rieletto, gli fu opposto Harrison, presentato come "l'uomo del popolo", il "log-cabin-man", l'uomo semplice modesto sobrio patriarcale, in contrasto con Van Buren, il quale, essendo presidente, abitava un palazzo, aveva molti servitori e mangiava con posate d'oro.

Tommaso il Cinico. Scusate, mi sento veramente mortificato. Da un europeo voi non avete nulla da apprendere.

IX

*Come la democrazia divora se stessa,
con qualche utile esempio
sull'arte di pescare nel torbido.*

Prof. Pickup. Chiunque osservi le manifestazioni di un movimento fascista, non può negare che le masse vi partecipino in una misura punto inferiore a quella che si riscontra presso altri partiti. Anzi...

Tommaso il Cinico. E da ciò vorreste per caso inferire che il fascismo è democratico?

Prof. Pickup. Nel buon senso della parola, certamente. Giacché democrazia viene da *demos*.

Tommaso il Cinico. A vostro avviso, la guerriglia dei contadini vandeani e scioani contro la Convenzione fu dunque un movimento democratico?

Prof. Pickup. Gli storici lo negano perché quei contadini erano sotto la direzione politica del clero e della nobiltà. Ma nel fascismo, non vorrete mica negarlo, anche la maggior parte dei dirigenti sono d'estrazione popolare e hanno ricevuto i pieni poteri dal suffragio universale.

Tommaso il Cinico. Quali e quanti oltraggi alla libertà dei cittadini non sono stati sanzionati dal suffragio universale. Gà verso la metà del secolo scorso Proudhon si chiedeva, nel suo saggio "La révolution sociale démontrée par le coup d'Etat du 2 décembre": Chi ha eletto la Costituente, piena di legittimisti monarchici nobili generali e prelati? Il suffragio universale. Chi ha ratificato il colpo del 2 dicembre? Il suffragio universale. E così di seguito. A quegli interrogativi, che si riferiscono a pochi anni di storia politica francese, se ne potrebbero aggiungere, oggi, un centinaio d'altri.

Mr Doppio Vu. Alle corte, signor Cinico, se la democrazia non è suffragio universale, a vostro avviso, cos'è?

Tommaso il Cinico. Solo recentemente la democrazia ha assunto il significato generico di governo della maggioranza del popolo. Fino al 1848 esso indicava un potere politico appoggiato dalla parte povera della nazione, dai contadini dagli artigiani dai manovali dai piccoli borghesi. Il suffragio universale era considerato allora uno strumento della democrazia, non la sua essenza. I fatti hanno provato che non sempre l'allargamento del suffragio ha avuto come risultato un rafforzamento della democrazia. Né mancano esempi in cui il suffragio è stato allargato dai reazionari proprio per fiaccare la democrazia. Il numero, senza la coscienza, è zavorra servibile a tutti gli usi.

Prof. Pickup. Questo mi ricorda una conversazione avuta con Guglielmo Ferrero, che abbiamo visitato a Ginevra. Le riforme democratiche operate in Italia dopo il 1880 da re Umberto, egli ci ha detto, rispondevano a chiari intenti reazionari. Il numero degli elettori fu allargato da 150 mila a 2 milioni. Il re pensò che un elettorato di 2 milioni di individui, in gran parte poveri e ignoranti, poteva essere manovrato dal governo meglio d'un elettorato di 150 mila persone. Infatti fu così. Sotto l'apparenza d'una più estesa democrazia, riuscì al re Umberto di rafforzare l'indipendenza dell'esecutivo.

Tommaso il Cinico. Non altrimenti le Signorie s'imponevano nei comuni italiani del medioevo appoggiandosi sul popolo basso contro le famiglie eminenti. Allo stesso modo l'assolutismo regio si servì dei borghesi per resistere ai nobili. Pietro il Grande vinse il movimento nazionale di Mazeppa in Ucraina accogliendo alcune rivendicazioni della plebe e riuscendo a separare i cosacchi dal loro capo. È merito però del fascismo d'aver portato alla perfezione l'arte di uccidere la democrazia moderna con gli strumenti che la democrazia si era forgiati.

Mr Doppio Vu. Non pretendete mica che l'operazione sia lecita solo se il partito che l'attua ha un nome tradizionale?

Tommaso il Cinico. Non pretendo nulla. Solo chiarire le idee.

Mr Doppio Vu. Vi ascolto.

Tommaso il Cinico. Nei tempi moderni la morte di una democrazia è il più spesso un suicidio camuffato. La sua linfa vitale un regime di libertà dovrebbe riceverla dall'autogoverno delle istituzioni locali. Dove invece la democrazia, spinta da alcune sue tendenze deteriori, soffoca tali autonomie, non fa che divorare sé stessa. Se nella fabbrica regna l'arbitrio padronale, nel sindacato la burocrazia, nel comune e nella provincia il rappresentante del potere centrale, nelle sezioni locali dei movimenti politici il fiduciario del capo del partito, lì non si può più parlare di democrazia. Purtroppo, i partiti democratici e socialisti sono sempre stati, almeno in Europa, i più attivi nel promuovere la centralizzazione a danno delle autonomie locali e regionali, fedeli in ciò alla tradizione dei giacobini, i quali, nell'egemonia della capitale sul resto del paese, vedevano uno strumento di lotta contro l'influenza dei preti e dei nobili. Un'altra causa del centralismo dei partiti democratici e socialisti può essere ritrovato nel fatto che i loro aderenti, contadini operai e piccoli borghesi, sono tra i più poveri della popolazione e in loro favore sembra necessaria l'assistenza del potere centrale. Nasce così lo Stato Provvidenza. Le continue sovvenzioni e leggi protettive dello stato allargano, da una parte, la clientela dei partiti democratici e socialisti, ma, dall'altra, soffocano le autonomie locali. È stato perciò possibile di vedere in qualche paese questa apparente contraddizione: il massimo di forza materiale e numerica dei partiti democratici e socialisti, precedere di poco il crollo della democrazia.

Prof. Pickup. Un centinaio d'anni fa De Tocqueville scrisse che se la libertà dovrà essere un giorno soppressa in America, lo sarà in conseguenza della tirannia delle maggioranze, le quali finiranno con lo spingere le minoranze a difendere la loro esistenza con mezzi non costituzionali. Molteplici sintomi di quella tirannia democratica del nostro paese si vedono già, ed è chiaro che la fortuna del fascismo americano è legata alla reazione illegale delle minoranze malcontente.

Mr Doppio Vu. Quei vecchi termini di maggioranza e minoranza, che una volta designavano movimenti di opinioni, ora non hanno più il medesimo senso e conviene sostituirli, a mio parere, con quelli di apparati o "macchine" di partito.

Tommaso il Cinico. È un punto da accreditare comunque a favore delle imprese totalitarie. Un sociologo italo-tedesco, Roberto Michels, ha dimostrato che la vita interna di ogni partito politico di massa tende alla oligarchia. La sovranità dei soci dovrebbe celebrarsi nei congressi, ma essi vengono generalmente manipolati dal gruppetto dirigente. Nelle sedute plenarie è concesso ai delegati della provincia di applaudire e di fischiare i grandi oratori del partito, mentre le decisioni vengono cucinate nelle commissioni. Per la nomina della nuova direzione viene riservata l'ultima seduta, che ha luogo di solito di sera, a ora tarda, quando una parte dei delegati è già alla stazione, impaziente di non perdere il treno della notte. Il presidente legge con voce rauca e incomprensibile la lista dei nomi preparata da una commissione ristretta e, tra la disattenzione generale, per alzata di mani, il congresso rinnova la delega del suo potere sovrano all'oligarchia dominante. Se vi sono congressi che fanno eccezione, si tratta certamente di piccoli partiti lontani dal potere, o di paesi ancora arretrati.

Mr Doppio Vu. Non è il caso dei nostri due maggiori partiti, vivaddio. Chi non vi ha assistito, non può immaginare che cosa siano le Convenzioni quadriennali in cui essi designano i loro candidati alla presidenza. Potete farvene un'idea approssimativa sovrapponendo all'immagine di un circo, in una rappresentazione di domenica sera, quella di una *kermesse,* e addizionando il chiasso infernale di una seduta di borsa, in una giornata di ribasso generale dei titoli, all'orgia di suoni e luci di un ballo in maschera. Nella seduta conclusiva lo spettacolo raggiunge punte terrificanti, tutti urlano cantano agitano campanacci fischiano, mentre numerose fanfare suonano simultaneamente. In una silenziosa camera d'albergo, intanto, quattro o cinque persone contrattano e deliberano.

Tommaso il Cinico. Voi potete rincarare la dose quanto vi pare, senza che io vi contraddica. Ma, al solo fine della chiarezza delle idee e non certo per convertirvi, spero che vi rendiate conto che il fascismo, come qualsiasi altro movimento totalitario, non sorge per correggere i difetti della democrazia, ma per spingerli al parossismo e abolirne le residue buone qualità.

Mr Doppio Vu. Quali buone qualità?

Tommaso il Cinico. Quelle che la civiltà di massa, il centralismo e la burocratizzazione non sono ancora riuscite a sradicare del tutto: la pluralità dei partiti, la libertà di stampa, la libertà d'insegnamento, la libertà religiosa, un'organizzazione operaia indipendente...

Mr Doppio Vu. Potete interrompere la vostra elencazione, dato che sarebbe impossibile esaminare, una per una, codeste sedicenti buone qualità della democrazia. Ma, al solo fine della chiarezza dei concetti, com'è nei nostri patti, mi interessa soprattutto chiarire la questione dell'organizzazione operaia. Vi confesso che le impressioni raccolte in Italia e in Germania al riguardo sono confuse e contraddittorie.

Tommaso il Cinico. In tutti i paesi europei, fino al fascismo, l'organizzazione operaia e il socialismo coincidevano e spesso anche si confondevano, sia come concetti che come forza, malgrado che in qualche paese fosse riuscito ai cattolici di crearsi un proprio movimento sindacale. E poiché l'organizzazione operaia è considerata, ormai, un elemento indispensabile della disciplina del mercato di lavoro, sembrava che il socialismo fosse invincibile e insostituibile, nell'interesse stesso dell'economia. Il fascismo ha assestato un colpo duro al socialismo mostrando ch'è possibile utilizzare l'organizzazione delle grandi masse operaie per fini antisocialisti. Il colpo che il fascismo ha inflitto al socialismo mostrando ch'è possibile separarlo dall'organizzazione operaia, è più grave del danno arrecatogli con le uccisioni dei militanti marxisti e la chiusura delle loro sedi. L'esperienza tedesca ha confermato la lezione italiana. Se ne può dedurre che una riorganizzazione delle forze operaie, secondo i propri fini, sia una necessità imprescindibile dello stato totalitario.

Prof. Pickup. La massa, ha scritto Goebbels, è un debole pigro vile agglomerato di uomini. La massa è materia amorfa. Soltanto per opera dell'uomo di stato la massa può diventare popolo e il popolo nazione.

Tommaso il Cinico. La conquista degli operai non è però operazione da tutti. È probabile che ogni altro tentativo antisocialista che sarà intrapreso nei paesi ancora democratici, ostenterà una maschera popolare e perfino plebea e cercherà di farsi strada fra gli operai, alternando il metodo della violenza a quello della demagogia e creando dei propri sindacati o impadronendosi di quelli esistenti. Il capo più indicato per una simile impresa, dovrà aggiungere, alle qualità personali di cui abbiamo già parlato, quella di aver avuto umili origini e di conoscere bene la classe operaia; sarà anzi meglio se avrà già militato nel partito socialista o, meglio ancora, nel partito comunista. In Francia (un paese che ha una grande tradizione in materia), si dice che il migliore guardia-caccia è l'ex-bracconiere.

Prof. Pickup. Esatto. La preoccupazione di avvicinare le masse operaie determinò nella mente di Hitler la scelta del nome del partito. Il nome del movimento, egli stesso ha scritto, doveva offrire fin dall'inizio un'apertura alle larghe masse.

Tommaso il Cinico. Anche Mussolini, benché espulso dal partito socialista nel 1914 a causa del suo interventismo, durante vari anni lasciò al suo giornale, "Il Popolo d'Italia", il sottotitolo di "quotidiano socialista", che più tardi sostituì con l'altro di "quotidiano dei produttori". Nel settembre del 1921, mentre fervevano le polemiche per la trasformazione del fascismo da movimento in partito, Mussolini pensò anzitutto di chiamarlo "partito fascista del lavoro". La parola lavoro, egli dichiarò, è indispensabile nel nome del nuovo partito. Nel 1919 egli vagheggiava la speranza di separare i sindacati operai dal partito socialista e di poter arrivare, d'accordo con l'ala destra di essi, a creare un vero partito italiano del lavoro, sul modello inglese. Non essendogli riuscito quel piano, anche perché i militanti operai, memori del suo "tradimento" del 1914, rifiutavano ogni contatto con lui e lo consideravano un "intoccabile", egli fu costretto ad andare per la sua strada. Dopo aver predicato per qualche tempo l'unità sindacale, finì col costituire dei sindacati fascisti degli operai. Al primo congresso di quei sindacati Mussolini, per giustificarsi, dichiarò: Quando si vuol vivere, bisogna sabotare e distruggere il nemico, in tutti i suoi rifugi, in tutte le sue trincee. Poche settimane prima egli aveva affermato: Il fascismo ha fatto del sindacalismo per una necessità fisiologica di sviluppo.

Mr Doppio Vu. Non ha dunque tutti i torti chi ha definito la lotta tra fascismo e socialismo in Europa una guerra civile nell'interno del socialismo.

Tommaso il Cinico. Un solo principio sembra che abbia guidato Mussolini e Hitler ogni volta ch'essi hanno avuto la possibilità di partecipare in qualche modo alle lotte degli operai contro gl'imprenditori: spingere al disordine, aggravare il disordine, mantenere il disordine allo stato endemico. Giacché solo un disordine prolungato può giustificare l'instaurazione di una dittatura. Il disordine sistematico paralizza la vita economica e sociale, rende difficili i rapporti con l'estero, aggrava la miseria, discredita in modo irrimediabile le istituzioni, rende incerto ogni progetto e finisce col fare apparire la dittatura come l'unica salvezza. Dal disordine permanente scaturiscono le condizioni spirituali in cui l'uomo della strada perde la pazienza, abbandona ogni ritegno e ripete a tutti quelli che incontra, anche agli sconosciuti: Venga chiunque, venga anche il diavolo con sua nonna, purché governi seriamente e faccia una buona volta cessare questo caos. Il disordine è per il fascismo quello che l'*humus* è per la pianta. Nel diario di Goebbels sullo sciopero berlinese dei trasporti del novembre 1932, per la cui riuscita nazisti e comunisti lottarono in fraterno accordo, vi sono pagine rivelatrici in proposito. Egli registra con ironia i commenti scandalizzati della stampa democratica per quell'alleanza apparentemente contro natura e nota con accenti lirici gli atti di violenza degli scioperanti contro i crumiri socialdemocratici. Il nostro apparato di partito, egli nota con orgoglio, funziona in modo meraviglioso. In tutti gli scontri i nostri sono alla testa dei violenti. Vi sono già quattro morti, i feriti sono innumerevoli, sia tra gli operai che tra i gendarmi. Le condizioni finanziarie dell'azienda non consentono l'accoglimento delle richieste dei lavoratori, dichiaravano le autorità. Queste considerazioni non ci riguardano, nota Goebbels. Un'opposizione ha il diritto di chiedere anche quello che il governo non può dare.

Prof. Pickup. Siete caduto in una flagrante contraddizione. In altre occasioni, lo ricordo bene, ci avete affermato che il fascismo si è sviluppato in Germania e in Italia col sostegno degli agrari e degl'industriali; adesso invece cercate di provarci che, pur di conquistare le masse e aumentare il disordine, fascismo e nazismo hanno incoraggiato e organizzato anche degli scioperi, assieme o in concorrenza con i marxisti. Non vi accorgete che i due atteggiamenti sono inconciliabili?

Tommaso il Cinico. Solo in apparenza. Se mi prestate attenzione, l'esempio del fascismo italiano servirà a rendervi chiaro il legame tra quei due atteggiamenti che a voi sembrano incompatibili. Anzitutto è da tener presente che il capitalismo non è una realtà omogenea. Contro due categorie particolari di padroni, si esercitò a lungo la demagogia fascista, i commercianti e i proprietari di case di affitto, senza che ciò dispiacesse agli altri capitalisti. Verso la fine di giugno e nei primi giorni di luglio del 1919 si svolsero, in molte città d'Italia, sollevazioni popolari contro i negozianti al minuto. Molte botteghe furono devastate, la merce distribuita gratuitamente, oppure sequestrata e venduta con la riduzione del cinquanta per cento sui prezzi. In varie città gl'iniziatori di quel movimento furono appunto i fascisti coadiuvati da gruppi di ex-combattenti. Mussolini incoraggiò apertamente quell'azione. Io chiedo il plotone d'esecuzione per i commercianti affamatori, egli scrisse a metà giugno, pochi giorni prima dei moti, sul suo giornale. Appena le devastazioni dei negozi cominciarono, egli le approvò. La rivolta è una necessità assoluta per colpire queste sanguisughe, egli scrisse. A Bergamo si è data la caccia agli sfruttatori, e noi non possiamo che approvarlo. Nella Romagna il popolo si rivolta energicamente contro la corruzione degli speculatori. Non è il partito socialista che ha scatenato e diretto queste dimostrazioni. Noi approviamo la giustezza fondamentale di queste proteste popolari.

Mr Doppio Vu. La maggioranza di quei commercianti erano ebrei?

Tommaso il Cinico. No. Molte sono le afflizioni che la natura e la storia ci hanno inflitto, ma fortunatamente una ce n'è stata risparmiata: gli italiani non conoscono l'antisemitismo. La percentuale degli ebrei nella popolazione italiana è esigua e forse più rilevante fra i grossisti che fra i dettaglianti del commercio. Ora, come ho già detto, le vittime di quei moti furono esclusivamente i bottegai. Sarebbe difficile immaginare una campagna contro il carovita più demagogica e stupida. Un'altra categoria di capitalisti contro la quale i fascisti di quell'epoca inscenavano volentieri facili agitazioni erano, come ho detto, i padroni di casa. Infine, le aziende di stato. In Italia lo stato gestisce, oltre a vari monopoli come quello dei sali e tabacchi, anche le ferrovie, i servizi postali, telegrafici e telefonici. L'agitazione fascista tra gli addetti ai servizi pubblici non dispiaceva affatto ai capitalisti privati, i quali non hanno mai visto di buon occhio che lo stato assuma funzioni economiche redditizie. Dopo la conquista del potere, non solo il fascismo ha soppresso il diritto di sciopero ai dipendenti dei servizi pubblici, ma anche il diritto d'organizzazione sindacale. Nel tempo però in cui il fascismo era all'opposizione, fin dalla prima agitazione economica che i ferrovieri e i postelegrafonici italiani iniziarono alla fine del 1919, il fascismo li approvò e sostenne. D'altronde finché Mussolini credette alla possibilità d'una rivoluzione proletaria, anche il suo atteggiamento verso gl'industriali privati fu circospetto. Egli si differenziava dai socialisti, in quell'epoca, principalmente nella questione della valorizzazione della vittoria militare dell'Italia; sul resto si mostrava eclettico. Quando nel settembre del 1921, gli operai occuparono le fabbriche, Mussolini espresse la sua solidarietà alla direzione del movimento. Poteva essere l'inizio della rivoluzione proletaria ed era prudente non perdere l'autobus. Il movimento invece finì male. Il fascismo cercò allora d'impedire che la sconfitta dell'estremismo proletario e il contemporaneo miglioramento dell'economia del paese, potessero pacificare gli animi. Sarebbe stata la sua fine. Contro la classe operaia costretta alla difensiva, esso promosse la guerra civile. Per lumeggiare il carattere di quella lotta sanguinosa, basterà una sola frase tolta dalle *Memorie d'un fascista* scritte da un certo Umberto Bianchelli di Firenze. Per un certo tempo, egli ha scritto, bastava che una squadra fascista incontrasse per strada individui dall'aspetto operaio, perché li aggredisse senza pietà. Allorché, verso la fine del 1921, gli industriali di Firenze credettero che, non esistendo più un pericolo comunista, non fosse più necessario continuare a finanziare delle squadre per bastonare gli operai, la sorpresa e l'indignazione dei fascisti si espressero in un pubblico manifesto, col quale avvertivano: Di fronte all'ostilità della borghesia ricca e gaudente, che applaude all'azione fascista finché quest'azione coincide con i suoi diritti materiali, i fascisti dichiarano formalmente ch'essi da oggi si ritirano dalla lotta. Tutti intesero quella dichiarazione come un invito esplicito ai comunisti perché riprendessero e intensificassero la loro azione, in modo che i ricchi, ormai senza la difesa dei fascisti, tremassero di paura, e fossero costretti a riprendere di nuovo i finanziamenti. Simili manifesti apparvero in quell'epoca anche in altre città per iniziativa dei fasci locali, indignati all'idea di poter essere congedati perché inutili, o perché il paese voleva vivere in pace. Essi non avevano alcuna difficoltà a provocare incidenti per dimostrare che i fascisti erano al contrario più che mai indispensabili.

Mr Doppio Vu. Nulla di più naturale che un pompiere disoccupato diventi incendiario.

Tommaso il Cinico. La materia infiammabile non mancava. Benché il fascismo avesse distrutto, dalla primavera del 1920 a quella del 1922, tutte le leghe contadine e le cooperative socialiste della Valle del Po, esso non rischiò di morire d'inedia perché le grandi masse di salariati agricoli annessi di forza nei sindacati fascisti continuavano ad agitarsi a causa della disoccupazione. C'era solo di cambiato, che mentre i socialisti avevano sempre orientato quel malcontento contro gli agrari, i fascisti lo deviarono contro lo stato. È rimasta tra l'altro memorabile una marcia su Bologna, nell'aprile del 1922, di quarantacinquemila disoccupati della provincia, capeggiati dal fascista Italo Balbo. Malgrado dunque gli stretti legami che correvano tra il fascismo, le classi possidenti e l'apparato statale, il fascismo non si pose alcun freno nell'alimentare il disordine del paese, attizzando i risentimenti di ogni classe contro l'altra e di tutte assieme contro le istituzioni democratiche.

Mr Doppio Vu. Noi chiamiamo questo: *muckracking*, rivoltare fango.

Tommaso il Cinico. Noi lo chiamiamo pescare nel torbido, che è la stessa cosa. In altre parole, il fascismo, prima della presa del potere, dev'essere una rete congegnata apposta per pescare nel torbido. Con la sua apparenza sovversiva, esso adempie più facilmente alla funzione di erede del socialismo, prendendo nell'immaginazione delle masse il posto del vecchio idolo. In Germania questo è avvenuto su più larga scala e con più facilità che in Italia.

Prof. Pickup. A New York abbiamo discusso questo argomento con lo psicologo Erich Fromm. Non è difficile sostituire l'obiettivo di una ribellione, egli ci ha detto, se rimane inalterata la sua struttura.

Tommaso il Cinico. Talvolta la continuità è affidata a una sola parola. Un episodio vi chiarirà quello che intendo dire.

Nell'agosto del 1922 l'Alleanza del Lavoro, ch'era un cartello dei sindacati e dei partiti antifascisti italiani, dichiarò lo sciopero generale per tutto il paese. Un gruppo di postelegrafonici fascisti, ex-socialisti, si riunì a Roma per discutere sul da farsi. L'ordine del partito fascista era di sabotare lo sciopero. Ma sabotare uno sciopero era un atto che comportava disprezzo odio nomignoli offensivi da parte dei colleghi di lavoro. Era un tradimento della classe. Quei neofascisti dunque erano alquanto impacciati. Ma, mentre erano ancora riuniti, arrivò da Milano un nuovo ordine di Mussolini che non diceva nulla di nuovo, però conteneva la parola liberatrice. La frase miracolosa di quella comunicazione era questa: "Non sono essi, gli antifascisti che scioperano, i veri rivoluzionari; i veri rivoluzionari siamo noi". Fra i convenuti, in un lampo, fu un sospiro di sollievo. Essi si guardarono rassicurati e sorridenti: Ah, noi, solo noi, siamo i veri rivoluzionari; e se noi non marciamo coi nostri colleghi, è solo perché essi non sono veri rivoluzionari. L'episodio è stato raccontato e stampato da uno dei presenti.

Prof Pickup. Questo mi ricorda la dichiarazione di Hitler di fronte al tribunale popolare di Monaco: "Se io sto qui, oggi, come rivoluzionario, vi sto come rivoluzionario contro la rivoluzione". E questo spiega anche molte sue concessioni esteriori, di carattere apertamente plebeo, al gusto degli avversari. Però non spiega tutto.

Mr Doppio Vu. È facile supporre che se, al posto della camicia nera o bruna, i fascisti avessero adottato il frak e il cilindro, essi avrebbero avuto meno successo fra gli operai.

Prof. Pickup. Non è la prima volta che un movimento politico viene caratterizzato secondo una particolarità vestimentaria di quelli che lo costituiscono. Le rivolte contadine della metà del XII secolo nella regione francese di Beauvais furono chiamate "jacqueries" dalla "jaque" (giacca) che distingueva allora i contadini dai nobili e dai preti. Alcuni secoli più tardi i partigiani dei giacobini si chiamarono "sans-culottes", perché non portavano les "culottes" fino ai ginocchi, come usavano allora i nobili, ma i calzoni lunghi, alla maniera borghese, che oggi usiamo tutti. Verso la seconda metà del secolo scorso, in Svezia, sotto Gustavo III, contrastavano vivacemente tra di loro il partito dei berretti e quello dei cappelli: i berretti simpatizzavano per la Russia, i cappelli per la Francia.

Tommaso il Cinico. Nei casi da voi ora ricordati, egregio professore, e in altri che si potrebbero aggiungere, l'indumento che dava il nome al movimento era effettivamente usato, nella vita privata, dalle persone che vi partecipavano. Ben diversa è l'origine della camicia nera o bruna. Prima del fascismo, la camicia nera era usata in Italia come camicia di lavoro da alcune categorie di operai, non certo per ragioni estetiche, ma di economia, in quanto il nero dissimula meglio il sudicio. Né Mussolini, né i suoi partigiani che parteciparono alla fondazione dei primi fasci, avevano mai indossato per ragioni di lavoro una camicia nera, e anche più tardi, quando i fasci sono aumentati di numero e di effettivo, gli operai vi sono rimasti in minoranza. L'adozione della camicia nera come uniforme di partito ebbe dunque come scopo di mascherare l'origine sociale del movimento. Essa gli dava un carattere esteriore plebeo e ribelle, anche quando era indossata, nelle spedizioni armate contro le sedi socialiste, da studenti, da ufficiali, da figli di negozianti e contadini ricchi.

Prof Pickup. Eviti però di generalizzare l'esperienza italiana, signor Cinico. Vi sono altri movimenti fascisti i quali, fin dal sorgere, si sono affermati con intransigenza aristocratica. Come il movimento rumeno iniziato nel 1924 da Godreanu, e battezzato "l'Arcangelo Michele" per esprimerne le aspirazioni idealistiche e mistiche; come i Rexisti nel Belgio e le Croci di fuoco in Francia.

Mr. Doppio Vu. Codesti movimenti, di cui tu ora parli, sono poi arrivati al potere?

Prof. Pickup. No. anzi...

Mr Doppio Vu. Se è così, lasciamoli da parte, perché noi non ci occupiamo di poesia, ma di politica. L'impressione che riporto dal viaggio in Germania, signor Cinico, devo dirvi, non concorda pienamente con le vostre asserzioni. L'anticapitalismo dei nazisti non m'è sembrato solo apparente e tattico. Vi ho osservato un effettivo livellamento delle classi, di evidente origine politica e militaresca. Allo stesso risultato noi siamo arrivati, in America, grazie al benessere, per cui non vi è più facilmente riconoscibile, a prima vista, il figlio dell'operaio e quello del banchiere.

Tommaso il Cinico. In parte avete ragione, ma è veramente difficile esprimere un giudizio definitivo sulla politica sociale del nazismo, che finora ha proceduto a zig-zag. Nel 1919-20 l'economia capitalista in Germania era ridotta in tali condizioni che nessuno, neppure i capitalisti, osavano prenderne la difesa. Si discuteva unicamente sulle misure da prendere per arrivare ad un nuovo regime economico. Tra le rivendicazioni del nazionalsocialismo che Hitler annunziò al pubblico alla fine del febbraio del 1920, ve n'erano un certo numero di carattere nettamente anticapitalistico: nazionalizzazione dei trust, municipalizzazione dei grandi magazzini, partecipazione degli operai agli utili delle grandi fabbriche, sequestro di tutti i profitti di guerra, espropriazione senza indennità dei terreni di pubblico interesse, abolizione della rendita terriera, pena di morte contro gli usurai e gli speculatori. Erano rivendicazioni popolari, comuni ad altri partiti e consone all'attesa della grande maggioranza dei tedeschi. Se molto allora si parlò e progettò d'una economia nuova e nulla fu realizzato, i capitalisti tedeschi devono esserne particolarmente grati alla socialdemocrazia. Hitler apportò la prima correzione alle sue rivendicazioni nell'agosto dello stesso anno con la dichiarazione che il capitale industriale doveva essere rispettato e che la lotta doveva avere di mira soltanto il capitale ebraico impiegato in speculazioni. Nella questione della espropriazione del suolo per scopi d'utilità pubblica, il nazista Rosenberg insisté ancora all'inizio del 1923 nel rifiuto d'ogni indennità, ma restrinse il diritto statale d'espropriazione ai bisogni della costruzione di strade e canali. Lo sviluppo politico del partito e i suoi rapporti con gli industriali, portarono alla revisione del resto. Nel 1928 Hitler precisò che dovrebbero essere espropriate solo le terre il cui acquisto poteva essere dimostrato come illegale e che non erano coltivate secondo l'interesse generale e spiegò che questo doveva essere inteso rivolto "in prima linea contro le società ebree di speculazione fondiaria". Nel suo scritto "Das Programm der NSDAP", Feder aveva osservato che da un beninteso concetto di lavoro scaturisce logicamente il rispetto per la proprietà privata. Lo stesso autore, nel suo scritto "Kampf gegen die Hochfinanz", aveva fatto una distinzione non priva di spirito: Noi non rinunziamo, egli scrisse, alla collaborazione di banchieri onesti. Vi era naturalmente, chi, come Otto Strasser, l'intendeva diversamente; ma in polemica contro di lui Hitler arrivò a dire che per il nazismo la struttura sociale non poteva essere una questione di principio, dato che le masse desiderano soltanto nutrirsi bene e divertirsi.

Mr Doppio Vu. È un'opinione, a mio parere, irrefutabile.

Tommaso il Cinico. Tuttavia a Otto Strasser e Goebbels fu consentito, per i bisogni della penetrazione tra gli operai influenzati dal comunismo, di continuare a parlare di socializzazione, anche quando, come obiettivo reale nel nazionalsocialismo, essa era stata da lungo tempo messa a parte. Il primo passo per liquidare l'anticapitalismo generico degl'inizi fu mascherato con la distinzione tra il "capitalismo parassitario e quello produttivo". Non il sano e produttivo capitalismo era da condannare, ma alcune sue degenerazioni, spuntate come funghi velenosi dalla guerra e dalla inflazione. Il secondo passo fu compiuto sovrapponendo le immagini di socialismo e di nazione e confondendo, (ma questo capita a molti, anche fuori della Germania), "socialismo" e "sociale". Ciò non toglie che il riarmo attuale della Germania, mentre impingua alcuni gruppi capitalistici, costa duri sacrifici ad altri. In Italia gli stessi sviluppi hanno assunto proporzioni meno drammatiche. Né la crisi del capitalismo era così grave come in Germania, né il proletariato così forte. Per questo Mussolini è potuto passare con più facile disinvoltura dalle rivendicazioni d'intonazione socialista all'apologia del capitalismo, per finire nel verbalismo più vacuo del cosiddetto corporativismo.

Mr Doppio Vu. Esistono, m'avvedo, cinquantadue maniere di cuocere un paio d'uova. Prima di venire in Europa, ho avuto una discussione con l'arcivescovo di Cincinnati,

Mons. Mc Nicolas. Quel reverendo prelato mi ha detto press'a poco questo: "In quanto al regime economico, il cattolicismo è agnostico. Esso nacque nell'antichità in paesi in cui l'economia si basava sugli schiavi, prosperò nel medioevo col feudalesimo, si è adattato al capitalismo, potrà benissimo adattarsi al socialismo". Sante parole, soprattutto per un uomo politico. L'importante è il potere. Comandare agli schiavi, ai servi della gleba, agli operai, ai borghesi o ai banchieri, è secondario. L'importante è comandare. Io accetto il regime economico che trovo. Se fossi cittadino sovietico, cercherei naturalmente di arrivare al potere rispettando la proprietà collettiva e infiorando i miei discorsi di citazioni di Lenin. Essendo cittadino americano, mi comporto con la stessa coerenza e cerco di trovare la via giusta per il raggiungimento del mio scopo.

X

*L'arte del doppio giuoco
e il pericolo di credere nei propri inganni.*

Mr Doppio Vu. L'unico vantaggio dell'insonnia è per me l'abitudine di tornare a riflettere su quello che si dice e fa durante il giorno. Ora, la notte scorsa m'è venuto il dubbio che negli ultimi incontri abbiamo parlato della situazione interna negli Stati Uniti con troppa faciloneria. In realtà, le cose sono assai complicate. L'abuso di *slogans* troppo primitivi, ad esempio, comincia da noi a provocare stanchezza e indifferenza, almeno tra il pubblico meno stupido.

Tommaso il Cinico. Se è così, non avete che da riflettere all'opportunità di una parola d'ordine di questo genere: Abbasso gli *slogans*. Quando un malato non vuol più sentire parlare di medicine, un medico accorto può prescrivergliene una che avrà cura di chiamare l'antimedicina.

Mr Doppio Vu. Nella fattispecie anche l'antimedicina da noi è già abbastanza discreditata. Voglio dire che le parole fascismo nazismo dittatura da noi ora suonano piuttosto male e contro di esse vi è una diffusa antipatia, alimentata dalle notizie sulla crudeltà dei campi di concentramento e le sevizie poliziesche in Italia e Germania.

Tommaso il Cinico. Se codesta tendenza dovesse accentuarsi, vi converrebbe lanciare la parola d'ordine di "abbasso il fascismo". Badate, non sarebbe una novità. Nel 1926 Pilsudski impose alla Polonia la sua dittatura servendosi appunto della parola d'ordine di "abbasso la dittatura". D'altronde, si è mai vista una tirannia imporsi a una nazione agitando altra bandiera di quella della "vera libertà"?

Prof. Pickup. Non ho voglia di discutere simili stravaganze, però non posso tacere il mio disgusto per codesta maniera di argomentare. Parlate veramente sul serio? Da che cosa si può dunque riconoscere un fascista se nella lotta per il potere esso adopera le parole del partito democratico? Chi capirà ancora qualche cosa della vita politica se ognuno prende l'abitudine di affermarvi il contrario di quel che pensa, se l'internazionalista comincia a erigersi a campione della difesa nazionale, il nazionalista a partigiano della fratellanza tra i popoli, il comunista a guardiano della pace tra le classi, il cristiano a istigatore di guerre civili? Di questo passo finiremo col ricostruire la Torre di Babele.

Tommaso il Cinico. È già fatto, illustre professore, almeno per quel che concerne la politica. Date uno sguardo ai giornali, ai manifesti affissi sui muri, prestate per un momento l'orecchio ai discorsi dei comizi. Un partito che sorge per combattere il socialismo e sostenere gl'interessi dei proprietari, avrà cura di mascherarsi col nome di sociale, popolare e perfino socialista; se un partito si chiama radicale, è senza dubbio moderato; se un gruppo scissionista si separa da un vecchio partito per fondarne uno nuovo, non si chiamerà in nessun caso partito scissionista, ma partito unitario; se un partito riceve sovvenzioni e direttive dall'estero, potete essere sicuro che parlerà in ogni occasione d'indipendenza nazionale. Grazie al nominalismo politico, la cronaca dei nostri giorni s'illumina spesso d'ironia macabra. L'invio di truppe per alimentare la guerra civile in un paese amico si chiama, voi lo sapete, non-intervento. L'arresto di avversari politici, talvolta destinati ad assassinio "per tentativo di fuga", si chiama "Schutzhaft" oppure camera di sicurezza. I tribunali di partito incaricati di terrorizzare l'opinione pubblica, si chiamano tribunali popolari. Gli armamenti si giustificano dappertutto col pretesto della pace; la mancanza di parola, col pretesto di difendere il proprio onore; l'Italia asservisce l'Abissinia per sopprimervi la schiavitù; il Giappone invade la Cina per aiutare il popolo cinese a liberarsi dalla dittatura del Kuomintang. La menzogna è diventata così abituale, da generare perfino noia. Non c'è da stupire se, in tali condizioni, i movimenti totalitari siano costretti a spingere la mistificazione fino agli estremi.

Prof. Pickup. Abbiamo già discusso di questo e non m'avete convinto. Mi parrebbe ozioso tornare sull'argomento.

Mr Doppio Vu. Non vorreste mica, signor Cinico, fare della menzogna una regola?

Tommaso il Cinico. Ah, no, la sola regola dell'aspirante dittatore è la volontà di potere. Il resto, verità o menzogna, va giudicato secondo convenienza. Ma non sono cose che io debba insegnare a voi, Mr Doppio Vu. Vorrei soltanto aggiungere un'osservazione: l'atto di suggestionare gli altri è sovente accompagnato da effetti di autosuggestione. Può accadere che ripetendo spesso la medesima menzogna, l'oratore politico finisca lui stesso per credervi.

Mr Doppio Vu. Non è il colmo del virtuosismo? Un attore non può commuovere il suo pubblico, a me sembra, se non s'immedesima con la propria finzione.

Tommaso il Cinico. Purtroppo devo correggervi. Quello che voi dite, accade solo agli attori mediocri. Un grande attore non dimentica mai, quando recita, che si tratta di un giuoco. Solo a questa condizione egli può passare da uno stato d'animo all'altro, secondo un ritmo che spesso riassume nello spazio di un'ora una vicenda psicologica di anni. Anche per il politico è una precauzione essenziale. La sincerità politica, come la sincerità teatrale, esige un intimo distacco, una continua sorveglianza, e non va confusa con la sincerità dell'uomo comune. Un esempio di autentica sovranità nel mentire si ritrova nel famoso discorso di Napoleone davanti al suo Consiglio di stato. È facendomi cattolico, egli disse, che ho finito la guerra di Vandea, facendomi musulmano che mi sono stabilito in Egitto, facendomi ultramontano che ho conquistato i preti in Italia. Se governassi un popolo di ebrei, egli concluse, ricostruirei il tempio di Salomone. Voglio infine ricordare un caso estremo di opportunismo, sul quale si ha l'abitudine di sorvolare. Ne sono protagoniste le regine, che una lunga tradizione, anche poetica, presenta al popolo come simboli di tutte le virtù e in primo luogo della fedeltà. Alludo alla disinvoltura, incoraggiata dall'acquiescenza delle supreme autorità ecclesiastiche, con la quale esse rinunziano alla propria confessione religiosa e ne assumono un'altra, eretica, quando ragioni dinastiche lo esigono.

Prof. Pickup. Non vorreste mica imporre alle regine le limitazioni valevoli tutt'al più per le domestiche?

Tommaso il Cinico. Non so se sia nelle vostre intenzioni, egregio professore, ma il riservare alle domestiche la virtù della coerenza, conferisce ad esse una dignità che le mette al di sopra delle regine. Tuttavia ragionare di questo ci porterebbe ora fuori tema; se ho citato gli esempi di Napoleone e delle regine, è stato solo per sottolineare la loro disinvoltura. L'aspirante dittatore dovrebbe sapere imitarli. Egli può praticare il doppio giuoco e mentire con accenti di apparente sincerità, ma avendo cura di non rimanere prigioniero delle proprie mistificazioni. Altrimenti incorre in due gravi pericoli: smarrisce la nozione del possibile e persegue miraggi irreali.

Mr Doppio Vu. Il politico intelligente, per dirla in breve, lo si riconosce dalla rapidità con la quale egli si rende conto che una situazione sta per cambiare e prende le misure del caso. Non è così?

Tommaso il Cinico. Esattamente. Se ricercate le cause degli errori commessi da Mussolini e Hitler sulla via del potere, troverete che esse risalgono a ritardi nel riconoscere le nuove situazioni e nell'adattarvisi. Il danno non è stato per essi irreparabile unicamente perché gli avversari democratici erano legati mani e piedi a schemi e tradizioni superate. In alcuni casi si è trattato, per i capi fascisti, di attaccamento affettivo a rivendicazioni e simboli di gioventù (come le parole di repubblica e di anticlericalismo dalle quali Mussolini non riusciva a liberarsi neanche quando il suo seguito era già monarchico e clericale). La medesima tentazione della coerenza col proprio passato, se sopraggiunge quando il successo già arride all'aspirante dittatore, può rispondere anche a un pericoloso sentimento di vanità, direi quasi ad un bisogno di autostimarsi, di credersi uguale agli avversari, i quali parlano continuamente di "concezione del mondo" e di "ideale etico" e dai quali il futuro dittatore si sente disprezzato come un volgare avventuriero. Questa tentazione ben comprensibile fece girare la testa durante varie settimane a Mussolini e ad Hitler prima della conquista del potere. Essi la superarono solo quando capirono che il loro destino era di natura diversa e che, volendo cambiarlo, si sarebbero perduti. Il successo, con l'inebbriamento di sé che ne risulta, aggravato dalla cortigiana adulazione dei seguaci, può indurre il futuro dittatore a un eccessivo apprezzamento della propria persona e alla falsa credenza che l'orientamento ulteriore del partito e del paese dipenda unicamente dal suo arbitrio. Questa può chiamarsi la tentazione della mosca cocchiera. Se non sempre conduce a disastri, procura senza fallo cocenti umiliazioni.

Prof. Pickup. Voi avete il dono di tutto immeschinire, signor Cinico. Perché dimenticate che il capo fascista è il portatore di una nuova visione del mondo e il creatore di un nuovo stato d'animo collettivo? In quanto tale, e grazie alla sua identificazione con le grandi masse popolari, egli è in grado di elevarsi al di sopra dei comuni uomini politici, legati a interessi particolari, e acquista la facoltà d'imprimere ai destini umani nuove direzioni, nuove mete. Perché negarlo?

Tommaso il Cinico. La politica rimane tuttavia l'arte del possibile. Nell'epoca della civiltà di massa i limiti del possibile si sono spostati, ma non sono per questo diventati arbitrari. Il capo che lo dimentica e s'inebria di frasi, cade nel ridicolo. Mi permettete di ricordarvi la storia di Cola di Rienzo? Egli arrivò al potere della città di Roma appoggiato dai preti e dalla plebe, contro i nobili che allora spadroneggiavano approfittando dell'assenza del papa trasferito ad Avignone. Ma volendo sciaguratamente tradurre in atto "quae legendo didicerat", quello che aveva imparato leggendo, perdé se stesso e la causa che rappresentava. Senza rendersi conto delle vere ragioni del suo modesto successo politico, né delle condizioni d'Italia e d'Europa nei suoi tempi, egli dichiarò, nel 1347, Roma nuovamente capitale del mondo, proclamò l'impero popolare italiano, invitò a Roma Ludovico di Baviera, Carlo IV e molti altri principi affinché riconoscessero il nuovo impero, avocò a sé il diritto di nominare l'imperatore e si riservò il titolo, piuttosto prolisso e fortunatamente non trasmissibile, di "candidatus Spiritus Sancti miles, Nicolaus severus et clemens, liberator Urbis, zelator Italiae, amator Orbis et tribunus augustus". Di conseguenza egli finì nel solo modo possibile: abbandonato dai preti e ammazzato dalla plebe. Non c'è punto da far meraviglie se la figura di Cola di Rienzo abbia trovato nei secoli successivi caldi ammiratori tra i letterati e gli artisti, perché quello che aveva intrapreso era stato essenzialmente opera di retorica e non di politica. La retorica, certo, è inerente all'esercizio stesso del potere, ma l'uomo politico si distingue dal retore perché, tra l'altro, si serve anche della retorica, ma non si lascia da essa dirigere.

Prof. Pickup. L'alleanza fra Mussolini e D'Annunzio contraddice, mi sembra, il vostro schema.

Tommaso il Cinico. Avete scelto proprio male il vostro esempio, egregio professore. Non v'è conferma più chiara della mia affermazione di quella che ci offre il diverso atteggiamento di Mussolini e D'Annunzio nei momenti più critici del dopoguerra, e in ispecie nella questione della città di Fiume. Sapete come si svolse esattamente quell'episodio? Vale la pena di ricordarlo. Nel settembre del 1919, con l'appoggio segreto di circoli militari e dinastici che gli garantivano l'immunità e gli proteggevano le spalle, D'Annunzio condusse un certo numero di soldati italiani a occupare Fiume per impedire che fosse ceduta alla Jugoslavia, secondo le decisioni della conferenza della pace. D'Annunzio aveva ricevuto quell'incarico all'ultimo momento e la spedizione avrebbe potuto aver luogo anche senza di lui; al pubblico però l'impresa apparve un'iniziativa puramente dannunziana. Di questo trasse profitto il poeta per inscenare nella piccola città dell'Adriatico uno stato in miniatura, governato dispoticamente dalla Poesia in persona, assistita dalle altre Muse. Un'innumerevole folla stanziava in permanenza sotto il balcone del poeta, perché, ogni volta che l'estro l'ispirava, egli vi faceva la sua apparizione per declamarvi qualche nuovo messaggio ai popoli della terra. Egli elargì anche una costituzione in cui erano risolti tutti i problemi sociali e politici del passato e dell'avvenire, ed erano lasciati in sospeso solo quelli del presente. Mussolini appoggiò da Milano l'azione di D'Annunzio che poté durare indisturbata sedici mesi, fin quando al governo italiano fece comodo. Nel novembre del 1920 il governo di Giolitti concluse l'accordo di Rapallo col governo jugoslavo e impose l'evacuazione di Fiume. Dopo un simulacro di resistenza l'evacuazione ebbe luogo. In quel momento Mussolini lasciò in asso D'Annunzio che invece mostrava velleità di resistere.

Mr Doppio Vu. Un antico commilitone del poeta, che abbiamo incontrato a Venezia, ha qualificato quell'episodio come un tradimento da parte di Mussolini.

Tommaso il Cinico. Più esattamente si può dire che in quell'occasione la politica tradì la retorica. Ma, badate bene, se si fosse comportata altrimenti, la politica avrebbe tradito sé stessa. Basta infatti riflettere che l'accordo di Rapallo ebbe luogo due mesi dopo l'evacuazione delle fabbriche da parte degli operai che le avevano occupate. Lo slancio del movimento rivoluzionario appariva per molti segni esaurito e il socialismo italiano cominciava la sua ritirata disastrosa su tutta la linea. Gl'industriali e gli agrari, spaventati dal pericolo recente dal quale avevano a stento scampato, si rivolgevano sempre più numerosi ai fasci per distruggere le organizzazioni operaie costrette alla difensiva e per annullare le concessioni frettolosamente elargite ai lavoratori negli anni precedenti. Davanti a Mussolini si aprivano dunque, alla fine del 1920, prospettive del tutto nuove. Anche se egli aveva assunto in precedenza degli impegni con D'Annunzio, nella nuova situazione essi dovevano naturalmente apparirgli gratuite licenze poetiche.

Prof. Pickup. Però, in fondo, seppure con temperamenti diversi, D'Annunzio e Mussolini lottavano allora per la stessa causa, come gli avvenimenti successivi provarono.

Tommaso il Cinico. Devo ancora una volta ripetere che l'assillo dell'aspirante dittatore è il potere, quello del retore la parola? Va da sé che il capo fascista, specialmente in un paese latino, deve sapersi servire anche della collaborazione del retore, ma stare in guardia a non lasciarsi fuorviare dalle sue parole. Le vicende di D'Annunzio del dopo-guerra rimangono un esempio da manuale scolastico sul ruolo ausiliare della retorica e sulla sua insufficienza ad assolvere una funzione dirigente. La stessa sconfitta politica dei socialisti in Europa è da rintracciare, in ultima analisi, nella preminenza che la retorica marxista durante gli ultimi decenni aveva conquistata sugli interessi veri degli operai. Azzardata mi sembra anche l'affermazione che il retore sia tenuto alla coerenza più dell'uomo di azione. In realtà ambedue sono coerenti, ma in modo diverso, secondo le loro diverse aspirazioni. Il capo fascista è coerente, abbiamo già detto, finché non si allontana dalla via che lo può condurre al potere, anche se per ciò deve sormontare molte "incoerenze". A suo modo il retore invece si sente coerente se non perde occasione alcuna di ben parlare. Dopo il "tradimento" di Mussolini, D'Annunzio ruppe ogni rapporto personale con lui, diede ordine ai suoi legionari di uscire dai fasci ed entrò in rapporti d'intesa con i sindacati socialisti. Egli si sforzò allora, senza pienamente riuscirvi, di piegare la sua retorica al servizio della mitologia socialista e umanitaria. Ma quando, nell'agosto del 1922, le squadre fasciste invasero con la violenza il palazzo comunale di Milano, la cui amministrazione era nelle mani dei socialisti da molti anni, D'Annunzio si ritrovò improvvisamente tra gli assalitori. Dal balcone del municipio egli celebrò l'avvenimento con un suo eloquente discorso. Incoerenza? Secondo il sentire morale dell'uomo ordinario, certamente; ma non secondo D'Annunzio. Un retore autentico è incoerente solo quando tace.

Mr Doppio Vu. Non avrebbe potuto egli prendere la parola in una riunione antifascista per biasimare la violenza perpetrata contro il consiglio comunale e rivendicare gli offesi diritti del popolo milanese?

Tommaso il Cinico. Non l'avrebbe potuto, e non per altra ragione che retorica. La lira poetica dannunziana, come provano i suoi libri, era riccamente dotata di armoniose corde celebranti la violenza l'arbitrio il trionfo dei vincitori; mancava di corde che potessero vibrare di umana solidarietà per la misera sorte dei vinti, anche se questi erano i suoi alleati politici. Egli non aveva libertà di scelta. Lo st..s.. comportamento, in tutta coerenza con la sua natura, egli seguì alcuni mesi più tardi, quando, dopo aver intrigato fino all'ultimo momento per ostacolare l'avvento al potere di Mussolini, si schierò subito con lui, appena egli ebbe partita vinta.

Prof. Pickup. A dir vero D'Annunzio c'interessa meno di Mussolini.

Tommaso il Cinico. Torniamo dunque al Duce. Le sue qualità principali sono quelle forme inferiori dell'intelligenza che si chiamano fiuto e furberia. Di solito, pertanto, se la situazione è confusa e la prospettiva incerta, prima di impegnarsi in una chiara direzione, egli preferisce praticare il doppio giuoco. (Quando ha creduto di fare di testa sua, per coerenza con i suoi princìpi, gli è andata sempre male.) Nell'agosto del 1914, come direttore del giornale socialista *Avanti*, egli sostenne la politica socialista di avversione alla guerra. Ma apparendogli già allora che l'Italia non avrebbe potuto alla lunga restare neutrale e ripugnando al suo spirito attivista la posizione passiva della pace, mentre sul giornale continuava a scrivere articoli contro la guerra, aveva cura di annodare approcci con elementi che lavoravano per far intervenire l'Italia accanto all'Intesa. Un giornale avversario denunciò quel doppio giuoco in un articolo intitolato "L'uomo dalla coda di paglia" e costrinse Mussolini a uscire dall'equivoco e a dichiararsi affrettatamente per la guerra. Nel dopoguerra, durante il periodo in cui tutti aspettavano in Italia una rivoluzione proletaria, egli speculò, contemporaneamente, sulla sconfitta del socialismo e sulla sua vittoria. Quando nel settembre del 1920 gli operai metallurgici, seguiti dagli operai di altre categorie, occuparono le fabbriche e a molti sembrò che nulla potesse più arrestare il movimento rivoluzionario dei lavoratori, Mussolini, come ho già ricordato, non perdette tempo, chiese di poter conferire col comitato che dirigeva il movimento e ad esso dichiarò: "Seguo con simpatia l'occupazione delle fabbriche. Per me è indifferente se le fabbriche appartengono ai padroni o agli operai. L'importante è il rinnovamento morale della vita del paese". Quando però il movimento fallì e la paura delle classi possidenti si tramutò in arroganza, allora Mussolini insorse "contro il tentativo di precipitare l'Italia nel baratro del bolscevismo" e si offrì agli industriali come salvatore del paese "dalla minaccia asiatica del socialismo". Dopo la conquista del potere egli liquidò gradualmente tutti gli altri partiti, col doppio giuoco ch'egli stesso definì dell'ulivo e del manganello. Un esempio varrà per tutti. Cesare Rossi, capo dell'ufficio stampa del governo fascista, ha rivelato come nel luglio del 1923 Mussolini impartisse ordine ai fascisti di Firenze, Pisa, Milano, Monza e altre località minori di devastare durante la notte le sedi delle associazioni cattoliche. Nello stesso tempo, secondo un documento pubblicato dallo storico Salvemini, egli spedì un telegramma ai prefetti di quelle provincie perché esprimessero ai vescovi locali la più sincera deplorazione del governo fascista per le avvenute devastazioni. Quando Mussolini ha trasferito sul terreno internazionale questa tattica che gli aveva dato frutti copiosi in politica interna, è riuscito, facilmente a tenere in iscacco la Società delle Nazioni. Chiunque procede a un attento confronto tra la cronaca della guerra d'Abissinia, quale risulta dal libro del generale De Bono, e la politica temporeggiatrice del rappresentante fascista a Ginevra, si accorgerà che tutte le proposte apparentemente conciliatrici avanzate a Ginevra, coincidevano sempre con l'adozione di nuove misure di guerra. Nessuno può negare che il giuoco non sia ben riuscito e, se non vi fossero andati di mezzo i poveri abissini, nulla m'impedirebbe di rallegrarmi che i governanti inglesi, così prodighi di aiuti ed elogi a Mussolini finché egli ha esercitato la sua arte di governo sui poveri democratici italiani, abbiano avuto occasione di sperimentarne a proprie spese la lealtà.

Mr Doppio Vu. Il senno del poi crea facilmente quadri retrospettivi in cui tutto è logico e previsto. Ma il comportamento di chi è alle prese con la realtà è forse meno sicuro.

Tommaso il Cinico. Sì, nei momenti rischiosi, è giocoforza procedere a tastoni, con l'occhio attento alle mosse degli avversari. Per ogni imprevista complicazione bisogna tenere pronta un'uscita di sicurezza. Ma nessuna prudenza risparmia errori e perdite. L'itinerario di Mussolini ne indica, mi sembra, a ogni svolta d'una qualche importanza. Si può infatti affermare, senza timore di generalizzare che, in ogni fase del suo sviluppo, il fascismo italiano ha sempre finito col prendere la direzione contraria di quella preconizzata dal suo capo. Egli ha avuto però l'accortezza, ogni volta, di piegarsi, sacrificando la vanità all'ambizione. Vi ricorderò solo due episodi del genere. Alla fine del 1920 Mussolini credeva che il fascismo sarebbe rimasto un movimento esclusivamente cittadino, e a sua insaputa esso dilagò invece nelle campagne. Nell'estate del 1921 Mussolini si avvide che il fascismo non era più uno strumento docile nelle sue mani, lanciò un appello per "il ritorno alle origini" e strinse un patto di pacificazione con il partito socialista. I fasci delle provincie agrarie si rivoltarono, il patto di pacificazione fu annullato e Mussolini si adattò. L'anno seguente egli stesso scherniva quei fascisti "idealisti" che chiedevano un ritorno alle origini. "Tornare alle origini, come certi lo pretendevano, significa cadere nell'infantilismo o nella senilità," egli scrisse. "Il fascismo è e dev'essere l'espressione organizzata di questa tendenza dello spirito contemporaneo, di questa ripresa classica della vita contro tutte le teorie e le razze dissolventi".

Mr Doppio Vu. Permettete un'interruzione. Che significa "ripresa classica della vita"?

Tommaso il Cinico. Niente. Gli aggettivi "classico" e "storico" nel linguaggio politico italiano sono meri pleonasmi che servono a dare solennità e distinzione al discorso. Se adesso fossimo in Italia, il nostro egregio professore potrebbe interrompermi così cominciando: In questo storico momento, davanti a questo classico paesaggio...

Prof. Pickup. Invece mi limiterò più pedestremente a osservare che la disinvoltura, di cui avete testé parlato, si trova in Mussolini, ma non in Hitler.

Tommaso il Cinico. In diversa misura, anche in lui. Al riguardo, i due dittatori rispecchiano assai fedelmente le debolezze dei rispettivi paesi. A me pare che nella cultura media italiana i concetti di politica storia stato chiesa società nazione razza siano molto più differenziati e chiari che nella cultura media tedesca. È vero che i tedeschi hanno avuto Karl Marx e Max Weber, dai quali le persone colte di tutti i paesi hanno molto imparato; ma hanno avuto anche (per non parlare che di tempi recenti) Stefan George e Spengler, i cui pseudo-concetti sono impensabili al di fuori dell'autarchia spirituale tedesca. Hitler ha potuto, per conto suo, fin dall'inizio della propaganda nazional-socialista, appoggiarsi su un certo numero di pregiudizi popolari sul sangue l'onore il destino e simili cose, ed ha potuto farne uso ininterrotto, fino all'ultimo, benché rivendicazioni di natura più mitologica che politica. Ma, per il resto, anche lui ha proceduto con empirismo senza scrupoli. Allo stesso modo come Mussolini dovette abolire, fin dal novembre del 1920, i 13 punti demagogici adottati come programma dei fasci nel marzo del 1919, così Hitler non rispettò a lungo i 25 punti adottati come programma del NSDAP nel febbraio del 1920. Il diverso significato attribuito alla parola socialismo nella propaganda di Hitler a mano a mano che il movimento nazista si sviluppava, potrebbe servire di punto di partenza a chi volesse indagare gli adattamenti subìti dall'ideologia nazista prima della conquista del potere. È molto significativo che in Italia come in Germania, oggi, 1939, sia proibita la diffusione dei programmi iniziali dei movimenti che detengono il potere.

Prof Pickup. Infatti, sia a Roma che a Berlino, nessuno ce ne ha parlato. Tuttavia c'è qualche cosa che non può soddisfarmi, signor Cinico, nel vostro modo di parlare, ed è che riducendo il fascismo a mera pratica, arrivate al risultato di ridurne a zero l'importanza storica.

Tommaso il Cinico. L'importanza degli avvenimenti è stata sempre indipendente dalla coscienza dei protagonisti e, perché non aggiungerlo?, dalle detrazioni delle vittime. I romani nell'età antica e i britanni nell'età moderna arrivarono a costituire due possenti imperi senza piano preventivo e quasi senza accorgersene, con poca retorica. Quali saranno le conseguenze storiche del fascismo e del nazionalsocialismo? Non è facile dirlo. Ma, per appoggiare o combattere queste dittature, non è necessario aspettare la risposta.

XI

*Sulla nausea della vocazione totalitaria
e le nostalgie della vita privata.*

Mr Doppio Vu. Oggi dovremo fare a meno della censura del nostro professore in pantautologia. Egli è sceso in città a sbrigare alcune faccenduole in vista del proseguimento del nostro viaggio. Tutto sommato, questa sosta elvetica che non figurava nel mio itinerario, adesso non mi dispiace più tanto. La vita pubblica vi è forse noiosa, ma quella privata invidiabile.

Tommaso il Cinico. A causa di ciò, essere svizzero designa meno una qualifica nazionale che un'attività. Si fa lo svizzero, come si fa l'ingegnere o il fotografo.

Mr Doppio Vu. Ieri sera ho cenato in famiglia, presso uno svizzero conosciuto in gioventù che possiede una bella fattoria in queste vicinanze. Benché egli sia ricco, la sua casa è semplice, quasi austera. Durante tutta la serata egli non ha fatto che parlarmi di allevamento e di nuovi innesti di alberi da frutta. A tavola siamo stati serviti dalle figlie. La casa era avvolta dal silenzio e dall'odore del fieno falciato in giornata. A ripensarvi, non riesco a reprimere un forte sentimento d'invidia.

Tommaso il Cinico. È umano, troppo umano. Scusate una domanda: vi capita spesso di rimpiangere una vita del tutto privata?

Mr Doppio Vu. Oh, no, per fortuna.

Tommaso il Cinico. Non avreste da vergognarvene. Ma,

state in guardia, è una tentazione inevitabile e che vi accompagnerà ancora per un buon tratto di strada.

Mr Doppio Vu. So che fuori della politica finirei col soffocare, come un pesce fuori dell'acqua. Sarebbe una specie di suicidio.

Tommaso il Cinico. Ma nei casi come il vostro, la tentazione può assumere un carattere più ambiguo. Non vi proporrà l'abbandono completo della carriera politica, ma qualche legittima concessione ai diritti dell'uomo privato. Sappiate però che, aprendo uno spiraglio del cuore agli affetti ordinari, un aspirante dittatore rischia di perdere la sua qualità peculiare e decadere al livello dei politicanti democratici. Mi permettete d'insistere su questo argomento? Ecco, dopo le prime vittorie parziali, che faranno di lui un uomo ragguardevole, l'aspirante dittatore potrà essere tentato a inserirsi nel sistema esistente senza correre ulteriori rischi. Meglio un passero in mano, potrà dirsi, che un piccione sul tetto. Sarebbe un ragionare da sciocco. La logica dell'ingranaggio da lui messo in moto non glielo consentirebbe, e la sua eventuale rinunzia a proseguire la lotta per la mèta totalitaria, lo condurrebbe a una rapida perdita anche di quel poco già in suo possesso. Questo infatti sia ben chiaro: come ogni tentazione, quella del compromesso non mantiene mai ciò che promette. Il destino dell'aspirante dittatore è tutto o nulla.

Mr Doppio Vu. Dall'insegnamento del catechismo mi pare di ricordare che il buon Dio non tenta nessuno al di là delle sue forze.

Tommaso il Cinico. Per potergli resistere, non bisogna però raffigurarsi il diavolo più brutto di quello che è. Vogliamo approfittare dell'assenza del professore per parlarne sinceramente? Voi sapete, ad esempio, in che modo è stata di solito raffigurata l'ultima tentazione di Sant'Antonio nel deserto. Vari pittori medievali ci hanno trasmesso l'immagine del santo eremita assalito da mostri ripugnanti. Quale ingenuità. C'è bisogno di grande virtù per non lasciarsi convincere o sedurre da apparizioni mostruose? Immaginiamo invece il vecchio eremita febbricitante, disteso sopra un mucchio di sabbia. Il Maligno gli si presenta sotto le spoglie d'un pio pellegrino che gli tiene questo ragionamento: "Povero vecchio, eri venuto nel deserto per pregare, e i tuoi acciacchi t'impediscono di farlo come vorresti. Eri venuto qui per meditare, e la febbre t'impedisce di concentrarti. A questo devi aggiungere che la tua santità, nel deserto, non serve di buon esempio a nessuno; qui chi ti vede? Cerca un po' di ragionare: non credi che sarebbe più conforme alla volontà di Dio che tu torni a vivere tra gli uomini?". Per salvarsi il santo eremita deve turarsi le orecchie e rifiutarsi di discutere. La vocazione mistica non ammette gli argomenti del buon senso. Essa è essenzialmente inumana e irrazionale, amore assoluto di Dio. La vocazione politica, nella forma estrema impersonata dall'aspirante dittatore, è della stessa natura.

Mr Doppio Vu. Non pretendo di essere un santo della politica, ma sono refrattario agli argomenti sentimentali, di questo potete essere certo.

Tommaso il Cinico. Non siate presuntuoso, vi prego. Altri, la cui esistenza ci sembra ora inconcepibile all'infuori dell'agone politico, han vacillato. Mi limiterò a ricordare Lenin...

Mr Doppio Vu. Anche lui?

Tommaso il Cinico. Nel libro delle memorie della moglie è narrato come Lenin, nel periodo dell'esilio ginevrino, dopo la scissione coi menscevichi, attraversasse una grave depressione durante la quale rimuginò l'idea di abbandonare per sempre la politica.

Mr Doppio Vu. Avrebbe reso un grande servizio all'umanità.

Tommaso il Cinico. Credete? L'esempio di Hitler si attaglia meglio al caso vostro. Quando nel 1922 il *Völkische Beobachter*, che era ancora settimanale, allargò a poco a poco la cerchia dei suoi lettori e raggiunse una tiratura di ventimila copie, Hitler scrisse a degli amici: Io non esigo molto dall'esistenza. Mi basterebbe che il movimento duri e che io possa guadagnarmi la vita come direttore del *Völkische Beobachater*. Il modesto decoratore viennese si credeva "arrivato" perché poteva finalmente vantarsi di esercitare una professione intellettuale. Per sua fortuna, la corrente impetuosa degli avvenimenti lo ha sbalzato più lontano e più in alto di quello ch'egli si attendesse. Ed egli è stato pronto ad adattarsi alle prospettive sempre più vaste che si aprivano al suo movimento e a spogliarsi, strada facendo, delle segrete aspirazioni rimastegli dagli anni della triste fanciullezza: il desiderio del matrimonio con una ragazza di buona famiglia, l'esercizio di una professione intellettuale riverita dall'opinione pubblica, una confortevole casa di campagna, un'armoniosa vita privata. Egli è arrivato dove voi sapete, perché ha saputo fare a tempo quelle rinunzie, concentrando le sue aspirazioni nella volontà di tutto il potere. Se si fosse fermato a metà strada, adesso non sarebbe neanche direttore di giornale, ma in galera.

Mussolini corse rischi anche più gravi, prima di capire che il fascismo era un movimento totalitario. Vi ho già accennato nei giorni scorsi, ma ritengo utile tornarvi su con maggiori particolari. Tra il maggio e il settembre del 1921 Mussolini tentò di trasformare il movimento fascista in un partito di tipo tradizionale, mediante l'abbandono del metodo del terrore contro gli avversari e un patto di pacificazione con i socialisti. Il tentativo fallì perché la maggioranza dei fasci si ribellarono e si dichiararono pronti a continuare la lotta senza Mussolini e, se necessario, contro di lui. Che cosa era avvenuto? Durante la seconda metà del 1920 e nei primi mesi del 1921, contro ogni attesa del Duce, il quale aveva scritto che il fascismo sarebbe rimasto un movimento cittadino, esso dilagò nelle campagne della valle del Po e in Toscana, scatenandovi il terrore contro i socialisti, specialmente quelli della tendenza moderata. All'infuori dei modesti piani politici del Duce, il fascismo trovò da sé la "sua" strada come strumento della lotta sterminatrice degli agrari e degli industriali contro i socialisti. Era una guerriglia locale, tutt'al più regionale, non solo nei suoi effetti pratici, ma anche nella sua ispirazione e direzione. I fasci si costituivano, si moltiplicavano, agivano, senza aspettare direttive dal centro. Gli stessi padroni che finanziavano e armavano i fascisti per sbarazzarsi del sindacato e della cooperativa socialista della propria località, continuavano, sul piano politico, ad appoggiare il partito liberale o quello conservatore. Nella primavera del 1921 Mussolini s'avvide che il fascismo, ingigantendosi, gli era sfuggito di mano. Non era diventato lo strumento politico da lui voluto e le violenze, da lui sempre pubblicamente approvate e incoraggiate, servivano in pratica ad altri fini e avevano risultati differenti da quelli da lui preferiti. In quello sviluppo del fascismo all'infuori del suo controllo, in quella "degenerazione" del fascismo da movimento patriottico a milizia capitalistica, Mussolini credé di scorgere, e s'ingannò, l'inizio della disgregazione del movimento e della sua rapida fine.

Consentitemi qualche citazione. "Ciò che è successo al partito socialista nel novembre 1919, succede anche a noi, ed era fatale", egli scrisse verso la fine di maggio di quell'anno. "Nel fascismo si nascondono le illustri vigliaccherie di persone che avevano paura degli altri e paura di noi; nel fascismo si sono insinuati egoismi rapaci e refrattari ad ogni spirito di conciliazione nazionale; e non mancano quelli che si sono serviti del prestigio della violenza fascista per i loro miserabili calcoli personali, o che trasformano la violenza come mezzo, in violenza fine a sé stessa." Per riconciliazione nazionale Mussolini intendeva un patto di pacificazione tra i fasci e le organizzazioni socialiste che mettesse fine alla guerriglia civile, e la costituzione d'un governo di coalizione cui partecipassero, secondo le sue parole, "le tre forze efficienti del paese", i socialisti, i cattolici e i fascisti. Il Duce aveva fretta di consolidare i risultati politici dell'azione fascista perché egli prevedeva che l'opinione pubblica si sarebbe rivoltata contro il suo movimento e, non stabilendo subito un compromesso con le altre forze politiche, presto sarebbe stato troppo tardi. Durante il mese di luglio furono iniziate le trattative tra rappresentanti fascisti e socialisti e il 2 agosto fu firmato un patto col quale i contraenti s'impegnavano a far cessare l'uso della violenza nelle lotte politiche e sindacali. La maggioranza dei fasci si rivoltarono però contro Mussolini e dichiararono di non riconoscere quel patto. Ne seguì un periodo di violente polemiche durante le quali Mussolini poté avvedersi che la sua autorità sui propri seguaci era ridotta a poco. È bene ch'io vi legga un passo d'un articolo ch'egli scrisse allora sul suo giornale, per darvi un'idea dell'incomprensione di cui egli faceva prova, in quel tempo, nei riguardi del fascismo. "Per me il fascismo non è fine a sé stesso, egli scrisse, ma un mezzo di ristabilire un equilibrio nazionale, per rianimare certi valori negletti. Questi scopi sono stati raggiunti in gran parte. Il fascismo può ora dividersi, decomporsi, sgretolarsi, declinare, sparire. Se è necessario di battere dei colpi potenti per accelerare la sua rovina, mi adatterò a questa funzione ingrata. Il fascismo che non è più liberazione, ma tirannia; che non è salvaguardia della Nazione, ma difesa d'interessi privati e delle caste le più chiuse, sordide e miserabili che esistono in Italia; il fascismo che assume questo aspetto, sarà ancora il fascismo, ma non il fascismo quale io l'ho concepito, in uno dei momenti più tristi del nostro paese... Non ci si era dunque accorti del cerchio d'odio che minacciava di soffocare nello stesso tempo il buono e il cattivo fascismo? Non ci si era dunque accorti che il fascismo – anche presso i ceti non socialisti – era diventato sinonimo di terrore?

"Io ho spezzato quel cerchio, egli proseguiva, ho aperto una breccia attraverso il ferro spinato di quell'odio, di quella esasperazione ormai scatenata di vaste masse popolari, che ci avrebbe abbattuti; io ho ridato al fascismo tutte le possibilità, io gli ho indicato le vie di tutte le grandezze per mezzo d'una tregua civile che esigevano le forze superiori della Nazione e dell'Umanità. Ed ecco che si puntano contro di me – come nelle liti dei vecchi partiti – le artiglierie pesanti della polemica e della diffamazione, si parla di rinunzia, capitolazione, tradimento e altre simili e tristi buffonate... Il fascismo può fare a meno di me? Senza dubbio, ma anch'io posso molto bene fare a meno del fascismo."
Sembrava un discorso chiaro, addirittura un ultimatum. Intanto l'opposizione contro di lui, capeggiata da Dino Grandi, conquistava le federazioni provinciali più importanti, i cui rappresentanti si riunirono in una conferenza nazionale. Il voltafaccia di Mussolini vi fu condannato con asprezza. Vi sono due soluzioni, vi fu dichiarato, una parlamentare, l'altra nazionale; Mussolini è per il compromesso parlamen-

tare, noi siamo per la soluzione nazionale. Poteva il fascismo fare a meno di Mussolini? È impossibile dirlo. Ma evidentemente lui non poteva fare a meno del fascismo, senza rischiare di ridiventare un mediocre giornalista. Infatti non passarono due mesi e il Duce capitolò, accettando la politica voluta dalla sua opposizione, la continuazione della lotta terroristica. Doveva capitargli ancora altre volte.

Mr Doppio Vu. Perché i partiti democratici non approfittarono di quel contrasto?

Tommaso il Cinico. Non ne capirono la gravità. Essi persistevano a misurare i fatti nuovi con le vecchie misure.

XII

Sui pericoli dei complotti e delle rivolte senza l'appoggio della polizia e dell'esercito.

Tommaso il Cinico. Nella vostra biografia di Mr Doppio Vu, egregio professore, mi sono soffermato sulle pagine che esaltano il suo temerario comportamento in guerra. Intendiamoci, anch'io ammiro il coraggio, ma quello d'un aspirante dittatore non dovrebbe avere nulla di romantico e impulsivo.

Prof. Pickup. Temo che abbiate preso il mio racconto alla lettera.

Tommaso il Cinico. Tanto meglio. Mi sarà più facile esporre il mio pensiero su questo argomento. Il coraggio d'un aspirante dittatore, in caso di guerra civile, si dimostra principalmente nella fredda calma con la quale egli sa esporre al pericolo i propri seguaci e gli avversari, tenendo al sicuro sé stesso, naturalmente senza averne l'aria. Non bisogna dimenticare che nella guerra civile, come nelle guerre tra gli stati, si è creata nel corso dei secoli una sempre più netta divisione di compiti tra capi e gregari. Tra le altre conseguenze v'è l'esigenza di una maggiore sicurezza per quelli che comandano. Benché questo sia un fatto determinato dalle dimensioni stesse dei conflitti, esso non è ancora interamente ammesso dalla coscienza popolare, la quale continua a nutrire verso le autorità lo stesso infantile attaccamento della prole verso i genitori. Quali di essi si allontanerebbero dai figli nel momento del pericolo? Quanti figli non si lascerebbero prendere dal panico sapendosi abbandonati dai genitori? Questo spiega la cura con la quale i propagandisti di guerra si applicano a drammatizzare le rare e comode visite al fronte intraprese dai capi dello stato, con largo seguito di cortigiani di giornalisti e fotografi. Tutti ricordiamo l'immagine del re combattente che incita la fanteria all'assalto della trincea nemica; oppure quella del presidente della repubblica che, in una trincea sottoposta al fuoco tamburreggiante dell'artiglieria nemica, condivide il rancio d'un fantaccino e dichiara di non aver mangiato cibo più appetitoso; oppure il destino tragico dell'automobile del primo ministro colpita in pieno e fatta a pezzi da una bomba d'aeroplano, in un momento però in cui il ministro è altrove. A queste leggende rivolte a mantenere elevato il morale del paese, hanno fatto sempre riscontro le invettive degli antimilitaristi contro i generali "che muoiono nei loro letti". Militaristi e antimilitaristi speculano appunto su quel sentimento popolare, poco conciliabile con le forme di una guerra moderna. Non diversa è la guerriglia civile, che introduce nelle lotte politiche i metodi i costumi gl'inganni dei conflitti tra gli stati. Dovunque questo avviene, il fascismo può quasi sempre prendere il sopravvento sui partiti avversari, grazie ad alcuni suoi requisiti e al concorso d'altre circostanze che vorrei esporvi.

Anzitutto v'è da tenere presente che i partiti democratici, come le organizzazioni operaie in genere, son formazioni per tempi di pace e fini pacifici. Le sole battaglie per le quali essi sono attrezzati, sono quelle cartacee delle elezioni. Così è accaduto, tanto in Italia che in Germania, che eminenti personalità politiche si siano tratte da parte al primo delinearsi della trasformazione della lotta politica in guerriglia armata. I loro colleghi rimasti in lizza a discutere e polemizzare come ai bei tempi antichi, han fatto la figura ridicola e patetica di personaggi sorpassati, simili a chi, in una guerra d'oggi, scendesse a battersi con lancia e scudo. Nella società uscita sconvolta dalla guerra, essi erano di fatto spaesati. Le loro qualità reali o presunte (la esperienza della cosa pubblica, lo studio dei problemi economici, la conoscenza dei paesi esteri) erano deprezzate. I vecchi politici non sapevano parlare in piazza con una qualche efficacia, poiché ignoravano che l'uso dell'altoparlante comporta un nuovo modo di esprimersi e quindi di pensare. Le loro deplorazioni contro l'involgarimento della lotta politica ricordavano le invettive dell'Ariosto contro l'invenzione dell'archibugio. Ben altra fattura dimostravano i capi fascisti. Essi erano un prodotto di guerra. Anche i loro seguaci erano reduci di guerra, ex-volontari, ex-ufficiali disoccupati, inadatti a vivere in condizioni di pace. La politica era per essi una maniera di continuare la guerra in altre condizioni, un'azione combinata di violenza e propaganda. Ma era una guerra *sui generis*, che non poteva essere comandata da generali istruttori di scuole militari. Non era neanche necessario che il capo fosse un eroe di guerra. Poteva bastare, a creare il contatto e la fiducia, che fosse un uomo fortemente amareggiato dal modo come la guerra era finita e irriconciliabile col nuovo stato di cose, un uomo, soprattutto, che avesse, per dono di natura, un diavolo in corpo.

Prof. Pickup. Non vorrete mica mettere in dubbio, signor Cinico, le ferite di guerra e gli atti di valore di Mussolini e Hitler?

Tommaso il Cinico. Mussolini fu, nel 1914-15, tra i più attivi promotori della campagna per l'intervento dell'Italia a fianco dell'Intesa; mentre però molti, convertiti dalla sua propaganda, allo scoppio della guerra si arruolarono volontari, egli attese che la sua classe fosse richiamata. La sua permanenza al fronte durò esattamente trentotto giorni. Rimase ferito in un incidente banale, durante un corso di esercitazioni per il lancio delle bombe e appena guarito se ne tornò a Milano, dove rimase al sicuro fino alla fine della guerra. Hitler invece aveva aspettato la guerra con tutta l'ansia di chi, nell'ordine e nella pace, si sentiva soffocare. Egli ha raccontato in *Mein Kampf* che nella lunga attesa il suo cuore era pieno di nostalgia per i tempi eroici in cui gli uomini guerreggiavano senza interruzione. È facile dunque immaginare che lo scoppio della guerra gli apparve come un atto di particolare benignità della Provvidenza a favore della sua persona. Presentatosi volontario, egli fu dapprima scartato per debolezza di costituzione, più tardi accettato e utilizzato come caporale di collegamento presso lo stato maggiore d'un reggimento. Egli non ebbe quindi occasione di prendere parte diretta a combattimento alcuno. La croce di guerra di prima classe gli fu conferita per un episodio di cui non è rimasta traccia alcuna nella storia del suo reggimento e del quale nessuno dei suoi commilitoni ha serbato memoria.

Che importa? Non è affatto necessario, ripeto, che il capo fascista compia atti temerari; anzi è utile che lo spirito di prudenza e di conservazione non l'abbandoni in alcun istante, per non compromettere sé e il movimento in avventure inconsiderate. Non nego che al fine di commuovere le folle e intimidire gli avversari, giovi al capo una fama d'uomo temerario, intrepido davanti ai pericoli e ogni ora pronto all'estremo sacrifizio per la salvezza della patria e della civiltà. Ma la fama è questione d'intelligente propaganda. Se la leggenda sull'audacia del capo prende piede nelle masse e presso gli avversari, è del tutto naturale che il capo stesso finisca, nella migliore buona fede, col credervi e diventi allora un uomo veramente coraggioso. Da quel momento però cominciano per lui i pericoli che possono condurlo alla rovina, rendendolo tracotante e imprudente.

Prof. Pickup. Il coraggio del capo fascista non dev'essere necessariamente fisico, che è qualità affatto primitiva. Esso è essenzialmente educativo, direi quasi sacerdotale. Non sorridete, vi prego. Non avete a varie riprese affermato che siamo in un'epoca di guerre e guerre civili? Ebbene il primo compito d'un capo è quello di familiarizzare le proprie masse con l'immagine della morte. Questa funzione una volta spettava ai sacerdoti, ma ora essi non sono più in grado di assolverla. La causa dell'attuale smarrimento sociale viene di lì. Non crediate che la civiltà di massa sia aliena dal senso della morte. Al contrario, ma esso richiede un'adeguata liturgia. I neri gagliardetti e i simboli mortuari del fascismo italiano ne sono esempi eccellenti. "Vivere pericolosamente", questa meravigliosa massima fascista, non significa altro. In fondo, la maggior debolezza della democrazia e del socialismo nei nostri tempi è proprio questa: sono due ideali epicurei. Ma, a che può condurre, in tempi tragici come i nostri, un ideale godereccio? Evidentemente ad aumentare il numero dei disertori. Questo spiega perché se avveniva uno scontro tra una massa di operai socialisti e una piccola squadra fascista, la massa istintivamente fuggiva, come ci è stato raccontato, essendo composta d'individui educati a vivere e non a morire. Sapreste voi dirmi, forse, che posto ha il pensiero della morte nelle ideologie democratiche e socialiste? Sono ideologie puramente politiche che non danno alcun orientamento sul destino dell'uomo. Ma com'è possibile condurre degli uomini ad affrontare volontariamente la morte, se ad essi è stato insegnato solo a vivere, e a confortevolmente vivere?

Mr Doppio Vu. Caro, non esagerare. Sai bene che vi sono stati uomini di fegato in tutti i partiti, e anche tra i democratici e i socialisti.

Prof. Pickup. Non lo ignoro, ma dubito ch'essi siano stati sorretti, ai passi estremi, dalla loro ideologia. Quelli di essi che di fronte alla morte non sono stati colti dalla disperazione, sono stati probabilmente confortati da qualche vecchio residuo religioso, rimasto nascosto nelle pieghe della loro anima. Il fascismo invece è esaltazione aperta del sacrifizio. La guerra sola, ha detto Mussolini, porta al massimo di tensione tutte le energie umane e imprime un segno di nobiltà ai popoli che hanno il coraggio di affrontarla. La guerra è all'uomo, egli ha aggiunto in altra occasione, ciò che la maternità è alla donna. Quando poco fa ho lasciato trapelare il mio scetticismo sull'idoneità di Mr Doppio Vu a capeggiare bande terroristiche, pensavo in primo luogo alla sua mancanza del senso religioso del sacrificio. E pensare che un barlume di questo sentimento ha perfino illuminato Karl Marx quando ha qualificato la violenza "levatrice della storia".

Tommaso il Cinico. "Levatrice", illustre professore, non "madre" e ancor meno "padre". Nel caso concreto del fascismo, è facile dimostrare che la sua violenza non ha servito a mettere in luce una nuova società, ma ha cercato anzi d'uccidere l'embrione di ordine nuovo che la società moderna portava nel suo seno. Il risultato non è stato quindi un parto, ma piuttosto un tragico aborto.

Mr Doppio Vu. Per favore, lasciamo la ginecologia e torniamo alla politica.

Prof. Pickup. Vita hominis militia est. L'eroismo non è

mai inutile, anche se la sua utilità non è sempre d'ordine materialistico. Dall'eroismo nascono i miti. Ma, seppure l'eroismo resta senza storia, esso ha in sé stesso la propria ricompensa. In questo senso l'eroismo fascista si rivela più puro e disinteressato di quello cristiano, perché il martire cristiano, dando la sua vita per la fede, spera di concludere un affare vantaggioso, guadagnandosi la felicità eterna. Il martire fascista invece non ha speranze ultraterrene. La sua religiosità è più pura.

Mr Doppio Vu. Tu credi all'arte per l'arte? Se un giorno anche da noi cesseranno le chiacchiere e si lotterà per strada, spero di avere anch'io dei seguaci in gamba, capaci di battersi.

Prof. Pickup. Per quale ragione i tuoi seguaci dovrebbero battersi affinché tu vada al potere al posto di un altro?

Mr Doppio Vu. Essi saranno pagati. Se vincerò, riceveranno dei posti.

Prof. Pickup. Credi che vi siano molti uomini disposti a lottare in una lunga e micidiale guerra civile unicamente per denaro? Se muoiono, che se ne fanno del tuo denaro?

Mr Doppio Vu. Non sarebbe la prima volta che questo succede. È il destino dei mercenari.

Prof. Pickup. Ti sbagli. Quest'è il tuo debole: tu disprezzi l'uomo. Anche l'ultimo dei mercenari, nel momento in cui espone la vita per chi lo paga, ha bisogno di illudersi sul motivo che lo conduce al sacrifizio. Altrimenti intasca il prezzo dell'ingaggio, ma nel momento del pericolo si rende irreperibile e passa all'avversario. Tieni bene in mente che non si organizza una guerra civile senza dare ai propri partigiani un motivo inebbriante di morire. Mi riferisco principalmente ai gruppi d'assalto, a quelli che si potrebbero chiamare i volontari della morte.

Mr Doppio Vu. E quale potrebbe essere il narcotico per i miei volontari?

Tommaso il Cinico. Posso rispondere io? Ebbene, quello stesso che ha mosso i fanatici in tutti i massacri umani e più recentemente in Italia e Germania: la propria identificazione idolatrica col Capo e col mito che egli impersona. Gli sconfitti della vita, quelli per i quali l'esistenza non ha più senso e valore e che tuttavia rifuggono dal suicidio, perché la loro disperazione non è individuale e perché si sentono internamente agitati da una vitalità che chiede di essere impiegata per qualche prova eccezionale, sono le reclute ideali degli impresari di terrore. La politica totalitaria è per essi uno stupefacente. Il denaro non perde ai loro occhi tutte le attrattive, ma la loro audacia nelle lotte di strada, ha ragione il nostro professore, dipende da qualche cosa d'altro. Denaro cibo alcool donne esistevano anche prima della guerra, eppure allora sarebbero stati assolutamente inconcepibili fenomeni come lo squadrismo fascista e gli S.A. nazionalsocialisti. Mancava in quei tempi il materiale umano adatto; gli uomini erano ancora individui con ideali tradizionali o personali. La civiltà di massa e la guerra non avevano ancora maturato i loro frutti.

Mr Doppio Vu. Essi non sono però monopolizzati dal fascismo.

Tommaso il Cinico. Ciò spiega molte complicazioni delle recenti guerre civili. Ve ne indicherò le principali: anzitutto, il passato non è ovviamente del tutto *tabula rasa*; in secondo luogo, le istituzioni tradizionali, benché discreditate, non sono inermi e rassegnate; infine, elementi dinamici di massa possono gravitare anche dietro formazioni antifasciste aventi a loro volta carattere più o meno totalitario.

Mr Doppio Vu. Eppure in Italia la soluzione cadde abbastanza rapida.

Tommaso il Cinico. Data la più rapida opzione delle vecchie istituzioni a favore del fascismo.

Mr Doppio Vu. Erano affette da manìa di suicidio?

Tommaso il Cinico. Esse s'illudevano che il fascismo

fosse di breve durata e servisse unicamente a scopi di restaurazione.

Mr Doppio Vu. Avrebbero impiegato meglio le loro superstiti energie se avessero provveduto da sé alla propria salvezza.

Tommaso il Cinico. A nome proprio e ufficialmente, le vecchie istituzioni, avevano le mani legate dalla legge. In una società in disordine la vecchia legge liberale facilita la sovversione. Avviene allora che reparti sempre più numerosi dell'esercito, della polizia, della magistratura, della burocrazia civile cominciano, prima in segreto e poi apertamente, a sostenere il partito fascista. L'alibi di questi funzionari è che essi tradiscono solo apparentemente le leggi, ma, rendendo servizio alla patria, obbediscono allo spirito di esse. Con la protezione *de facto* delle istituzioni che vuole distruggere, il fascismo può affrontare in condizioni di schiacciante superiorità gli avversari e concorrenti diretti. Badate, non si tratta mica d'insinuazioni o illazioni di avversari. Dopo la marcia su Roma gli stessi interessati (ufficiali dell'esercito, capi di polizia, magistrati) non hanno avuto più ritegno di vantarsi dei servizi resi. L'episodio più importante, sotto vari punti di vista, resta quello d'un colonnello, esperto in questioni di guerra civile, inviato dal ministero della guerra presso tutti i comandi di divisione per impartire opportune istruzioni sul modo di aiutare a fiancheggiare il movimento fascista. Il rapporto redatto da quel colonnello al termine della sua missione è stato in seguito reso pubblico e mai smentito.

Passiamo in Germania. Il primo nucleo nazionalsocialista fu concepito, come movimento politico, dalla Reichswehr di Monaco e forgiato da Hitler e Röhm. Questo accadde nel 1921. La Germania era allora un campo di corpi franchi, tra i quali basta ricordare la brigata Erhardt, la Landswehr baltica, i cacciatori di Neydebreck, i corpi franchi di Pfeffer, di Rossbach, di Loewenfeld, di Epp. Il tirocinio politico di Hitler ebbe luogo nella Reichswehr, presso la quale, subito dopo l'armistizio, egli seguì un corso d'istruzione politica e assimilò molta parte dei concetti tattici che più tardi gli furono di grande utilità. Primo, fra tutti, quello che il consenso delle masse è sempre un risultato dell'impegno simultaneo della propaganda e della violenza. Ma sarebbe troppo lungo perderci ora in particolari. La collaborazione dei militari si può ritrovare nelle storie dei tentativi dittatoriali di tutti i luoghi e di tutti i tempi.

Mr Doppio Vu. Da noi (è necessario ch'io lo dichiari subito), disgraziatamente non siamo ancora a questo punto. Conto sulle simpatie di qualche ufficiale, ma l'aiuto che ne ricevo è scarso, e, credo, ignorato dalle altre autorità.

Tommaso il Cinico. Se è così, vuol dire che i vostri tempi non sono ancora maturi. Non è neppure concepibile che un movimento fascista possa prendere piede e progredire senza una paralisi dell'apparato dello stato e senza il conseguente agire autonomo d'importanti organi dell'esecutivo e particolarmente di quelli aventi una coscienza politica più viva quali sono, in genere, la polizia e l'esercito.

Prof. Pickup. La paralisi statale non doveva poi essere così estesa, come voi dite, se, tanto contro il fascismo italiano che contro il nazismo tedesco, furono adottate leggi speciali. La verità è che le misure repressive non hanno mai impedito le rivoluzioni.

Tommaso il Cinico. Le leggi speciali erano votate da parlamenti in cui i democratici i socialisti i comunisti rappresentavano la grande maggioranza. Le leggi prevedevano il disarmo, la proibizione di formazioni militari private, pene supplementari per chi aizzava all'odio tra i cittadini. Voi però non dovete dimenticare un particolare ed è che l'applicazione delle leggi, dei decreti, delle ordinanze e delle circolari era affidata a una polizia, a un esercito e ad una magistratura largamente fascistizzate. Per cui, in pratica, le leggi dirette contro i fascisti, nel più benigno dei casi, restavano lettera morta, ma, il più spesso, venivano meticolosamente applicate contro gli antifascisti. Non vi cito esempi perché ne troverete *ad abundantiam* in ogni cronaca degli avvenimenti italiani e tedeschi del dopo-guerra. Se ancora ce ne fosse bisogno, l'esperienza della legislazione "democratica" contro il fascismo basterebbe da sola a provare che le leggi sono liberali o antiliberali secondo l'applicazione che ne vien fatta.

Mr Doppio Vu. Ho letto numerose descrizioni orripilanti degli orrori della guerra civile nei vari paesi d'Europa negli ultimi decenni. Ma esse sono quasi sempre denunzie delle vittime e dei loro amici e si resta dubbiosi sulla loro veridicità.

Prof. Pickup. Nulla supera in efferatezza la violenza bolscevica.

Tommaso il Cinico. Avete perduto una buona occasione, egregio professore, per sentenziare secondo la pantautologia: il terrore è sempre il terrore. Questo vale ormai tanto per le guerre degli stati che per quelle cosiddette civili. In un libro del generale-maggiore Fuller ho letto quest'affermazione: "La nuova tecnica di guerra è basata sul principio del terrore, è di suscitare terrore, di rendere il nemico pazzo da legare, almeno provvisoriamente". Comincia il terrore quando la lotta non esclude più alcuna specie di violenza, non esistono più regole, né leggi, né costumi. Degli avversari politici vi invadono di notte la casa e voi non sapete che cosa attendervi: l'arresto? la fucilazione? una semplice bastonatura? la casa incendiata? il sequestro della moglie e dei figli? Oppure si contenteranno di amputarvi le braccia? Vi estrarranno gli occhi e taglieranno le orecchie? Vi butteranno per la finestra? Voi non lo sapete, non potete saperlo. È la premessa del terrore. Il terrore non ha leggi e regolamenti. È puro arbitrio e non mira che a terrorizzare. Esso mira non tanto a distruggere fisicamente un certo numero di avversari, quanto a distruggerne psichicamente il più gran numero, a renderli pazzi scemi vili, a privarli d'ogni residuo di dignità umana. Quelli stessi che ne sono gli autori e promotori cessano di essere uomini normali. Nel terrore le violenze le più efficaci e frequenti sono proprio quelle che sembrerebbero le più "inutili", le più superflue, le più inattese.

Mr Doppio Vu. Mi hanno raccontato a Buenos Aires che il dittatore dell'Argentina, il celebre De Rosas, aveva, a tal proposito, un genio inventivo da grande artista. Un mattino, ad esempio, apparvero per le vie della città strani rivenditori di frutta che gridavano: "Pesche fresche", e quando i clienti si avvicinavano per comprarne, quelli scoprivano i loro panieri e mostravano teste umane tagliate da poco. Sembra che De Rosas avesse molto semplificato la procedura giudiziaria: egli stesso si occupava degli atti processuali che però non perdeva tempo a leggere, contentandosi di prescrivere al margine "cuchillo" (coltello) o "bala" (palla), secondo che l'estro gli dettasse.

Tommaso il Cinico. Quello stesso De Rosas si gloriava del titolo di "Restauratore della legge" e lo *slogan* che i suoi partigiani gridavano in coro, diceva: "Viva la santa federazione e muoiano gl'immondi selvaggi unitari". La sua ferocia incontra oggi riprovazione generale, ma finché egli deteneva il potere, vi erano preti che nelle chiese di Buenos Aires cantavano dei solenni *Te Deum* in suo onore. Però questa non è una debolezza solo clericale. La violenza degli avversari ci sembra naturalmente feroce vile inumana; quella dei propri amici, anche quando si manifesta nelle stesse forme, ci appare invece eroica coraggiosa idealistica. A mio parere, non v'è nulla di più stupido delle espressioni terrore bianco, terrore rosso, terrore nero. Il volto di masse impaurite ha un colore che non ha più nulla a che fare con la politica.

Mr Doppio Vu. La guerra civile accentua senza dubbio il distacco tra massa e minoranze combattenti. Voi avete ragione solo se vi ponete dal punto di vista della massa.

Prof. Pickup. Eppure fino a quaranta o cinquanta anni fa, se si leggono le cronache del movimento operaio, la massa sapeva esprimere uomini audaci che compivano attentati contro i regnanti e anche gruppi che davano carattere violento agli scioperi. Come spiegate, signor Cinico, la perdita di quel dinamismo, di quella disposizione di spirito?

Tommaso il Cinico. Forse essa è una delle conseguenze dell'estensione della grande industria. Passando dall'artigianato e dal laboratorio alla grande fabbrica l'operaio subisce col tempo una notevole trasformazione. Assieme a un allargamento del suo orizzonte mentale e della sua coscienza di classe, egli perde il gusto della libertà e la disposizione all'azione individuale. L'operaio della grande fabbrica riesce ad essere più facilmente forte e coraggioso in azioni di massa, sia pacifiche che violente, mentre, in genere, egli è inadatto ad agire da solo o in piccoli gruppi. Se consultate le cronache degli attentati sindacalisti o anarchici che avevano luogo frequentemente in vari paesi, compreso il vostro, verso gli ultimi decenni del secolo scorso e l'inizio dell'attuale, voi scoprirete ch'essi erano opera d'artigiani, d'intellettuali, per lo più studenti, o di contadini. Se vi troverete, per caso, anche qualche operaio di fabbrica, si tratterà probabilmente d'un ex-contadino o d'un ex-artigiano. L'operaio di fabbrica è, per eccellenza, un uomo-massa. Non per caso, in Italia, il fascismo ha incontrato una resistenza armata ed ha subito un numero maggiore di vittime nelle regioni e nelle città in cui non esiste la grande industria e gli operai sono occupati in piccoli stabilimenti. Confrontate anche il diverso atteggiamento, di fronte al fascismo, degli operai spagnoli e di quelli tedeschi. La differente psicologia nazionale può spiegare solo in parte quel diverso modo di reagire all'attacco dell'avversario. Lo sviluppo della grande industria ha potentemente contribuito a rafforzare la tendenza dei tedeschi, anche operai, al *zusammen-marschieren*. Le lotte tra i partiti sono essenzialmente lotte tra apparati. L'iniziativa del singolo vi è ridotta a zero.

Un altro fattore importante che spiega il disorientamento degli operai della grande industria, e non solo in Germania, di fronte al terrorismo fascista, dopo la prima guerra mondiale, è che molti di essi, essendo occupati nella fabbricazione di munizioni o addetti ai trasporti e ad altre attività essenziali, erano stati esonerati dall'andare in guerra. Furono proprio i cosiddetti "imboscati" che costituirono nel dopoguerra i quadri più solidi delle organizzazioni operaie. Non avendo combattuto in guerra, anche se essi ostentavano opinioni estreme, un abisso li divideva dai fascisti. Facevano l'impressione d'essere uomini di due razze diverse. Nel febbraio del 1920 Mussolini dovette presentarsi, a Milano, di fronte ad una giuria d'onore per rispondere alle accuse di due ex-redattori del suo giornale. Gli si addebitava, tra l'altro, di aver costituito bande terroriste "composte di elementi mercenari chiamati da Fiume e da varie altre città d'Italia, pagati trenta lire al giorno, senza contare il rimborso delle spese, e organizzati per uno scopo d'intimidazione e di violenza". Mussolini dichiarò alla giuria, ammettendo i fatti: "Erano in tutto alcune centinaia di uomini, divisi in squadre comandate da ufficiali, e, bene inteso, tutti m'obbedivano. Io ero una specie di capo di questo piccolo esercito". Erano dunque alcune centinaia di mercenari, soltanto nella città di Milano, i quali circolavano in gruppi di tre, e non avevano altro da fare dalla mattina alla sera che sorvegliare gli avversari, molestarli, preparare ed eseguire attentati, essendo pagati per questo e avendo l'immunità assicurata da parte della polizia.

La diversa composizione sociale e psicologia delle forze in presenza, determinò anche una diversa tecnica nel difendersi e offendere. La tecnica fascista si affermò facilmente superiore a quell'avversaria. Ad ogni attentato fascista, secondo la sua gravità, le organizzazioni operaie rispondevano con un comizio di protesta o con uno sciopero generale locale. L'uno e l'altro creavano, è vero, non pochi fastidi alle autorità e alla popolazione, ma alcuno ai fascisti. La disorganizzazione della vita pubblica che risultava dai frequenti scioperi politici finì con l'alienare alle organizzazioni operaie le simpatie di ceti sempre più larghi della popolazione. Gli stessi operai si demoralizzavano e scioperavano in sempre minor numero. V'è da aggiungere che ovunque gli antifascisti si costituivano anch'essi in piccole squadre e si procuravano armi per opporre violenza a violenza, interveniva puntualmente la polizia per disarmarli, arrestarli e processarli. Per cui, quando i fascisti passarono dalla pratica degli attentati individuali a quella delle spedizioni collettive a vasto raggio, queste si scontravano il più sovente con una massa inerme, già epurata dei suoi elementi più combattivi. I fascisti avevano così facili occasioni di far sfoggio di eroismo. A mano a mano che l'influenza fascista si allargava, divenne anche più aperto e diretto l'appoggio delle autorità militari. Dimodoché le squadre fasciste potevano facilmente rifornirsi di armi e operare, per mezzo di camion e treni speciali, grandi spostamenti da regione a regione, mettendo su piede di guerra diecine di migliaia di armati, per muovere all'assalto delle ultime città in cui gli avversari politici potevano ancora liberamente riunirsi e pubblicare i loro giornali.

Mr Doppio Vu. È vero che tra gli squadristi fascisti e i membri dei S.A. si trovassero non pochi ex-comunisti?

Tommaso il Cinico. Non in Italia. I casi di passaggio di comunisti italiani al fascismo furono rari ed ebbero carattere sporadico, tenuto conto che Mussolini arrivò al potere nell'ottobre del 1922 e il comunismo, che aveva allora appena un anno di vita, benché fosse duramente colpito nella guerra civile, non era però ancora passato per le demoralizzanti crisi interne che l'aspettavano più tardi. In Germania, per contro, tra il 1930 e il 1933, vi sono stati interi gruppi dell'organizzazione militare comunista che sono passati, come si dice, con armi e bagagli nei S.A. Ma per comprendere quel fenomeno bisogna, sia pure rapidamente, accennare alla sua genesi politica. A ripensare ora alla politica praticata dall'Internazionale comunista in Germania fino al 1933, non si può evitare la conclusione che essa rappresentò un aiuto prezioso e indispensabile alla vittoria di Hitler. Dal 1926 al 1929, in piena ripresa dell'attività economica, l'Internazionale comunista decise che la società capitalistica era entrata nel "terzo periodo" della sua crisi mortale, cioè in un periodo di nuove rivoluzioni e insurrezioni proletarie, durante il quale l'attività dei partiti comunisti doveva concentrarsi nella preparazione di scioperi generali e nella lotta per la dittatura del proletariato. Mentre negli altri paesi le frequenti "svolte" politiche dell'Internazionale comunista non avevano che una risonanza puramente giornalistica, la Germania costituiva in quel tempo il vero campo di esperimento della tattica di Mosca. La pazzesca teoria del "terzo periodo" e dell'imminente nuovo ciclo rivoluzionario condusse il partito comunista tedesco a una attività febbrile per la provocazione di apparenti e rumorosi fatti rivoluzionari. Poiché gli operai delle fabbriche si mostravano a ciò refrattari, furono all'uopo mobilitati, con gli ingenti mezzi di cui il comunismo tedesco disponeva, gli operai disoccupati. I "teorici" del partito credettero di punire gli operai delle fabbriche, apertamente avversi alla nuova tattica, decidendo che nella nuova epoca solo i disoccupati rappresentavano la vera forza motrice della rivoluzione, mentre gli operai ancora occupati nelle fabbriche erano da considerarsi parte integrante della cosiddetta "aristocrazia operaia". L'organizzazione militare del partito comunista si applicò dunque a provocare dimostrazioni "spontanee" di disoccupati, "marce della fame" ed elaborò tutta una strategia per i conflitti "spontanei" tra i disoccupati e la polizia, allora comandata dai ministri e questori socialdemocratici. La rivista politico-militare del partito comunista, *Oktober*, collezionava analizzava ed estraeva nuove regole dalle esperienze di quella guerriglia a freddo, e impartiva minuziose istruzioni tecniche sulla maniera di provocare dimostrazioni "spontanee": come si dovesse procedere per disarmare poliziotti isolati, come si dovessero arrestare i camion di polizia chiamati di rinforzo, e cose simili. Contro i S.A. fu lanciata la parola d'ordine: "Colpite i fascisti, dovunque li incontrate!"

Non passava giorno senza che la cronaca registrasse scontri sanguinosi tra le due formazioni militari, incendi di locali e comizi interrotti dall'intervento di avversari armati. Quella tattica raggiunse il suo completo sviluppo col saccheggio "spontaneo" di negozi di generi alimentari da parte di gruppi di disoccupati. Contro tutto questo, dal punto di vista comunista, ci sarebbe stato poco da criticare, se la premessa, la famigerata teoria del "terzo periodo", fosse stata esatta e se i disoccupati fossero stati appoggiati attivamente dagli operai delle fabbriche e dalle simpatie degli altri ceti popolari. I risultati furono invece disastrosi per il partito comunista e la democrazia. Quando scoppiò la crisi economica, il comunismo si trovò isolato non solo tra gli operai che ancora lavoravano, ma anche tra la maggioranza dei disoccupati, i quali erano ormai stanchi e disillusi per la mancata rivoluzione annunziata come imminente.

Per tentare di ricuperare il terreno perduto, nel 1930 il partito comunista compì una nuova "svolta" politica. La tattica della guerriglia a freddo venne aspramente condannata e si tornò al lavoro politico per la conquista elettorale delle grandi masse, tra esse compresa la disprezzata "aristocrazia" operaia. Fu allora che interi e numerosi reparti dell'organizzazione militare comunista passarono al nazionalsocialismo, aggiungendo presto nuovi allori agli antichi, con la pratica degli assalti "spontanei" alle sedi e assemblee del loro ex-partito. Fu una vera sorpresa per i berlinesi di vedere un giorno le caratteristiche "Schalmeienkapellen" dei comunisti sfilare per la strada in uniforme bruna. Nella Germania del Nord era difficile trovare un membro dei S.A. che non provenisse dalle file del partito comunista.

La tattica ulteriore di questo partito doveva però offrire nuove facilitazioni al nazionalsocialismo per il reclutamento di elementi proletari. La nuova parola d'ordine suggerita da Mosca era: "Lottate contro il socialfascismo" (con questo termine erano designati la socialdemocrazia e il sindacalismo riformista). "Prima bisogna abbattere la socialdemocrazia, poi il fascismo." Il partito comunista tentò di arginare la penetrazione del nazionalsocialismo nelle file operaie, rivalizzando con esso in demagogia patriottica, reclamando la soppressione del trattato di Versaglia e la non applicazione del piano Young, e, in più, ciò che Hitler non poteva permettersi, lo sgombero del Tirolo del Sud da parte dell'invasore italiano. Né mancarono occasioni perché la coincidenza delle formule politiche li conducesse a fraternizzare in comuni azioni pratiche. Questo avvenne nel plebiscito contro il governo socialdemocratico di Prussia, che fu, in origine, un'iniziativa nazionalsocialista e che i comunisti tedeschi dapprima avversarono e qualificarono come demagogica, e poi, per ordine di Mosca, sostennero, giustificando quel modo di procedere col principio che, per arrivare a battere il fascismo, bisognasse anzitutto passare sul cadavere putrefatto della democrazia. In quell'occasione fu dato di vedere gruppi comunisti costituire, assieme ai S.A., dei bene affiatati "cori parlati", che nei cortili delle grandi case operaie e per strada invitavano gli elettori a votare contro il governo socialdemocratico. Una nuova occasione per fraternizzare comunisti e nazisti ebbero a Berlino, nel 1932, durante il grande sciopero dei trasporti, cui parteciparono attivamente nazionalsocialisti e comunisti. Dopo quegli episodi i S.A. ebbero libera circolazione nei quartieri proletari e sembrò colmato l'abisso che nei primi tempi aveva separato, come due forze inconciliabili, il proletariato e il nazionalsocialismo. La persuasione che la sconfitta delle istituzioni democratiche, anche per opera del fascismo, dovesse significare, di per sé, un avvenimento favorevole alla causa del comunismo era a tal punto radicata nei seguaci di Mosca, che, al principio del 1933, quando Hitler arrivò al potere, la stampa comunista, nel suo primo commento, non registrò quell'avvenimento per quel che era, cioè, una dura sconfitta, ma la giudicò come un grande passo in avanti verso la vittoria finale del proletariato.

Mr Doppio Vu. Peccato, veramente peccato, che il partito comunista in America sia così debole. Se invece di perdere tempo a Roma e a Berlino, o noiosissimo professor Pickup, fossimo andati a Mosca, probabilmente avremmo potuto ottenere da Stalin ch'egli aiuti a svegliare il comunismo americano. Come faccio a salvare l'America dal pericolo bolscevico, se questo pericolo non esiste?

Tommaso il Cinico. Non è mica detto che Stalin per nuocere alla maggiore potenza rivale della Russia, non abbia altra scelta che aiutare il partito comunista americano. Siate certo che non è tipo da avere scrupoli ad aiutare voi, beninteso, con la dovuta prudenza, appena si persuaderà dell'efficacia della vostra azione.

Mr Doppio Vu. Più che di rubli, al fascismo americano, vi ripeto, farebbe comodo un buon partito comunista alla tedesca.

Prof. Pickup. Intendete proseguire ancora per un po' questa gara di cinismo?

Mr Doppio Vu. No, non in tua presenza. Di che parlavamo precedentemente?

Tommaso il Cinico. Del necessario appoggio dei militari, al momento giusto.

Mr Doppio Vu. Sì, ma non potranno in seguito, al momento ingiusto, sbarazzarsi di me e prendere il mio posto?

Tommaso il Cinico. Certamente. Appena una lotta volge al successo, bisogna guardarsi dai propri alleati. Vale dunque la pena d'intrattenerci brevemente sul pericolo del colpo di stato militare. A mio parere, esso non può essere confuso con la dittatura totalitaria tipica del nostro tempo. Il pronunciamento militare è pertanto improbabile in un paese progredito. Il primo ostacolo che vi si oppone è che la diversità delle opinioni politiche esistenti nel paese si rispecchia anche nell'esercito. Sorgerebbe dunque il pericolo di sedizioni militari opposte. Inoltre v'è da aggiungere che una dittatura militare sarebbe del tutto incapace di trovare una soluzione, sia pure provvisoria, ai problemi politici e sociali che sono alla radice del disordine. Essa non può avere che la funzione puramente negativa di sospendere le lotte dei partiti e aspettare che gli spiriti si calmino per tornare al regime precedente, cioè una funzione meramente conservatrice e moderatrice. Ma se le difficoltà tra i politici non sono solo di carattere personale, se vi sono gravi questioni di carattere politico, economico, sociale da affrontare, allora la dittatura militare non serve a nulla. Essa non è neppure capace di adottare le soluzioni apparenti di cui si gloria il fascismo. In situazioni di emergenza i militari possono rilevare il potere dai civili mediante la dichiarazione legale dello stato d'assedio. È un provvedimento limitato, da non confondere col colpo di stato; anzi, talvolta vi si ricorre per sventare un colpo di stato.

La dittatura militare è invece più probabile in un paese socialmente arretrato, nel quale, cioè, non esiste una vera e propria borghesia moderna, oppure essa è debole, non organizzata, divisa in numerose clientele, mentre sussistono ancora notevoli residui feudali. L'esercito, attorno al suo stato maggiore, costituisce l'organismo politico più potente di tali paesi, il solo organismo centralizzato, con ramificazioni in tutto il territorio dello stato. In una congiuntura di disordini e d'impotenza delle vecchie cricche di politicanti, l'esercito può apparire, in tali paesi, come l'unica barriera contro la cosiddetta anarchia delle masse popolari e la corruzione dei "politicanti". Il colpo di stato militare ha molti aspetti in comune con una rivoluzione di palazzo: tra l'altro, una preparazione segreta e uno svolgimento rapido e facile. L'unico pericolo per i promotori d'un pronunciamento militare, sono le eventuali gelosie di generali concorrenti, mentre hanno ben poco da temere dai vecchi partiti politici. Una telefonata dalla caserma più vicina basta di solito per renderli ragionevoli.

Mr Doppio Vu. Codesto è uno schema che avrebbe bisogno di tante varianti, quanti sono i paesi in cui il pronunciamento si svolge.

Tommaso il Cinico. Torniamo perciò alla situazione in cui il ruolo dei militari politicanti è limitato a secondare l'operazione della trasformazione totalitaria dello stato. Per le ragioni dette, protagonista della trasformazione non può essere che un partito, sia pure un partito *sui generis*. Esso avrà bisogno di essere aiutato almeno da una parte degli ufficiali superiori dell'esercito, ma questi non potranno allontanarsi da una certa prudenza e oseranno schierarsi apertamente a fianco dell'aspirante dittatore solo quando l'esito della lotta apparirà deciso in suo favore. Poiché voi avete scelto come teatro della vostra carriera l'America del Nord e non l'America del Sud, avete meno da temere che qualche generale vi rubi il posto, ma anche meno da sperare che egli metta interi reggimenti a vostra disposizione. Voi potrete avere da lui consigli e informazioni. Potrete avere in regalo delle armi, la cui sparizione dagli arsenali militari sarà registrata come "furto d'ignoti". Potrete anche ricevere l'adesione individuale di molti militari per la formazione dei quadri dei gruppi terroristici, ma non di più.

Prof. Pickup. Finalmente avete ammesso l'esistenza di un comportamento idealistico. No, per favore, non vi rimangiate la concessione.

Tommaso il Cinico. Vi lascerò questo piacere. Ma non vorrei, per la chiarezza dei concetti, che le relazioni tra militari e fascisti venissero intese come tra benefattori e beneficati. Esse sono più complesse. I militari italiani che meglio aiutarono il fascismo nel suo sorgere, divennero diffidenti appena si avvidero per quali strade, in quale compagnia e con quale appetito il fascismo si avviava al potere. Pur continuando a collaborare, tra essi si stabilì ben presto una tensione di reciproca diffidenza, che, si può dire, non è mai cessata. L'intenzione di Hitler, al momento di gettare le fondamenta del nazionalsocialismo, era di marciare sulle orme della Reichswehr, di essere, in un certo modo, il suo propagandista e consigliere politico. Quando, lusingato dai primi successi, egli tentò di far strada per conto suo e di forzare la Reichswehr a seguirlo mettendola di fronte a fatti compiuti, la sua disillusione fu estrema. La Reichswehr rifiutò il suo appoggio. Il *putsch* del 1° maggio del 1923 e quello del 9 novembre dello stesso anno fallirono perciò miseramente, e per un momento Hitler pensò perfino al suicidio.

Prof. Pickup. I dissapori da voi ricordati mi sembrano piuttosto effetto di una differenza di temperamento. I militari professionali, si sa, sono calmi freddi prudenti, mentre il capo fascista è, per natura, romantico.

Tommaso il Cinico. Il tema merita un commento più serio. L'aspirante dittatore non sarà mai abbastanza messo in guardia contro i pericoli dei complotti e delle rivolte senza l'appoggio della polizia e dell'esercito. Tra l'uno e l'altro dei *putsch* tentati da Hitler nel corso del 1923, e il cui fallimento lo condusse fino all'orlo della disperazione, egli aveva ricevuto un memoriale del suo amico Scheubner-Richter in cui era esposto questo ammonimento alla prudenza: "La rivoluzione nazionale non può precedere l'assunzione del potere politico, al contrario, il possesso dell'apparato poliziesco dello Stato rappresenta la premessa della rivoluzione nazionale. In altri termini, bisogna che sia almeno tentato di avere in mano la forza di polizia dello Stato per vie apparentemente legali, pur ammettendo che le vie legali non escludono una pressione più o meno illegale... Il rischio sarà tanto minore, quanto più l'operazione sarà spinta dallo stato d'animo del popolo e quanto più essa sembrerà legale". Hitler non diede a quell'avvertimento l'importanza che meritava e non poté evitare alcune amare esperienze, che gli servirono per il resto della sua vita. Quando, dieci anni più tardi, nella primavera del 1932, i capi dei S.A. e principalmente Röhm tra essi, l'invitarono insistentemente a tentare una rivolta armata, egli rifiutò. La polizia, rispose, era ancora nelle mani dei suoi avversari. Più tardi, il nazionalsocialismo ha avuto la possibilità di applicare in Austria le due tattiche, quella della rivolta armata e quella dell'ultimatum politico preceduto dalla conquista interna delle posizioni essenziali dell'avversario. I risultati sono lì e non permettono più dubbi su quale delle due tattiche sia superiore all'altra. Mussolini (è un primato al quale, come italiano, rinunzierei volentieri) ebbe l'intuizione esatta di questa verità fin dall'inizio del suo movimento. Egli non pensò mai, seriamente, a una sollevazione armata, anche se, varie volte, per saggiare le reazioni degli avversari, lasciasse spargere al voce che i fascisti vi si preparavano. L'episodio celebre di Sarzana, in cui cinquecento militi fascisti, affrontati da otto carabinieri e tre soldati, presero la fuga, e inseguiti dalla popolazione, lasciarono una decina di morti e molte decine di feriti per i campi, o appesi agli alberi, o affogati nei corsi d'acqua, provò a tutti quelli che non ne erano ancora persuasi, che la forza reale delle squadre fasciste, senza l'appoggio della polizia e dell'esercito, era minima. Mussolini lo sapeva. Perciò egli rispose di no, senza esitare, all'invito che D'Annunzio gli rivolse da Fiume. A quelli che gli rimproverarono quel rifiuto, Mussolini rispose: "Io, personalmente, non ho mai scritto o fatto sapere a D'Annunzio che la rivoluzione, in Italia, dipendesse dal mio capriccio. La rivoluzione non è una *boîte à surprise* di cui si può far scattare la molla a piacere... La cronaca ci dice che le rivoluzioni si fanno con l'esercito e non contro l'esercito; con le armi e non senza le armi...".

Prof. Pickup. E la marcia su Roma? Come mettete d'accordo, signor Cinico, quell'insurrezione fascista in ogni città d'Italia e la marcia delle colonne in assetto di guerra verso Roma, che Mussolini ha esaltato come un pericoloso fatto d'armi, con le parole da voi ora citate?

Tommaso il Cinico. Di questo, se siete d'accordo, parleremo la prossima volta.

XIII

Sull'operazione piatto di lenticchie e il colpo di stato con l'assistenza delle autorità.

Prof. Pickup. Per quanto la propaganda avversaria cerchi di gonfiare le cifre delle vittime delle violenze fasciste, voi ammetterete, signor Cinico, che esse rimangono infinitamente al di sotto di quelle della rivoluzione bolscevica.

Tommaso il Cinico. Se vogliamo discorrere seriamente dobbiamo partire da una chiara distinzione tra un colpo di stato e una rivoluzione. È bene riservare il primo termine a un mutamento politico che non si presenti in opposizione all'ordine sociale esistente, i cui promotori, anzi, mettano un grande zelo nel proclamare di volerlo restaurare, riportandolo, in un certo senso, alle origini. Questo facilita, come abbiamo visto, l'adesione al colpo di stato di almeno una parte del vecchio apparato governativo, e la simpatia, o la passività del resto. Se poi, strada facendo, le conseguenze del colpo di stato andranno al di là dell'attesa generale, non credo che ciò sia sempre imputabile all'astuzia del dittatore. Il colpo di stato fascista o nazista si distingue a sua volta da quelli tradizionali sotto molti aspetti, ma, anzitutto, perché esso sincronizza il complotto al vertice con una forte pressione della piazza.

Prof. Pickup. La mia osservazione non voleva essere di natura sentimentale, ma una semplice ritorsione polemica. Altrimenti so anch'io che ogni passo della storia umana gronda di sangue e deploro che l'educazione delle scuole trascuri d'infondere nella coscienza dei giovani questa verità fondamentale. È ovvio che la stessa decadenza delle religioni moderne sia una conseguenza dell'abbandono dei sacrifici cruenti. Se le masse oggigiorno frequentano poco le chiese e assistono con indifferenza alle varie liturgie, è perché il sacrificio vi è solo simbolico. Dagli altari del Signore non si leva più il fumo delle vittime bruciate. L'incenso ne è un surrogato ridicolo. Dagli antichi sacrifizi è rimasto negli uomini l'oscuro sentimento che lo spargimento di sangue sia l'unico mezzo per placare l'ira delle potenze sovrannaturali e impetrare da esse la compassione. Il socialismo occidentale, dovreste riconoscerlo anche voi, ha avuto il torto di essere pacifista. Significa non capire nulla dei bisogni segreti dell'anima popolare il domandarsi: come si spiega che il fascismo e il bolscevismo conservino milioni di seguaci malgrado tanto spargimento di sangue? Non è questa una loro debolezza, ma la loro forza; intendo dire, la loro forza spirituale. I capi del movimento non lo nascondono e in tutte le occasioni solenni essi amano rievocare "i morti della rivoluzione", amano ricordare che il nuovo regime ha pagato il dovuto "prezzo di sangue" e che perciò è da considerarsi in regola.

Tommaso il Cinico. Il numero dei fascisti italiani caduti dal 1919 al 1926 in conflitti politici è stato di circa quattrocentocinquanta. Per lo stesso periodo di tempo, il numero di morti antifascisti è stato di circa duemila. Poiché si tratta di vite umane, ambedue le cifre sono cospicue; ma perché la propaganda fascista sente il bisogno di amplificare il numero delle vittime del proprio partito e usa parlare in ogni occasione di "migliaia di martiri fascisti"? Non credo che con quella ripetuta menzogna essi si propongano di ingannare gli dèi.

Mr Doppio Vu. M'interesserebbe ascoltare la vostra versione della marcia su Roma.

Prof. Pickup. A quale fine? Nessuno di noi s'intende di questioni militari.

Tommaso il Cinico. Ma un'insurrezione, illustre professore, è sempre, in primo luogo, un'operazione politica, e solo subordinatamente un'operazione militare. In quanto poi al colpo di stato fascista, esso è stato in primo luogo un'operazione politica, accompagnata da dimostrazioni e parate di carattere militare. L'uso della violenza era stato indispensabile al fascismo per terrorizzare i socialisti e i democratici nel paese. Una volta però al termine di quell'opera, gli riuscì facile sloggiare dai posti di comando dello stato i superstiti della vecchia classe politica che vi si tenevano ancora aggrappati. Spetta all'abilità dell'aspirante dittatore mascherare la capitolazione senza lotta dei vecchi politici in una brillante operazione militare e presentarsi all'opinione pubblica come un Cesare redivivo. La mistificazione sarà tanto più facile in quanto la finta insurrezione del fascismo si svolge nell'atmosfera di ansietà e di panico che ricorda da vicino le insurrezioni autentiche.

Nella sua "Lettera ai compagni" dell'ottobre 1917, Lenin definì in questi termini le condizioni che rendono possibile una insurrezione: dev'essere manifesta l'incapacità delle classi dirigenti a governare; dev'esservi un'ostilità generale e furibonda contro l'ordine stabilito; e, per un'insurrezione comunista, le classi medie devono mostrare di simpatizzare col movimento degli operai rivoluzionari. Trotzkij ha definito l'atto risolutivo dell'insurrezione "un colpo di pugno a un paralitico". Ma le vere insurrezioni non si limitano ad abbattere il vecchio governo impotente. Esse fanno anche a pezzi il suo apparato statale, lo sostituiscono con uno nuovo e sconvolgono i rapporti sociali e politici tra i cittadini. Il fascismo invece opera il suo colpo di stato con l'assistenza delle stesse autorità che l'hanno già aiutato a terrorizzare il paese. Infine, la fatidica marcia del capo sulla capitale può avere luogo in vagone-letto.

Mr Doppio Vu. Mi sembra una storia di fumetti. Badate, non intendo mica disprezzarla, io adoro i fumetti.

Tommaso il Cinico. No, intendevo stabilire che, nella congiuntura generale favorevole all'insurrezione, l'aspirante dittatore dovrà giocare più d'astuzia che di forza. Su tre argomenti vorrei adesso richiamare in modo speciale la vostra attenzione. Il primo concerne la necessità di rassicurare le forze economiche fondamentali del paese, in vista appunto del colpo di stato.

Mr Doppio Vu. Intendete riferirvi alla massima che in lingua francese suona "L'argent fait la guerre"?

Tommaso il Cinico. È un corollario di quello che vi sto per dire.

Mr Doppio Vu. Non preoccupatevene. Saprò bene provvedere da me.

Prof. Pickup. Mio caro, tu mi sorprendi. Le tue risorse finanziarie si limitano a oblazioni di compagnie semilegali o completamente illegali che gestiscono locali per giuochi d'azzardo, case di prostituzione, botteghini per scommesse. Tu dimostri di non avere un'idea di quello che può costare un colpo di stato.

Mr Doppio Vu. La premessa è quella ricordata dal signor Cinico e minutamente descritta nelle conversazioni precedenti: una congiuntura generale favorevole al colpo di stato. In una tale situazione, non ho il minimo dubbio sull'atteggiamento degli uomini d'affari nei miei riguardi.

Prof Pickup. Ti riferisci anche ai grandi uomini d'affari, la cui prudenza è proverbiale?

Mr Doppio Vu. Punto giustamente sul loro spirito di prudenza. Uno dei personaggi più importanti della nostra industria zuccheriera ha recentemente dichiarato, nel corso d'un processo, a Washington, che la sua società sosteneva in ogni stato il partito di maggioranza, qualunque fosse. Gli fu contestato: E in caso d'incertezza? In quei casi, rispose, finanziamo i due partiti. Vi ripeto dunque che, in una situazione a me propizia, non è il modo di trovare denaro che mi preoccupa.

Tommaso il Cinico. Ancora una volta, mi sento mortificato di dare lezioni a un maestro.

Mr Doppio Vu. Avevate in mente di toccare tre argomenti.

Tommaso il Cinico. Il secondo può definirsi l'operazione

del piatto di lenticchie. Essa riguarda il comportamento dell'aspirante dittatore verso il vecchio personale politico dirigente. Sono in genere uomini furbi, incalliti negli intrighi di ogni genere, i quali ritengono di avere una specie di diritto di primogenitura sul potere. L'intelligenza li avverte che la loro epoca è finita, ma non vi si rassegnano. Allo stesso modo come un malato grave, alcune ore prima di entrare in agonia, dà segni di miglioramento, chiede da bere e da mangiare, riconosce i parenti e mostra tutti quegli altri sintomi illusori che le vecchie contadine chiamano "il miglioramento della morte"; così un regime che ha i giorni contati, sentendo avvicinarsi la fine, brucia le ultime cartucce che gli restano, moltiplica le manovre le offerte gli intrighi le minacce ed è preso da un'euforia ingannevole. I giornalisti "bene informati" lanciano allora notizie rassicuranti: "di fronte all'energia del governo, il pericolo del colpo di stato è definitivamente scartato", "la minaccia del governo di Roma d'impiegare l'esercito contro le camicie nere induce Mussolini a rinunziare alla marcia su Roma", "il ministero Schleicher, appoggiato da Hindenburg, dalla Reichswehr e dai sindacati socialisti, chiude al nazionalsocialismo ogni via per arrivare al potere", "il plebiscito indetto da Schuschnigg consacrerà in modo duraturo l'indipendenza dell'Austria...". Un vero uomo politico però, il quale abbia della politica l'esperienza che ogni vecchia contadina ha del nascere e del morire, si avvede subito che tutto quell'affannarsi è da attribuirsi al miglioramento fittizio che precede di poco la morte.

Prof. Pickup. Mi permette che io le suggerisca, per caratterizzare quel fenomeno, l'immagine poetica del canto del cigno?

Tommaso il Cinico. In Italia abbiamo avuto anche quello. Nell'illusione di arrestare il corso degli avvenimenti, alcuni vecchi politicanti, alla vigilia della marcia su Roma, ricorsero infatti al poeta D'Annunzio, la cui natura si avvicinava di molto, com'è noto, a quella del cigno. Poiché c'era la possibilità di fare un gran discorso, D'Annunzio naturalmente accettò. Era convenuto che egli avrebbe dovuto mettersi alla testa d'un movimento di ex-combattenti "per la conciliazione nazionale" e il poeta ne curò personalmente la messa in scena. Nello stesso tempo, negli ambulacri della Camera dei deputati, non per nulla chiamati "corridoi dei passi perduti", venivano sperimentate tutte le combinazioni ministeriali possibili atte a intimorire, ammansire o sedurre Mussolini. Né mancarono fascisti i quali facevano pressioni perché si accettasse un compromesso, nel timore che più tardi potesse essere troppo tardi.

La stessa situazione si ebbe nel 1932, in Germania, quando un'ala del nazionalsocialismo, condotta da Gregor Strasser, pretese che il movimento fosse già arrivato nella sua curva discendente e convenisse di partecipare subito, in minoranza, in un ministero di coalizione. Hitler saggiamente rifiutò, come pochi mesi prima aveva, per l'ultima volta, respinto i suggerimenti di Röhm e dei capi dei S.A. per un *putsch* immediato.

Mr Doppio Vu. Adesso è facile stabilire chi tra quelli avesse torto e chi ragione. I fatti però potevano svolgersi anche altrimenti.

Tommaso il Cinico. Quando le cose saranno arrivate a quel punto, solo la vostra insipienza può tutto compromettere. Sulle chiacchiere dei vecchi politici non dovete farvi illusioni. Ognuno di essi spera di salvare sé stesso sacrificando gli amici. Non siate impaziente, né brutale, né pietoso con essi. Fate finta di ascoltarli e lasciateli nell'incertezza. Offerte di collaborazione vi arriveranno dalla loro parte; varie forme di coalizioni vi saranno proposte, piani di rinnovamento nazionale, progetti di cartello tra i gruppi affini e comitati di salute pubblica presieduti da personalità neutre saranno escogitati. Voi farete finta di prendere in considerazione ogni proposta, ma la criticherete nei particolari. Quando un progetto sarà modificato nel senso da voi richiesto, dichiarerete che nel frattempo la situazione si è modificata e avanzerete altre pretese. In ogni gruppo alimenterete l'illusione che, nel prossimo e inevitabile colpo di stato, esso sarà il solo a salvarsi. Si vedranno allora vecchi e rispettati *leaders* parlamentari condannare pubblicamente "ogni opposizione di principio al fascismo", di cui vanteranno "la gioventù e il dinamismo". Nessuno oserà più contestarvi il diritto di accedere al governo. Si discuterà unicamente sulla data, sul modo, sui collaboratori. L'avversione degli antifascisti irriducibili sarà condannata dai più come servizio allo straniero. I vecchi capi politici assueferanno l'opinione pubblica all'idea dell'utilità della partecipazione dei fascisti al potere. Voi rifiuterete ogni proposta, senza però allontanare dalle loro narici frementi il piatto di lenticchie della coalizione.

Prof. Pickup. Voi credete che quelle vecchie volpi si lascieranno così facilmente mettere in gabbia?

Tommaso il Cinico. Sì, essi sono giocatori politici espertissimi; alcuni di essi sono anche bari notori; ma il gioco che essi conoscono alla perfezione è quello parlamentare, mentre ignorano le leggi crudeli dell'ingranaggio del colpo di stato. L'aspirante dittatore giocherà con essi come il gatto coi sorci. Volete un modello? Nel novembre 1849 Luigi Bonaparte dichiarò che si sarebbe contentato di un governo di non parlamentari; nel gennaio 1851 gli bastava un governo extraparlamentare; l'11 aprile pretese un ministero antiparlamentare. Preferite un esempio più recente? A fine gennaio 1933, alla vigilia delle elezioni tedesche, Hitler diede solennemente la sua parola d'onore di mantenere al loro posto i ministri in carica, qualunque fosse il responso elettorale. Il colpo del 27 febbraio creò una situazione in cui quella promessa perdette ogni valore. Nelle sedute del gabinetto Hitler-Hugenberg, ha raccontato Goebbels, si cessò dal discutere e dal votare, Hitler decideva per tutti. Nel giugno Hugenberg fu rimandato a casa. Il suo piatto di lenticchie era finito. Una sorte più penosa aveva avuto nel frattempo la socialdemocrazia. Nell'illusione di salvare il partito dallo scioglimento, il suo capo Otto Wels, si era dimesso il 30 marzo dall'esecutivo dell'Internazionale socialista, che aveva votato una mozione di condanna del regime hitleriano. Il 27 aprile il partito fece un nuovo tentativo di sopravvivere, nominando una nuova direzione e ammonendo i soci a continuare la propria attività solo nei limiti delle nuove possibilità legali. Non servì a nulla. Il 10 maggio Göring fece occupare tutte le sedi e le redazioni socialdemocratiche. Come se non bastasse, il gruppo parlamentare socialdemocratico si abbassò fino ad approvare, il 17 maggio, al Reichstag, un discorso di Hitler sulla nuova politica estera della Germania. Prima del discorso i deputati erano stati avvertiti che un voto contrario comporterebbe un rischio mortale. Diedero il voto favorevole, ma il rischio rimase.

Mr Doppio Vu. Il terzo argomento?

Tommaso il Cinico. Mi tocca fare un passo indietro. Nella penultima scena dell'ultimo atto del colpo di stato si scopre regolarmente un complotto, o avviene un attentato, che riempie di orrore l'intera nazione e spalanca le porte al *happy end.*

Prof. Pickup. La Provvidenza è sempre così puntuale?

Tommaso il Cinico. L'arte dei complotti e attentati è piuttosto delicata e non può essere lasciata al caso. I complotti e attentati meglio riusciti sono naturalmente quelli che prepara la polizia. Basterebbero essi a giustificare l'esistenza della benefica istituzione. Ma spetta all'aspirante dittatore saperne sfruttare immediatamente gli effetti. In linea di massima, il complotto o attentato più efficace è quello in cui il "nemico interno", avversario inconciliabile della proprietà, della fede e dei buoni costumi, si rivela in combutta col "nemico ereditario d'oltre frontiera".

Prof. Pickup. Voi dimenticate che da noi non c'è un vero pericolo comunista.

Tommaso il Cinico. Tanto meglio. Un complotto artificiale, ben montato, ha tutti i vantaggi e nessuno degl'inconvenienti del complotto autentico. D'altronde, neppure in Italia nell'ottobre del 1922, e in Germania nel marzo del 1933, esisteva il pericolo di una insurrezione comunista; ma Mussolini e Hitler seppero crearlo e subito sfruttarlo. Anche in seguito essi lo hanno ricreato e risfruttato ogni volta che a loro ha fatto comodo. La "salvezza della patria da un pericolo imminente" è un'operazione a tal punto decisiva nella tecnica d'ogni colpo di stato, che sarebbe un'imperdonabile leggerezza da parte mia se non vi insistessi.

Per citare esempi storici v'è solo l'imbarazzo della scelta. Lo stesso schema vale per qualsiasi tipo di colpo di stato: bonapartista, militare, fascista e, beninteso, anche antifascista. Napoleone Bonaparte fece occupare dalle sue truppe la sala del Consiglio dei Cinquecento e si fece nominare console "per liberare la maggioranza da un pugno di traditori al servizio dell'Inghilterra". Per trasferire i Consigli da Parigi a Saint-Cloud e facilitare il colpo di stato, fu però necessario mostrare la repubblica in pericolo: di ciò venne incaricato il presidente Sieyes. La sera del 24 dicembre 1800, mentre Napoleone, già Primo Console, si recava al teatro dell'Opera, una macchina infernale scoppiò vicino alla sua vettura. La polizia incolpò i giacobini, di cui cinque furono fucilati e 98 deportati alla Guiana. Il 9 marzo 1804, altro tentativo di attentato, scoperto dalla polizia prima che fosse eseguito. Napoleone ne approfittò per far fucilare il duca d'Enghien, assieme ad un certo numero d'altri avversari politici. Questo facilitò la proclamazione dell'Impero. La Restaurazione, bisogna riconoscerlo, non fu da meno. Basta ricordare i complotti della "Spilla nera" e dei "Patristi del 1816".

Il vedere come vecchi trucchi, cento volte smascherati, continuino facilmente a trarre in inganno l'opinione pubblica, lascia veramente bene sperare per gli aspiranti dittatori. La grande massa, quest'è la verità, è un bestione senza memoria. Nel luglio del 1921, in polemica con gli estremisti del suo partito, Mussolini scrisse che in Italia non esisteva più un pericolo comunista: "Pretendere che in Italia esista ancora un pericolo bolscevico, significa avere una falsa preoccupazione della realtà. Il bolscevismo è vinto". Ma l'anno seguente il pericolo comunista gli servì di pretesto per il colpo di stato.

Bisogna però riconoscere ai tedeschi il genio di saper dare a ogni espediente la sua forma sistematica, non lasciando nulla all'imprevisto e all'improvvisazione. Il colpo di stato di Hitler è stato concepito e portato a termine con la precisione e freddezza che sono alla base dell'arte militare prussiana. "Il complotto comunista" è stato posto come chiave di volta del piano strategico. Nelle "Memorie" di Röhm se ne trovava una confessione anticipata. Parlando delle azioni militari delle S.A. per l'eventuale conquista del potere, egli avvertiva: "Queste azioni devono essere mascherate dalla propaganda del Partito con una violenta sollevazione dei comunisti". L'avvertimento fu ascoltato e messo in pratica appena la situazione apparve matura.

Prof. Pickup. A Berlino ci è stato assicurato che nel febbraio del 1933 la polizia scoprì nei sotterranei della casa "Karl Liebknecht" quintali di materiale cospirativo, provante che i comunisti preparavano una rivolta per i giorni seguenti.

Tommaso il Cinico. Da allora, e sono passati vari anni, non è ancora avvenuta la pubblicazione di quelle prove, né alcun tribunale tedesco le ha mai esaminate. A dir vero, sarebbe anche superfluo, poiché quella pesante quantità di materiale sequestrato non comprendeva che collezioni di libri riviste giornali, già noti al pubblico e non solo tedesco. Suppongo che anche alla vostra polizia, al momento propizio, non sarà difficile scoprire depositi di libri sospetti.

Mr Doppio Vu. La Libreria del Congresso ne rigurgita. Quale prova più convincente, per i semplici cittadini, del tradimento della nostra vecchia classe dirigente?

Prof. Pickup. Se gli avversari domanderanno la pubblicazione di quelle prove?

Tommaso il Cinico. Potreste anche accettare la sfida. La quantità di materiale di accusa vi dispenserà, si capisce, da una riproduzione integrale. Non è difficile di far dire a qualsiasi libro quel che fa comodo, prendendo qua e là frasi staccate e mettendole abilmente assieme. Neppure la sacra Bibbia si salverebbe. Voi certamente già conoscete il celebre motto: "Datemi una sola frase di un libro, e v'impiccherò l'autore". Con la stessa facilità potrete motivare la soffocazione delle libertà di stampa. Non altrimenti ha proceduto Stalin per liquidare le varie opposizioni interne, mediante i suoi famosi processi, montati su accuse di complotti orditi dalla polizia. Lo sterminio di migliaia di oppositori dopo l'assassinio ammaestrato di Kirov a Leningrado costituisce, da solo, un piccolo capolavoro.

Creare un complotto però non serve a nulla, se esso non è sfruttato nel giro di poche ore, senza perdere un solo minuto di tempo, e approfittando della sorpresa degli avversari. Secondo la situazione, la "scoperta del complotto" può servire a precipitare la presa del potere da parte dell'aspirante dittatore, oppure a trasformare in dittatura personale il governo di salute pubblica in cui egli partecipa. Due condizioni importanti non sono da dimenticare: la "scoperta del complotto" deve aver luogo nella capitale, o nelle sue vicinanze, e presuppone che la direzione della polizia sia già nelle mani del partito fascista. La denunzia del "complotto" però, da sola, non sempre basta. Può essere utile rafforzare l'efficacia mostrandolo già in via di svolgimento e attribuendo ai cospiratori qualche attentato mostruoso tale da far inorridire ogni onesto cittadino, suscitando nel paese un'atmosfera di pogrom contro il "nemico interno" e l'invocazione di un dittatore dal pugno di ferro, capace di liberare il paese da quella canaglia.

Prof. Pickup. Ora ci indicherete come esempio l'incendio del Reichstag.

Tommaso il Cinico. L'idea era stata eccellente, ma l'esecuzione fu in molti punti difettosa. Permettetemi di mettervi in guardia contro gli stessi errori. È certamente opportuno di coinvolgere nell'attentato qualche straniero, possibilmente uno slavo, o almeno un uomo coi capelli rossi, per mostrare nell'attentato la "mano della quinta colonna". Ma evitate di accusare un vero oppositore, indurito nell'emigrazione e dalle persecuzioni poliziesche. È inevitabile, in caso d'incendio, che siano avvertiti i pompieri; ma la polizia dovrà impedire ch'essi arrivino troppo presto e facciano scoperte sgradevoli sulle origini dell'incendio. Non c'è nessuna garanzia che gli individui incaricati della montatura dell'attentato, non raccontino poi ai loro amici la propria bravura; perciò è indispensabile farli sparire dalla circolazione, subito dopo. Se un processo sul complotto e sull'attentato non può evitarsi, è almeno indispensabile affidarlo a un tribunale speciale, capace di eliminare preventivamente gli accusati i testimoni e gli avvocati indocili e assicurare ai dibattiti il carattere educativo di un comizio contro il "nemico interno" e la "mano dello straniero".

I processi politici di Mosca potranno servirvi come esempi perfetti di amministrazione della giustizia al servizio della propaganda. Ma con tutti questi avvertimenti non vorrei scoraggiarvi; essi riguardano solo dei particolari. L'essenziale, nel momento in cui tutto il paese è inorridito alla notizia dell'attentato, è di non perdere un minuto per assicurarsi i pieni poteri. Il ricordo di quegli istanti dà un accento epico a tutti i cronisti del nazionalsocialismo. Nel suo diario Goebbels ha notato: "Finalmente vivere è di nuovo un piacere". Arrivato sul posto dell'incendio, Hitler esclama rivolgendosi al cattolico von Papen che gli stava a fianco: "Questo è un segno di Dio. Nessuno ora ci impedirà di distruggere i comunisti con pugno di ferro".

Mr Doppio Vu. Per conto mio, alle vostre aggiungerei una mia critica. In una situazione di assoluto discredito del parlamentarismo, non poteva essere dato alle fiamme un edifizio più vicino al cuore delle masse?

Tommaso il Cinico. Mi congratulo con voi, Mr Doppio Vu. Il problema da risolvere è proprio quello da voi indicato; è un problema di psicologia delle masse. Abbiamo visto intere nazioni rimanere indifferenti all'annunzio di grandi massacri umani e commuoversi per la sorte d'un innocente condannato a morte. Non bisogna credere che gli attentati più impressionanti siano quelli che provocano un maggior numero di vittime. Molti amici e sostenitori della Comune di Parigi, i quali difesero e giustificarono le misure più energiche di quel governo d'eccezione, non riuscirono a perdonargli il tentativo di abbattere la colonna Vendôme. Victor Hugo, il quale come poeta condivideva le debolezze sentimentali del popolo, definì, quell'atto superfluo e innocuo, "un delitto di lesa nazione", e ne serbò a lungo rancore ai comunardi anche dopo la loro sanguinosa disfatta.

Mr Doppio Vu. L'esempio della colonna Vendôme mi suggerisce dei progetti. Che ne diresti se lasciassi rubare dalla "quinta colonna" la bara che racchiude i resti del

Milite Ignoto? E se riservassi a me l'onore di ritrovarla in qualche grotta, in un paesaggio montagnoso? Oppure, se facessi saltare in aria, attribuendone la colpa alla stessa "quinta colonna", la statua della Libertà ch'è all'entrata del porto di New York? A dirla tra di noi, quella statua mi ha dato sempre ai nervi.

Tommaso il Cinico. Sono idee degne di essere studiate. La prima avrebbe il vantaggio di permettere di camuffare la vostra marcia su Washington in un immenso corteo patriottico organizzato col pretesto di riaccompagnare le ceneri del Milite Ignoto alla sua tomba ufficiale. La seconda offrirebbe la possibilità di far coincidere la soppressione delle istituzioni democratiche e delle libertà politiche con la restaurazione della statua della Libertà. Se ne potrebbe ricavare anche un bel titolo "Mr Doppio Vu, Restaurator Libertatis", che potrebbe adornare il ritratto del dittatore sulle nuove emissioni di carta moneta e di francobolli.

Prof. Pickup. Prima di parlare delle modificazioni grafiche da apportare ai francobolli, bisogna esaurire, io penso, il tema del colpo di stato. L'esperienza prova che le manovre politiche che voi, signor Cinico, ci avete illustrate, non sempre bastano ad afferrare il potere. Per arrivarvi, bisogna talvolta far marciare legioni armate contro la capitale e affrontare le forze fedeli al governo.

Tommaso il Cinico. L'atto finale del colpo di stato (è il terzo argomento di cui intendevo parlarvi) è una sfilata militare. Essa però non ha che una funzione intimidatrice sugli avversari ancora esitanti e sulle istanze costituzionali del paese, e non una funzione bellica. È una dimostrazione di forza che deve rendere superfluo l'impiego della forza. Vari autori hanno voluto vedere una differenza tra il colpo di stato di Mussolini e quello di Hitler nel fatto che in Italia la sfilata delle truppe fasciste avrebbe avuto luogo prima della nomina di Mussolini a capo del governo, mentre in Germania dopo; ma non è esatto.

Le camicie nere entrarono e sfilarono a Roma solo dopo che Mussolini era stato ricevuto dal re e incaricato della formazione del nuovo ministero. Se in Italia fu preventivamente necessario, per intimidire il governo democratico, la mobilitazione delle camicie nere e la messa in scena d'una marcia su Roma, bisogna tener conto che Mussolini si trovò di fronte al problema del potere appena due anni dopo la fondazione dei fasci. Mentre Hitler vi arrivò dopo dodici anni, quando la demoralizzazione degli avversari era più avanzata e le S.A. erano state già riconosciute dal regime "democratico" come truppe ausiliarie di polizia. In ambedue i casi però il cambiamento di governo procedé formalmente sui binari della legalità.

Prof. Pickup. In Ispagna, nel luglio del 1936...

Tommaso il Cinico. In Ispagna non vi è stato colpo di stato d'un partito politico, ma una sedizione militare, congiunta a un intervento di potenze estere.

Mr Doppio Vu. Anche a mio modo di vedere, l'esempio spagnuolo esce fuori dal nostro tema. Malgrado la presenza di volontari, quella è stata una piccola guerra tra eserciti regolari. Tuttavia, chi può garantire che negli altri paesi il colpo di stato trascorra così liscio come in Italia e in Germania?

Tommaso il Cinico. Avete ragione, in ogni impresa può nascondersi l'imprevisto. Sapendo questo, Mussolini esitò fino all'ultimo momento. Quando si decise a ricorrere alla minaccia armata, non trascurò di prendere le precauzioni necessarie per salvarsi in caso d'insuccesso. Egli non concepì la marcia su Roma come un movimento anticostituzionale. Italo Balbo ha reso conto, nel suo "Diario", della riunione dei capi del movimento fascista che il 16 ottobre 1922 decise la marcia sulla capitale. Fu stabilito come scopo dell'impresa di "forzare il governo a rinunziare al potere e spingere la Corona a formare un ministero fascista". La portata illegale dell'operazione in questo modo era ridotta al minimo. In quella riunione Mussolini domandò ai presenti se ritenessero che le forze militari del fascismo fossero in grado di marciare su Roma. Il gen. De Bono e De Vecchi risposero negativamente e i loro argomenti non furono da nessuno confutati. Se venne deciso tuttavia di marciare su

Roma, fu per una serie di ragioni politiche. "Se noi non tentiamo immediatamente il colpo di stato, dichiarò Balbo, in primavera sarà troppo tardi." Infatti, non c'era tempo da perdere. Solo impadronendosi dello stato, il fascismo poteva mantenere attorno a sé le masse dei suoi partigiani. In circostanze analoghe ha agito il nazionalsocialismo. Considerando con attenzione i colpi di stato vittoriosi degli ultimi decenni, essi ci appaiono svolgersi tutti alla sommità d'una parabola: il partito fascista, arrivato al massimo della sua potenza, sembra oscillare sul da farsi e infine è costretto a decidersi in fretta e furia, scorgendo i primi sintomi della parabola che sta per capovolgersi. L'uomo politico esperto si rivela nel colpo d'occhio col quale riconosce quei momenti decisivi e nella freddezza con la quale si adatta alle loro esigenze. Le esitazioni di Mussolini erano causate dall'incertezza sull'atteggiamento del re, che avrebbe determinato a sua volta la condotta dello stato maggiore dell'esercito. Quando le garanzie date da Mussolini sul rispetto della forma costituzionale dello stato non sembravano ancora sufficienti, il generale Badoglio aveva dichiarato: "Cinque minuti di fuoco e il fascismo crollerà". In quell'affermazione non v'era millanteria. Mussolini ne era persuaso prima d'ogni altro. "Noi non crediamo che le losche intenzioni del generale Badoglio si realizzino, egli scrisse nel suo giornale. L'esercito nazionale non marcerà contro l'esercito delle camicie nere, per la semplice ragione che i fascisti non marceranno mai contro l'esercito nazionale, per il quale nutrono il più alto rispetto e un'ammirazione infinita." Furono dunque messi in opera tutti i mezzi per guadagnare le simpatie del re alla causa fascista, e i risultati furono incoraggianti. Il 24 ottobre, nelle istruzioni elaborate a Napoli per la marcia che doveva cominciare quattro giorni dopo, fu stabilito: "Nel caso in cui s'incontrasse una resistenza armata da parte del governo, evitare il più possibile di urtarsi alle truppe, verso le quali bisogna manifestare dei sentimenti di simpatia e di rispetto". Vi erano dei reggimenti comandati da ufficiali fascisti, ma fu deciso di non servirsene, per non costringere a prendere contromisure gli eventuali elementi fedeli al governo. Per vincere in un paese disarmato bastava al fascismo che l'esercito rimanesse neutrale. Per ogni eventualità, Mussolini nominò alla direzione del movimento "insurrezionale" un comitato militare segreto, dal quale egli, non sapendo come andassero a finire le cose, rimase prudentemente fuori. Il comitato militare, per dirigere le operazioni, prese stanza a Perugia, mentre Mussolini rimase a Milano, a un'ora dalla frontiera svizzera.

Mr Doppio Vu. In America sarebbe difficile varare un complotto segreto. Non a causa della polizia, ma dei giornalisti.

Tommaso il Cinico. Il segreto della marcia su Roma era come quello di Pulcinella, scritto sui muri della città. D'altronde è impossibile mettere in movimento delle masse e conservare il segreto. Anche nei movimenti insurrezionali seri, l'elemento sorpresa è, nella nostra epoca, ridotto al minimo. Un'insurrezione riesce quando è attesa dalla maggioranza del popolo come inevitabile e necessaria. Solo le particolarità tecniche del movimento possono e debbono essere tenute nascoste. Mussolini non ebbe questa preoccupazione. Già alcune settimane prima della marcia su Roma, egli poté esporre sul suo giornale i presupposti geografici e strategici di essa. L'idea della marcia insomma era nell'aria; tutti ne parlavano. "Non si può, quando si vuol dare l'assalto allo stato, arrestarsi alla piccola congiura che resta più o meno segreta fino all'ultimo minuto", scrisse Mussolini alla fine di settembre. "Noi dobbiamo dare degli ordini a delle centinaia di migliaia di persone e sarebbe una presunzione e una speranza delle più assurde di pretendere di conservare il segreto." Devo leggervi quello che Marx scrisse sul colpo di stato di Luigi Bonaparte? "Il colpo di stato era l'idea fissa di Bonaparte. Con quella idea egli aveva rimesso piede sul suolo francese. Egli ne era talmente posseduto, che continuamente vi accennava e ne discorreva. Ed egli era così debole, da lasciarla sempre di nuovo cadere. L'ombra del colpo di stato, come uno spettro, era diventata ai parigini così familiare, che non vi si voleva più credere, quando finalmente apparve in carne e ossa. Non fu dunque né la chiusa riservatezza del capo della Società del Dieci Dicembre, né l'imprevisto rovescio dell'assemblea nazionale che lasciò riuscire il colpo di stato. Se riuscì, fu malgrado le indiscrezioni e la sorpresa, il risultato necessario e inevitabile dello sviluppo precedente."

Prof. Pickup. A Roma ci è stato mostrato un film sulla marcia delle legioni fasciste verso Roma, il 28 ottobre 1922. A dire la verità, esso ci ha lasciato una forte impressione.

Tommaso il Cinico. Voi siete americani e credete ancora al cinema? La realtà fu molto più modesta. Il piano militare fascista si svolse in tre direzioni: nelle città industriali, Torino Milano Genova Trieste, e nell'Italia meridionale, le squadre fasciste si tennero nella difensiva; nell'Italia centrale e in tutta la Valle del Po, i fascisti s'impadronirono del potere locale senza incontrare alcuna resistenza, anzi aiutati dalle autorità militari e di polizia; da quest'ultime regioni furono fatte partire tre colonne col compito di accamparsi a una certa distanza da Roma. Esse contavano circa quattordicimila uomini, di cui solo una parte armati di fucili e rivoltelle; le colonne non disponevano di mitragliatrici, né di cannoni o di aeroplani. Esse non disponevano neanche di tende, né di viveri. Sarebbero stati sufficienti un paio di aeroplani da bombardamento per decimarle e metterle in fuga. Invece il maggiore disturbo sofferto da quei valorosi fu la pioggia. Le poche comunicazioni che riuscirono a scambiarsi i comandanti delle tre colonne (e che più tardi sono state pubblicate) non parlavano che della pioggia. Uno dei comandanti, Igliori, scrisse al suo collega più prossimo, Bottai, che, essendogli impossibile rimanere in aperta campagna con la pioggia, egli si vedeva costretto a entrare in Roma per riparare i suoi militi dall'umidità. Bottai (ch'era al coperto) gli rispose raccomandandogli di avere pazienza e di non disturbare, con una entrata intempestiva a Roma, le trattative politiche in corso tra il re e i rappresentanti del fascismo. Il 30 ottobre, Mussolini, chiamato dal re, partì da Milano per Roma, in vagone-letto. Quella sera stessa fu dato il permesso, alle squadre fasciste più inzuppate, di entrare nei quartieri periferici di Roma per rifocillarsi e asciugarsi gli abiti. Il giorno dopo, la notizia della nomina di Mussolini a capo del governo si diffuse in tutto il paese, e solo allora le squadre fasciste cominciarono ad accorrere verso la capitale, anche dalle province più lontane, per sfilare davanti al duce, al re e agli operatori cinematografici.

Prof. Pickup. Si sa, agli occhi dei contemporanei la cronaca è spesso meschina. Vi sono avvenimenti che mostrano la loro nobiltà solo contemplati alla distanza di secoli. Come fu giudicata, dai critici militari dell'epoca, l'occupazione di Gerico da parte di Giosuè? Forse non in modo lusinghiero. Ma a noi essa ci è stata tramandata come un miracolo. Per sette volte suonarono attorno alle mura della città assediata le trombe di sette preti incaricati da Giosuè. Quando la liturgia fu adempiuta, Giosuè comandò ai suoi militi: Gettate grida di guerra. A quelle grida caddero le mura che cingevano la città. La quale fu subito invasa e saccheggiata. La sola persona che fu rispettata fu la prostituta Rahah, perchè aveva segretamente albergato i messaggeri di Giosuè.

Tommaso il Cinico. Nel colpo di stato fascista la generosa signora Rahah è rappresentata dal parlamento.

XIV

Sul consenso plebiscitario, la compenetrazione stato-partito e l'allevamento intensivo di capri espiatori.

Mr Doppio Vu. Permettete, signor Cinico, che sia io, questa volta, a proporre dati. Un anno prima dell'avvento del nazismo al potere, nelle elezioni presidenziali del 10 aprile 1932, Hitler soccombé con 13 milioni di voti contro ben 19 milioni dati a Hindenburg. Nelle stesse elezioni del marzo 1933, il partito nazista raccolse solo il 43,8% dei voti. Potete indicarmi dove siano andati a finire quei milioni di avversari del nazismo?

Tommaso il Cinico. La minor parte di essi è ora nei campi di concentramento, in esilio, o nella cosiddetta emigrazione interna, con la quale si usa indicare la non collaborazione col regime e il ritiro a vita privata; la maggioranza invece si è accodata al carro del vincitore.

Mr Doppio Vu. Come spiegate il comportamento della maggioranza?

Tommaso il Cinico. Vedo che oggi vi divertite a pormi domande retoriche. Non sapete che il potere crea facilmente il consenso? A ciò si aggiunga che quelle masse erano state educate dai loro capi democratici a obbedire senza discutere.

Mr Doppio Vu. Quest'è bella. Pretendereste che dei capi politici educhino i loro seguaci a pensare con la propria testa? Andrebbero contro i propri interessi. E poi la massa non può che ubbidire. Prenderla a pretesto per giustificare la molteplicità dei partiti è una finzione. Le divisioni politiche giungono alla massa dal di fuori. Infatti, come ci dimostrano i paesi di dittatura, la massa può benissimo farne a meno.

Prof. Pickup. Il problema è semplice, ci ha detto Bernard Shaw che abbiamo incontrato a Stresa dove si trova in villeggiatura. Si tratta di voltare le spalle alle piccole minoranze di uomini di partito, liberali repubblicani sindacalisti bolscevichi anarchici liberi pensatori, eccetera, e di organizzare senza di loro l'immensa maggioranza che mai non sogna di cospirare contro l'ordine stabilito, che va in chiesa o al tempio tutte le settimane con i suoi stracci migliori addosso, o che gioca al golf o al tennis con abiti eleganti da sport, che affluisce in massa alle incoronazioni e ai matrimoni reali e alle parate militari, che fa cinque miglia per vedere un monarca defunto nella sua cappella ardente, che crede di avere un credo e un codice, ma che in realtà fa quello che tutti fanno e si scandalizza con lui che non lo fa, che esercita il suo cervello sulle parole incrociate, nelle partite di bridge, o simili. Si rinnova così il significato del consiglio di Periandro a Trasibulo, di recidere le spighe le quali emergevano sulle altre. La soppressione degli apparati faziosi restituisce alla massa la sua unità naturale. È il primo compito d'ogni dittatura.

Tommaso il Cinico. Non illudetevi però che l'impiego della forza possa limitarsi al periodo iniziale della dittatura e alla distruzione degli apparati avversari. Non tutte le differenze d'opinioni e di interessi sono artificiose. Per mantenere il consenso o almeno la disciplina, il terrore dev'essere durevole. Quel tale Bernard Shaw, che si professa laburista e nella sua ammirazione accomuna Mussolini con Stalin e Pilsudski, è un libertino intellettuale che di queste cose conosce ben poco.

Prof. Pickup. Non fate questioni di lana caprina, ve ne prego. La differenza tra il consenso che si manifesta per intima persuasione e quello mediante la forza è solo tecnica e non regge alla riflessione. Abbiamo discusso a lungo su questo argomento col filosofo fascista Giovanni Gentile, incontrato a Roma. La distinzione tra forza morale e materiale, egli ci ha detto, è ingenua. Ogni forza è forza morale, perché si rivolge sempre alla volontà. Qualunque sia l'argomento adoperato, predica o manganello, la sua efficacia non può essere altra che quella che sollecita interiormente l'uomo e lo persuade a consentire. Quale debba essere la natura dell'argomento persuaditore, se la predica o il manganello, non è materia di discussione astratta. Passare da un regime politico ad un altro è come disfare un edificio e con i materiali della demolizione edificarne uno nuovo. I colpi di piccone sono inevitabili.

Tommaso il Cinico. Tuttavia, fate attenzione, al neo-dittatore non conviene mostrarsi sfrontato. Anche alla dittatura è utile ostentare titoli di legittimità, e tra essi i soli che oggi abbiano corso, sono quelli che si richiamano alla volontà popolare. È una menzogna, d'accordo, ma la dittatura totalitaria non può farne a meno. Rappresenta anzi una delle caratteristiche essenziali per cui le dittature moderne si differenziano dai regimi assolutisti del passato. Il neo-dittatore lascerà dunque ai suoi filosofi la riabilitazione etica delle bastonate e si preoccuperà di mascherare come spontanei e sinceri i consensi procuratigli dal terrore. Dopo aver ucciso o imbavagliato gli avversari, il dittatore moderno ha bisogno di qualificare il proprio regime come una forma superiore di democrazia, addirittura come la vera democrazia, la democrazia diretta, e a questo scopo farà promuovere quotidiane manifestazioni di folla e ogni tanto qualche plebiscito. È un omaggio inevitabile al principio degli avversari, ma di questo non c'è da preoccuparsi. Anche per gli avversari, in fin dei conti, era solo una frase, e sono licenze che non scandalizzano alcuno.

Prof. Pickup. Nondimeno è una pericolosa disinvoltura. Non può evitarsi? Nella contesa tra Bonifazio VIII e Filippo il Bello, Giovanni di Parigi pronunziò la famosa formula "*populo faciente et Deo ispirante*". A me pare che sarebbe una divisa da riprendere.

Mr Doppio Vu. Le vostre chiacchiere, miei signori, francamente mi annoiano. La volontà popolare è un'entità almeno tanto misteriosa quanto Dio. Essenziale è poter manovrare il meccanismo adatto a fabbricarla. Se il plebiscito austriaco della primavera dell'anno scorso fosse stato indetto da Schuschnigg, certamente avrebbe dato una maggioranza per l'indipendenza dell'Austria; poiché è stato convocato da Hitler ha dato una maggioranza all'unione con la Germania. Immaginate un momento che la macchina delle elezioni generali possa essere manovrata, in Russia, invece che da Stalin, da Trotzkij. Colui che oggi è esule nel Messico avrebbe dietro di sé l'unanimità del partito e del paese, e dovrebbe impartire severe istruzioni per impedire che le "libere votazioni" esprimano più dell'unanimità.

Tommaso il Cinico. Voi non ignorate che vi sono paesi in cui il governo esce battuto dalle elezioni, senza che succeda il finimondo.

Mr Doppio Vu. Battuto da chi? Dall'apparato dell'opposizione, non dalla massa. Chi sceglie i candidati? Chi sovvenziona la campagna elettorale?

Prof. Pickup. Aristotele criticò il metodo di elezione dei magistrati in uso a Creta, che si basava sulla quantità d'applausi che nell'assemblea seguiva alla proposta di ogni candidato. Egli criticò anche che a Sparta per essere eleggibili occorresse partecipare ai frequenti banchetti pubblici e pagare il proprio coperto, la cui spesa non era da tutti. Che ammirevole semplicità. Gli applausi e i banchetti non hanno nelle democrazie moderne un ruolo inferiore che nei tempi d'Aristotele, ma di essi non si parla nei trattati politici.

Mr Doppio Vu. Che bisogno c'è di tirare sempre in ballo quei greci? Nei primordi della democrazia americana l'elettorato era ufficialmente diretto dai corpi legislativi, i quali nominavano degli speciali comitati (*Congressional* oppure *Legislative Caucus*) per la scelta e la presentazione dei candidati. Sembrò un progresso, e fu invece decadenza, quando verso il 1825 il compito di "fare" le elezioni fu abbandonato alla libera iniziativa del popolo. Sorsero allora istrioni di un nuovo genere. Le elezioni sono diventate un affare costoso, essendo manovrate da apparati di politicanti professionali senza princìpi e senza programmi, che s'impongono all'opinione pubblica come *trusts* sul mercato. Non si può dire che la libertà e la moralità pubblica v'abbiano guadagnato qualcosa. Tra i due sistemi, l'antico è certamente il più semplice.

Prof. Pickup. Così si giustifica la nostra parola d'ordine: "Torniamo alle origini".

Tommaso il Cinico. È indubbiamente suggestiva. Il ritorno alle origini rievoca l'immagine della pura sorgente dei fiumi in un paesaggio alpestre, il ricordo innocente della culla in cui ogni neonato passa i primi mesi di vita, la reminiscenza felice dell'età dell'oro. In più, ha un senso aristocratico e tradizionalista evidente. "Torniamo alle origini" è una risposta magnifica ed evasiva a ogni problema, anche per questioni di cui non si conosce l'origine o che devono ancora averne una.

Mr Doppio Vu. In quanto al ritorno al sistema del *Congressional* o *Legislative Caucus*, parlarne fin da ora non nuoce, ma non vorrei mettere il carro avanti ai buoi. Il da fare si vedrà in seguito.

Tommaso il Cinico. Questo è il proposito più saggio che io vi abbia udito esprimere nel corso delle nostre conversazioni. Per il neo-dittatore la forma istituzionale del potere importa assai meno della piena disponibilità di esso. In altre parole, la forma preferibile è quella che consente la disponibilità più ampia e sicura. Voi ne troverete conferma nella storia di tutte le dittature. Quello che talvolta può sembrare incertezza e contraddizione mentale è invece il segno di prudente empirismo. Ma l'esempio più istruttivo, in materia di scelta istituzionale, ci è offerto da Lenin, il quale univa, in grado forse insuperabile, un senso concreto del potere e una spregiudicatezza senza limiti. Egli cominciò, nel 1917, col dichiararsi disposto ad accettare i risultati della Costituente, ma vi rinunziò appena poté constatare di esservi in minoranza; sciolse la Costituente con la violenza, opponendo a essa il motto "Tutto il potere ai soviet"; quando però si persuase che gli era impossibile sloggiare dai soviet i menscevichi i social-rivoluzionari gli anarchici, liquidò anche i soviet, conservandone solo il nome per occultare l'egemonia nuda e cruda del suo partito.

Prof. Pickup. Va bene, va bene, ma egli aveva dietro di sé un partito adeguato, capace di impossessarsi di tutte le leve dell'amministrazione pubblica e di farle funzionare.

Tommaso il Cinico. Nessuna dittatura ha mai avuto difficoltà a trovare amministratori.

Mr Doppio Vu. A questo riguardo noi non abbiamo nulla da inventare. Dal tempo di Andrew Jackson, lo *spoilssystem* è una regola della nostra vita pubblica. Al vincitore il bottino. Malgrado la limitazione introdotta nel 1881 col *Civil Service Act*, i posti meglio retribuiti specialmente quelli dei dipartimenti delle Finanze e delle Poste, forniscono ancora un'ottima preda agli accoliti del vincitore. Senza contare le prebende delle amministrazioni municipali.

Prof. Pickup. Con la soppressione di tutti i partiti e gruppi di opposizione, va da sé che il rispetto del *Civil Service Act*, come di ogni altra limitazione del potere, sarà affidato alla discrezione del partito vincitore.

Tommaso il Cinico. Sì, ma non crediate che il partito unico sia poi l'"apriti Sesamo". La soppressione delle organizzazioni avversarie elimina indubbiamente un certo numero di difficoltà, ma ne crea altre, piuttosto seccanti. Bisogna partire dal principio che la dittatura d'un solo partito è un non senso. Nel momento in cui un partito usa della forza per sopprimere gli altri, esso sopprime, come tale, anche sé stesso. Non commetterete, spero, l'errore di credere che le divergenze d'opinioni siano un prodotto artificiale, che spariscano assieme all'abolizione dei giornali avversari o al livellamento delle classi. Finché gli uomini avranno la facoltà di pensare, essi non potranno mai essere unanimi su tutti i problemi dell'esistenza. Dunque accadrà che la diversità d'interessi e di punti di vista, in mancanza d'altre possibilità di espressione, risorgerà nell'interno del partito unico, provocando la formazione di tendenze e rivalità fra i dirigenti stessi. Che fare? Aprire una discussione? Sarebbe la rovina. Bisognerà dunque reprimerle come attentati alla sicurezza dello stato. Di conseguenza il partito unico dovrà essere sottoposto a un regime di controllo permanente. Questa necessità potrà giustificare opportuni adattamenti nella struttura del partito. Non v'è dubbio che la rinunzia dei comunisti a conservare come formazione di base le tradizionali sezioni cittadine o di quartiere, con la conseguente adozione in loro vece del sistema delle cellule di ufficio, di laboratorio, di reparto, di caseggiato, non sia stata ispirata solo da motivi di efficienza, ma anche di disciplina. Col sistema delle cellule ogni elemento d'opposizione viene infatti facilmente reperito e isolato.

Nei regimi autoritari la struttura organizzativa del partito unico ha un'importanza di prim'ordine. Questo si dimostra con più chiarezza nella concorrenza tra forze affini. La prevalenza dei gesuiti sugli altri ordini religiosi cattolici, la vittoria di Marx su Bakunin nella prima Internazionale, di Lenin su Martov nella socialdemocrazia russa, di Stalin su Trotzkij nel bolscevismo, di Hitler su Ludendorff e gli altri concorrenti della destra tedesca, sono state grandemente facilitare dalla superiorità del metodo organizzativo. Il più aggiornato dei partiti totalitari sarà quello che metterà a profitto le lezioni di Sant'Ignazio, Marx, Stalin, e Hitler. L'organizzazione non può non essere gerarchica. Essa non si articolerà mediante comitati o altri enti collegiali, ma su singole individualità responsabili. Bonaparte disse: "Piuttosto un cattivo generale che due buoni". Ogni dirigente sarà nominato dal suo superiore immediato. Per evitare che un dirigente metta le radici in una regione e vi acquisti popolarità, egli sarà periodicamente trasferito, e di preferenza in località in cui egli sia affatto sconosciuto. Benintesto, nelle sezioni locali non si discute, si lavora. L'occupazione principale è l'assistenza ai postulanti. Le riunioni non hanno mai carattere deliberativo. Le decisioni spettano solo ai capi. Non compete alla base del partito di elaborare la linea politica che essi dovranno seguire, ma solo di farne propaganda tra le masse.

Mr Doppio Vu. Non volete mica darci da bere che questa sia una specialità del partito totalitario? Mi risulta per esperienza personale che il lavoro di base di un partito democratico non è nulla di diverso. Ho fatto il mio primo tirocinio politico come *precinct leader* di uno di essi. Non per vantarmi, ma almeno i due terzi dei voti del pezzo di strada che mi era affidato riuscivo sempre ad accaparrarli. Ero aiutato da un mio zio e da un barbiere italiano, che era veramente formidabile nell'arte di persuadere i più riottosi. Non che fosse un ragionatore politico, anzi di politica non capiva un'acca, ma faceva ridere. La povera gente aveva bisogno d'aiuto e io mettevo a posto quelli che potevo, come pompieri, come bidelli per le scuole, e in posti simili; quelli che non potevo aiutare li affidavo al barbiere italiano che li faceva ridere. Dovetti faticare sette camicie per diventare *ward leader*, con circa trenta *precincts* sotto di me. Ma, anche come tale, nessuno mai mi convocò per discutere la politica del partito. Avevo sopra di me un *boss* che guidava la "macchina" del partito come se fosse una Ford di sua proprietà. Se avessi avuto pazienza, avrei potuto aspettare che lui morisse per sperare di prendere il suo posto; ma, a parte che non avevo pazienza, quello godeva di una salute di ferro, e anche lui, a sua volta, era una ruota della "macchina", mica altro, ma ruota un po' più grande, però solo una ruota.

Tommaso il Cinico. Quello che ora avete ricordato, Mr Doppio Vu, era stato da noi già messo nella lista delle condizioni che nella nostra epoca favoriscono le imprese totalitarie. Ci resta invece da chiarire se, in regime di partito unico, sia lo stato che assorba il partito o viceversa. A mio parere, avviene l'uno e l'altro, tramite la persona del Capo e il gruppo più elevato dei suoi fiduciari. Il Capo dirige il partito e lo stato. Egli si serve dello stato per tenere sottomesso il partito e del partito per il controllo politico dello stato. La disciplina del partito sarà considerata come il bene più prezioso della dittatura. I suoi quadri riceveranno un addestramento rigoroso.

Prof. Pickup. Per la scuola di partito ho già studiato un progetto completo.

Mr Doppio Vu. La pantaulogia dovrà diventare la nostra dottrina ufficiale? Prima di impegnarmi, voglio conoscere l'opinione d'altri competenti.

Tommaso il Cinico. Poiché non è la verità ma l'efficienza che voi perseguite, Mr Doppio Vu, quell'ideologia o un'altra poco importa. In ogni tempo si sono avuti, sotto regimi autoritari, risultati ammirevoli con l'insegnamento delle dottrine più bizzarre. Adesso, date le forme che sta prendendo la civiltà di massa, l'operazione è agevolata di molto. Dal momento che la verità ha perduto la sua evidenza e che la libera ricerca viene dichiarata incompatibile con l'ordine pubblico, la capacità persuasiva dell'ideologia ufficiale, in fin dei conti, si regge sul prestigio della polizia. L'ideologia ufficiale avrà pertanto un corso forzoso come la valuta statale e rifiutare l'ideologia sarà un delitto perseguibile come il non riconoscere il valore attribuito dal ministero delle Finanze al rublo o al dollaro. È però indispensabile che l'insegnamento sia impartito in forma dogmatica e tale da non lasciare il minimo adito al dubbio. Il dubbio, ecco il nemico.

Prof. Pickup. Sì, ma noi abbiamo la disgrazia d'un ceto di professori artisti e letterati particolarmente infido. Sono esseri presuntuosi che, pur di distinguersi, accettano ogni stravaganza proveniente dall'estero.

Tommaso il Cinico. Quelli di essi che sono come voi dite, cioè essenzialmente vanitosi, non dovrebbe essere difficile prenderli dal lato debole, mediante premi, corone d'alloro, seggi accademici, sinecure statali. Tenete conto che l'esercizio esclusivo di un'attività spirituale assai spesso deforma il normale equilibrio psichico, producendo il narcisismo. Solo pochi intellettuali e artisti sfuggono realmente a questa malattia professionale. Giacché nella sua inevitabile solitudine il narciso è gonfio di risentimento contro la società, egli resta profondamente commosso da eventuali omaggi del nuovo Capo dello stato. In linea generale si può dire che l'intellettuale o l'artista si compiace istintivamente di tutto ciò che favorisce la propria fama e detesta quello che la danneggia. La sua concezione del bene e del male, nel suo foro interno, poggia su queste premesse. Comunque, ogni sua eventuale incertezza scomparirà appena avrà sentore che l'omaggio autorevole potrebbe, in sua vece, favorire qualche collega.

Prof. Pickup. Bismarck ha già detto che poeti e prostitute si possono sempre avere per denaro.

Tommaso il Cinico. Il denaro, con le persone di cui stiamo parlando, non è sempre il mezzo più efficace. Ben superiore è l'adulazione. Non sarà male estendere la corte a qualche famoso artista o letterato straniero. Non temete rifiuti, la loro fama d'inaccessibilità è quasi sempre scroccata. Essi adorano vedere la propria fotografia sui giornali stranieri. E il soggiorno gratuito in grandi alberghi di lusso, con buona cucina e cantina scelta, piace a tutti. Per il prestigio del nuovo regime non bisogna mai temere che siano soldi spesi male, perché il fascino di tali personaggi sulle grandi masse è ora non solo d'ordine estetico. Sì, da quando le chiese sono decadute, è su tali catoni che ricade il ruolo di guide dello spirito. Non mancherà tra essi qualche pecora nera, refrattaria alla corruzione e alle blandizie? Li indicherete alla polizia, con l'ordine di trattarli come i peggiori tra i criminali.

Mr Doppio Vu. Non direi che l'influenza delle chiese sia, da noi, in decrescenza. Direi il contrario. Un inconveniente supplementare è che di esse ne abbiamo gran numero.

Tommaso il Cinico. È un inconveniente che può mutarsi in vantaggio, se la dittatura saprà sfruttare le loro rivalità. Agli uomini di chiesa, come agli dèi, piacciono i vincitori. La loro obbedienza civile, nei confronti di qualsiasi potere, è saldamente fondata sulla credenza che ogni autorità venga da Dio e sulla raccomandazione di dare a Cesare quel ch'è di Cesare. Insomma è gente ben disposta. D'altra parte, la frontiera tra il divino e l'umano non è tracciata così nettamente da impedire che talvolta essi diano a Cesare anche quel ch'è di Dio e rivendichino a Dio quel ch'è di Cesare. Sono confusioni che non devono scandalizzare. Il neo-dittatore saprà apprezzare il vantaggio di essere dichiarato Uomo della Provvidenza e che nella liturgia sia inserita una preghiera implorante la protezione divina sulla sua persona.

Mr Doppio Vu. Non credo nell'Oltretomba.

Tommaso il Cinico. Neanche Mussolini vi crede, ma la sanzione religiosa ha facilitato l'esito trionfale del *referendum* da lui indetto dopo la Conciliazione.

Prof. Pickup. Nei confronti dei preti egli è stato certamente più abile di Hitler. Eppure anche in Germania i due cleri, quello cattolico e quello protestante, erano dispostissimi a collaborare.

Mr Doppio Vu. Si direbbe che Hitler disdegni la legge del minimo sforzo.

Tommaso il Cinico. Più o meno, questo è proprio d'ogni dittatura. Montesquieu ha definito il dittatore « colui che fa abbattere un albero per cogliere una mela ».

Mr Doppio Vu. Non è tanto per la mela, io penso, quanto per una dimostrazione di forza. Vi sono uomini distratti ai quali una frequente ostentazione della forza può servire di promemoria.

Tommaso il Cinico. Nel suo primo periodo ogni dittatura attraversa una inevitabile fase d'assestamento e d'organizzazione. È un compito immane: l'intera società deve passare sotto il controllo dello stato-partito. Non sarà lasciato alcun margine alla spontaneità o all'iniziativa di poteri intermedi, di gruppi e di privati. Non solo la vita associativa dei lavoratori e degli imprenditori, ma anche quelle attività come la creazione artistica il riposo il divertimento si svolgeranno sotto la sorveglianza dello stato-partito. Una fitta rete di fiduciari controllerà ogni cittadino. Nei luoghi di lavoro, nei luoghi di ristoro, sui mezzi di trasporto, a casa, l'individuo deve sentirsi sotto l'occhio vigile dell'autorità. Il fiduciario di partito cumula le funzioni della spia, dell'assistente sociale e del portiere d'albergo. Che cosa di più privato, si potrebbe pensare, dell'amore tra i coniugi? Mussolini ha escogitato alcuni espedienti per influenzare anche quello: i celibi italiani devono pagare un'imposta speciale; gli oggettini anfecondativi sono stati posti fuori legge ed è proibito ai farmacisti di venderli; le madri prolifiche ricevono un premio in denaro e la fotografia del Duce con firma autografa.

Mr Doppio Vu. Mi chiedo se voi non mettiate troppa carne al fuoco. Come fa un partito politico ad assumersi tutte quelle seccature?

Tommaso il Cinico. Certamente non lo potrebbe il partito che ha portato a termine il colpo di stato. Onde la necessità di epurarlo e riformarlo da cima a fondo. Dopo avere eliminato i suoi avversari, le maggiori difficoltà che il neo-dittatore dovrà affrontare gli verranno proprio da quelli che più l'hanno aiutato alla conquista del potere. Egli si salverà se saprà agire verso di essi con prontezza e senza pietà.

Mr Doppio Vu. Mussolini, Hitler, Stalin si sono trovati di fronte a codesta dolorosa incombenza. Ma credete che la si possa generalizzare?

Tommaso il Cinico. Senza il minimo dubbio. Intanto c'è da osservare che la preparazione ed esecuzione d'un colpo di stato richiedono qualità ben diverse da quelle necessarie per l'amministrazione del potere. Ma v'è di più. L'anzianità di partito creerà in taluni la presunzione di avere meriti e diritti all'infuori della benevolenza del Capo. Essi si considereranno negletti nella spartizione del bottino. Vi saranno altri che avevano preso sul serio gli *slogans* del periodo della cospirazione e non approveranno che il Capo li rinneghi dopo la conquista del potere o addirittura predichi il contrario. Infine, i più pericolosi sono quelli che godono di una larga popolarità e che non si lasciano sfuggire le occasioni di accrescerla. È tutta gente da far sorvegliare e da eliminare. I precedenti da voi testé menzionati offrono una larga scelta sul metodo da seguire; in alcuni casi può bastare l'arresto o la deportazione, in altri l'assassinio per opera d'ignoti avversari, in altri il deferimento a un tribunale speciale sotto l'accusa di complotto tradimento corruzione e così via. Tra i vantaggi dell'epurazione nel proprio campo non sono da trascurare gli elogi che il neo-dittatore raccoglierà presso molti suoi ex-avversari, i quali scopriranno in lui la qualità più rara dell'uomo di stato, che non esita a sacrificare perfino gli amici al bene della nazione. In pari tempo il neo-dittatore avrà cura di attirare nel partito nuovi elementi, forniti delle doti richieste per un partito di governo, cioè mansueti conformisti devoti se non addirittura imbecilli.

Mr Doppio Vu. Non dite male degli imbecilli, ve ne prego. Personalmente, ho sempre avuto un debole per essi. Il padrone di una grande fabbrica m'ha confidato che il reparto più redditizio della sua azienda è quello formato da operai provenienti da una scuola di ragazzi deficienti. Purtroppo non esiste ancora un meccanismo sicuro per l'incremento del cretinismo.

Tommaso il Cinico. Siete veramente incontentabili. Avete la radio il cinema la stampa gialla lo sport; che altro pretendete? Tutto sta a servirsene con intelligenza.

Prof. Pickup. Ma la migliore propaganda è pur sempre quella delle opere. Non potete negare che Hitler abbia realizzato grandi cose, come pure Mussolini.

Tommaso il Cinico. Lo so, i treni italiani adesso arrivano in orario. È una vecchia storia; dai faraoni a Stalin, tutti i tiranni hanno sempre realizzato grandi cose. Ma non bastano i prodigi per provare di avere ragione.

Mr Doppio Vu. Che c'entra la ragione? La religione del nostro tempo è l'efficienza. Sotto la guida di Hitler l'economia tedesca ha riassorbito i milioni di disoccupati ereditati dalla repubblica di Weimar. Che volete di più?

Prof. Pickup. Hitler ha fatto di meglio. Egli ha tolto al socialismo tradizionale i suoi simboli, chiamando socialista nazionale il proprio partito, adottando il colore rosso per i propri stendardi e dichiarando il primo maggio giornata festiva.

Tommaso il Cinico. Lo riconosco, è il colpo di grazia contro ogni opposizione metterla fuori legge e appropriarsi del suo programma. Non ne resta più nulla. Nel 1917 Lenin si servì con successo di questa tattica contro i suoi pericolosi concorrenti, i socialisti-rivoluzionari. Essi avevano dalla loro i contadini, e per la rivoluzione proletaria, promossa dai bolscevichi, non v'era minaccia maggiore di un movimento autonomo dei lavoratori della terra. L'obiettivo di sbarazzarsi dei socialisti-rivoluzionari fu perseguito mediante un opportuno coordinamento dell'azione terroristica della polizia con l'adozione del loro stesso programma agrario. All'uopo Lenin promulgò il suo famoso decreto di confisca della grande proprietà terriera a benefizio dei comitati agrari locali e dei soviet regionali dei contadini. Naturalmente, in seguito, non avendo più avversari nelle campagne, i bolscevichi sono tornati alla propria politica agraria, considerando i contadini come cittadini di seconda categoria e sfruttandoli a benefizio dell'industrializzazione. Il magistrale esempio fu seguito da Stalin nella sua lotta contro Trotzkij. Prima egli l'accusò di deviazione industrialista e, dopo averlo esiliato, si è affrettato ad adottarne il programma di industrializzazione. Quando, per incompatibilità ideologica o politica, il neodittatore non può osare tanto, lo tenterà almeno a parole o in maniera simbolica. Non v'è espediente più economico e innocuo di risolvere i problemi che alterare la loro denominazione. Così, sotto il fascismo italiano i diritti e privilegi dei capitalisti sono stati, di fatto, rinvigoriti, mentre nella Carta del lavoro promulgata dal regime il capitalismo è definito superato. Esso vi è semplicemente chiamato corporativismo, secondo l'esempio di quel monaco che, in omaggio alla regola del digiuno, prima di mangiare bistecche le ribattezzava baccalà.

Mr Doppio Vu. Facile, troppo facile. Se tutti i mutamenti fossero solo di parole, non credete che le dittature avrebbero meno avversari?

Prof. Pickup. La dittatura a me sembra la medicina adatta per ogni società malata.

Tommaso il Cinico. Forse, più che a una cura medica, la dittatura merita di essere paragonata all'applicazione di un apparecchio ortopedico.

Mr Doppio Vu. Perché no? Io ho la massima stima dell'ortopedia. Di tutti i rami della medicina mi sembra il più leale.

Tommaso il Cinico. Ma i problemi restano. La sconfitta politica dei partiti socialisti non elimina i problemi concreti di produzione e di organizzazione sociale che essi intendevano risolvere, né distrugge la classe operaia, che nei paesi moderni costituisce la maggioranza della popolazione e i cui interessi, da molti decenni, sono stati difesi e rappresentati dal movimento socialista. L'originalità del fascismo, rispetto ai precedenti movimenti reazionari, è ch'esso combatte la rivoluzione con i metodi stessi della rivoluzione, appropriandosi dei suoi simboli, della sua tecnica, della sua tattica, di tutto ciò che in essa è appariscente; ma non ne risolve i problemi. Invece di soluzioni, esso offre qualche surrogato: l'organizzazione collettiva l'assistenza le vacanze pagate la tutela della maternità e infanzia. Allo stesso modo il plebiscito è il surrogato della democrazia e il culto della patria o della razza il surrogato della mancanza di vera fede.

Mr Doppio Vu. Non bisogna dir male del surrogato, se esso è una necessità. Quando un prodotto indispensabile manca, bisogna pure, in qualche modo, sostituirlo. Talvolta la merce di sostituzione vale più e serve meglio del prodotto naturale.

Prof. Pickup. E poi, cos'è codesta mania dei problemi da risolvere? La società non è un problema, ma una realtà di cui non c'è che da prendere atto.

Mr Doppio Vu. Non divaghiamo. Le difficoltà maggiori d'ogni regime sono quelle della buona amministrazione. Come premunirsi, con un personale dirigente improvvisato, dalla stupidità dall'imprevidenza dal sabotaggio dalla corruzione? Senza contare le calamità naturali, la siccità le alluvioni le epidemie, che hanno inevitabili conseguenze sociali.

Tommaso il Cinico. Ebbene, contro i mali d'ogni genere le dittature conoscono un'autentica panacea: il sacrifizio tempestivo di appropriati capri espiatori. È un metodo sbrigativo, immune dagli inconvenienti del metodo democratico, con le sue campagne scandalistiche, le interminabili discussioni parlamentari, le commissioni d'inchiesta inconcludenti e i processi che durano decenni. Inoltre il sacrifizio di capri espiatori offre l'illusione di un controllo severo della pubblica amministrazione. Assieme al bisogno di giustizia, esso soddisfa quello meno nobile e più diffuso della vendetta. Mi permetto perciò di affermare che una vasta riserva di capri espiatori, assortiti per le occorrenze più diverse, è indispensabile alla sicurezza dello stato autoritario, almeno quanto, ad esempio, l'allevamento dei bovini lo è per una sana agricoltura.

Prof. Pickup. Voi non pensate mica a un elenco preordinato di candidati al sacrifizio?

Tommaso il Cinico. No, perché comporterebbe esclusioni ingiuste e inopportune, mentre si può dire che, con la sola esclusione del Capo, quella sorte possa toccare a ogni cittadino. Ciò non esclude, beninteso, che vi siano categorie di individui a essa predestinati dalla stessa tradizione prima ancora della loro nascita, come gli ebrei i negri gli anarchici gli stranieri. Ma un dittatore accorto saprà, al momento opportuno, ricavare dal rito dei capri espiatori un doppio vantaggio, destinando al sacrifizio, come colpevoli di qualche disastro nazionale, le persone verso le quali egli nutre vecchi rancori. Vi sono però anche casi dolorosi in cui la ragione di stato potrà costringerlo a privarsi perfino dei suoi migliori amici e collaboratori. Questo è raccomandabile tutte le volte che la voce pubblica sospetterà il dittatore stesso quale diretto responsabile di qualche misfatto.

Prof. Pickup. Non crediate che a Mr Doppio Vu costerebbe un grande sforzo sacrificare i suoi migliori amici.

Mr Doppio Vu. Certamente meno che sacrificare me stesso.

Tommaso il Cinico. È da sperare che gli amici prescelti siano degni dell'alto onore e che, di fronte al tribunale cui saranno deferiti per essere condannati alla sedia elettrica, sappiano in modo convincente dichiararsi colpevoli.

Prof. Pickup. Se rifiuteranno? Se proclameranno la propria innocenza?

Tommaso il Cinico. Si riveleranno autentici traditori e meriteranno doppiamente la morte nel disonore. Non è difficile, d'altronde, in regime di dittatura, fabbricare confessioni apocrife e corroborarle con testimonianze e documenti attendibili.

Mr Doppio Vu. Avete una spiegazione per le confessioni "spontanee" rese dagli imputati nei grandi processi di Mosca degli anni scorsi?

Tommaso il Cinico. Non credo che esista una spiegazione di quei processi diversa da quella dell'insieme dell'attuale realtà russa. Voglio dire che, anche conoscendo la tecnica mediante la quale quegli imputati sono stati indotti a confessare spontaneamente delitti immaginari, non sarebbe facile applicarla altrove e ottenere gli stessi terrificanti risultati. Un qualsiasi colpo di stato, è evidente, non basta: certi capolavori dell'arte giudiziaria possono essere prodotti soltanto da una rivoluzione autentica, mossa da un'irresistibile spinta ideale. Ma non c'è da scoraggiarsi, Mr Doppio Vu, quello che non si può ripetere si può imitare. È diversa la materia prima, ma il fine è identico. Uno sfruttamento accorto e sistematico di capri espiatori mira infatti a rafforzare vieppiù il prestigio del Capo. Fra tanti farabutti egli è l'unico che non sbagli. Tutto il male del regime ricade sui suoi collaboratori, tutto il bene rimane per lui. Si forma così la leggenda del Buon Tiranno, la cui influenza si irradia ben al di là del suo partito. In Russia vi erano antibolscevichi che nella loro opposizione si guardavano dal coinvolgere Lenin, e pare che in Italia vi siano antifascisti mussoliniani.

Mr Doppio Vu. Perché parlate con ironia della popolarità del dittatore? Io me lo immagino molto più vicino al popolo degli uomini di stato tradizionali.

Prof. Pickup. Il silenzio dei partiti avversi gli facilita anzi l'ascolto dei lamenti più sommessi. A Roma ci è stata mostrata la famosa "Bocca della verità", in cui era possibile deporre, nei tempi antichi, le denunzie anonime. Mussolini ha riconosciuto da parte sua la legittimità del *jus murmurandi*. E Stalin, com'è noto, organizza periodicamente campagne di autocritica comunista.

Tommaso il Cinico. Con un limite però invalicabile. Le

denunzie e critiche consentite possono riguardare soltanto persone fatti circostanze marginali della vita pubblica; giammai la politica generale e ancor meno la persona del Capo.

Prof. Pickup. Qualunque siano le sue insufficienze personali, la funzione del Capo dev'essere sacra e al disopra di ogni discussione. Il partito ha il dovere di promuovere un vero e proprio culto della sua persona. Nessun espediente è lecito trascurare per creare attorno alla persona di lui un clima di idolatria. È la condizione perché egli acquisti la facoltà di chiedere ai cittadini anche il sacrifizio della vita.

Tommaso il Cinico. Il culto del Capo è la funzione principale del monopolio dei mezzi d'informazione e propaganda. Perché raggiunga il suo scopo esso dovrà essere protetto dalla proibizione dei libri e giornali esteri ostili e dal disturbo sistematico delle trasmissioni radiofoniche estere. Malgrado ciò, come l'esperienza insegna, per la stranezza della natura degli uomini, detto monopolio non può impedire improvvisi turbamenti dell'opinione, dovuti a cause imprevedibili. Non fatevi illusioni. La salvezza del regime è allora affidata all'altro monopolio, quello delle armi. Nove decimi dei cittadini mi odiano, diceva Cromwell, ma che mi importa, se soltanto il decimo è armato? Tuttavia neanche le dittature totalitarie, com'è ovvio, possono essere eterne.

Mr Doppio Vu. Che cosa può abbatterle, dunque, se gli avversari sono inermi e i movimenti d'opinione impotenti?

Tommaso il Cinico. È una domanda alla quale l'esperienza non ha ancora dato una risposta. Il totalitarismo è un fenomeno recente, appena all'inizio del suo sviluppo. Non è possibile per ora prevedere l'esaurimento delle condizioni che lo favoriscono. Ci si può chiedere se l'odierna civiltà di massa non finirà col perdere i suoi caratteri negativi e se, in una lunga prospettiva storica, dall'eccesso della statolatria non possa nascere, per reazione, un umanesimo libertario. Sono però congetture astratte.

Prof. Pickup. È meno astratto osservare che il colpo di

stato, anche se promosso al fine di conservare o restaurare il vecchio ordine sociale, tende a crearne uno nuovo.

Tommaso il Cinico. Dubito che ne abbia tempo. Mi pare che i regimi totalitari siano attratti dalla guerra come il ferro dalla calamita. Ed è probabile che nessuna dittatura possa sopravvivere a una sconfitta militare.

Mr Doppio Vu. Non pretendete mica che la guerra moderna educhi le masse all'autogoverno.

Tommaso il Cinico. Non oso tanto.

Mr Doppio Vu. Allora volete dire che a certe forme di totalitarismo potranno seguirne delle altre?

Tommaso il Cinico. Non mi sembra fatale, ma probabile. Il nazismo potrà così restituire al comunismo le masse ricevute precedentemente in regalo. O viceversa. E nulla vieta che partecipi all'asta del potere anche qualche formazione totalitaria con etichetta democratica. Non vi saranno da affrontare, nel trapasso, che le spese per la sostituzione dei simboli e delle uniformi; ma, com'è giusto, esse saranno ogni volta a carico dell'erario.

Mr Doppio Vu. Non credete che una congiuntura economica di prosperità e qualche brillante successo nelle relazioni internazionali possano consentire a una dittatura di rinunziare al terrore e, per così dire, di democratizzarsi?

Tommaso il Cinico. Alexis de Tocqueville ha già avvertito che le dittature corrono i maggiori rischi non quando stringono i freni, ma quando li allentano. È difficile allora trattenere il moto centrifugo, troppo a lungo compresso, ed evitare che si trasformi in catastrofe.

Prof. Pickup. Il nostro ultimo incontro, signor Cinico, volge al termine. I medici consentono a Mr Doppio Vu di ripartire. Ma, prima di separarci, vorrei rivolgervi una domanda personale. Se, come voi dite, la tendenza maggiore della nostra epoca, grazie alla civiltà di massa, favorisce le tendenze totalitarie d'ogni specie, perché voi le avversate tutte?

Tommaso il Cinico. Non credo che l'uomo onesto debba necessariamente sottomettersi alla Storia.

Prof. Pickup. Numi dei cieli, avete mai udito proposizione più blasfema?

Mr Doppio Vu. Le vostre visite, signor Cinico, mi hanno reso meno noiosa la sosta in questa città. Ve ne ringrazio. Se la fortuna m'assiste, posso sperare di ospitarvi in America?

Tommaso il Cinico. Perché no? Ma sarà pericoloso per entrambi. Certamente mi associerò ai vostri avversari per combattervi, e voi, seguendo i miei consigli, dovrete dare ordine di mettermi in prigione.

Indice

v *Introduzione*

LA SCUOLA DEI DITTATORI

I
3 Incontro dell'autore con l'americano Mr Doppio Vu, aspirante dittatore, e col suo consigliere ideologico, il famoso professore Pickup, venuti in Europa alla ricerca dell'uovo di Colombo.

II
10 Sulla tradizionale arte politica e le sue deficienze nell'epoca della civiltà di massa.

III
21 Su alcune condizioni che nella nostra epoca favoriscono le tendenze totalitarie.

IV
27 Schema d'un colpo di stato dopo una rivoluzione mancata.

V
38 Sull'amore non corrisposto dell'aspirante dittatore per le Muse, sull'insignificanza degli alberi genealogici e l'inevitabilità delle emicranie.

VI
50 Molti sono i chiamati, pochi gli eletti.

VII
57 Sul partito dell'aspirante dittatore.

VIII
65 Sull'inutilità dei programmi e la pericolosità delle discussioni e sulla tecnica moderna per suggestionare le masse.

IX
86 Come la democrazia divora sé stessa, con qualche utile esempio sull'arte di pescare nel torbido.

X
102 L'arte del doppio giuoco e il pericolo di credere nei propri inganni.

XI
114 Sulla nausea della vocazione totalitaria e le nostalgie della vita privata.

XII
121 Sui pericoli dei complotti e delle rivolte senza l'appoggio della polizia e dell'esercito.

XIII
142 Sull'operazione piatto di lenticchie e il colpo di stato con l'assistenza delle autorità

XIV
160 Sul consenso plebiscitario, la compenetrazione stato-partito e l'allevamento intensivo di capri espiatori.

OSCAR SCRITTORI DEL NOVECENTO

Pratolini, Il Quartiere
Chiara, Le corna del diavolo
Buzzati, Le notti difficili
D'Annunzio, Giovanni Episcopo
Hemingway, Avere e non avere
Santucci, Il velocifero
Kafka, Tutti i racconti
Steinbeck, Al Dio sconosciuto
Chiara, Il balordo
Kerouac, I vagabondi del Dharma
Pratolini, Metello
Hesse, Demian
Chiara, La spartizione
Kafka, Il Castello
Deledda, Elias Portolu
Vittorini, Piccola borghesia
Bellow, L'uomo in bilico
Mann Th., L'eletto
Hesse, Knulp - Klein e Wagner - L'ultima estate di Klingsor
Deledda, La madre
Steinbeck, Quel fantastico giovedì
Pratolini, Cronache di poveri amanti
Chiara, Tre racconti
Chiara, L'uovo al cianuro e altre storie
Silone, Il seme sotto la neve
Mauriac, Groviglio di vipere
Pratolini, Le ragazze di Sanfrediano
Chiara, I giovedì della signora Giulia
Dessì, Paese d'ombre
Chiara, Il pretore di Cuvio
Kerouac, Il dottor Sax
Mann Th., Le teste scambiate - La legge - L'inganno
Hesse, Il lupo della steppa
Silone, La volpe e le camelie
Silone, La scuola dei dittatori
Chiara, La stanza del Vescovo
Hemingway, Per chi suona la campana
Lawrence, La vergine e lo zingaro
Hemingway, Di là dal fiume e tra gli alberi
Silone, Una manciata di more
Kerouac, Big Sur

Miller, I giorni di Clichy
Mauriac, Gli angeli neri
Miller, Nexus
Greene, Un americano tranquillo
Hemingway, Lettere 1917-1961
Greene, Una pistola in vendita
Joyce, Le gesta di Stephen
Orwell, La strada di Wigan Pier
Greene, I naufraghi
Orwell, Una boccata d'aria
Joyce, Finnegans Wake
Miller, Tropico del Cancro
Hemingway, Storie della guerra di Spagna - La Quinta Colonna
Hemingway, I racconti di Nick Adams
Hesse, La nevrosi si può vincere
Updike, Coppie
Miller, Tropico del Capricorno
Consolo, Nottetempo, casa per casa
Buzzati, Il segreto del Bosco Vecchio
Miller, Primavera nera
Busi, Altri abusi
Hesse, Sull'amore
Hesse, Dall'India
Meneghello, Libera nos a Malo
Borges, Libro di sogni
García Márquez, L'amore ai tempi del colera
Busi, Vita standard di un venditore provvisorio di collant
Busi, Sodomie in corpo 11
Simenon, Maigret e l'informatore
Simenon, Maigret e il signor Charles
Kafka, Lettera al padre - Quaderni in ottavo
Busi, Seminario sulla gioventù
Frost, Conoscenza della notte e altre poesie
Leavitt, La lingua perduta delle gru
Kafka, Lettere a Milena
Hesse, La natura ci parla
Hesse, Le stagioni della vita
Meneghello, Fiori italiani
Mann Th., Saggi
Hesse, Non uccidere
Hesse, L'arte dell'ozio
Montale, Poesie scelte
Meneghello, Pomo pero
Hesse, Poesie
Busi, Le persone normali
Kawabata, Il maestro di go
Hesse, Il coraggio di ogni giorno
Hesse, Religione e mito
Buzzati, Bàrnabo delle montagne
García Márquez, Racconto di un naufrago
La Capria, Letteratura e salti mortali
Borges, La cifra
Naipaul, Il massaggio mistico
Bulgakov, Uova fatali

Kafka, Frammenti e scritti vari
Amis, Territori londinesi
García Márquez, Dodici racconti raminghi
Christie, La domatrice
Christie, Alla deriva
Christie, Aiuto, Poirot!
Christie, Corpi al sole
Christie, Miss Marple e i tredici problemi
Christie, Macabro quiz
Christie, È un problema
Christie, La serie infernale
Christie, Delitto in cielo
Christie, Se morisse mio marito
Christie, Un messaggio dagli spiriti
Christie, Miss Marple nei Caraibi
Christie, Il terrore viene per posta
Christie, Istantanea di un delitto
Christie, La parola alla difesa
Christie, Poirot e i Quattro
Christie, Poirot non sbaglia
Christie, Quattro casi per Hercule Poirot
Christie, Il Segugio della Morte
Christie, Hercule Poirot indaga
Christie, Sento i pollici che prudono
Christie, Il misterioso signor Quin
Christie, Assassinio allo specchio
Christie, Gli elefanti hanno buona memoria
Christie, Miss Marple: giochi di prestigio
Christie, Il mistero del treno azzurro
Christie, Nella mia fine è il mio principio
Christie, Testimone d'accusa e altre storie
Christie, Poirot e la salma
Christie, Miss Marple al Bertram Hotel
Christie, Addio, Miss Marple
Christie, Avversario segreto
Christie, Poirot sul Nilo
Christie, I sette quadranti
Christie, I primi casi di Poirot
Christie, Un cavallo per la strega
Christie, Poirot e la strage degli innocenti
Christie, Passeggero per Francoforte
Christie, Il Natale di Poirot
Christie, Sfida a Poirot
Christie, Sipario, l'ultima avventura di Poirot
Christie, Perché non l'hanno chiesto a Evans?
Christie, Un delitto avrà luogo
Christie, C'era una volta
Christie, Assassinio sull'Orient-Express
Christie, La dama velata
Christie, Destinazione ignota
Christie, Le due verità
Christie, La morte nel villaggio

Christie, Non c'è più scampo
Christie, Le porte di Damasco
Christie, Il pericolo senza nome
Christie, Verso l'ora zero
Christie, Trappola per topi
Christie, Le fatiche di Hercule
Christie, Tragedia in tre atti
Christie, In tre contro il delitto
Christie, Il mondo di Hercule Poirot
Christie, È troppo facile
Christie, C'è un cadavere in biblioteca
Christie, Miss Marple: Nemesi
Christie, La sagra del delitto
Christie, Poirot a Styles Court
Christie, Poirot si annoia
Christie, Dieci piccoli indiani
Christie, Quinta colonna
Christie, L'assassinio di Roger Ackroyd
Christie, Polvere negli occhi
Christie, Il mondo è in pericolo
Christie, Tre topolini ciechi e altre storie
Christie, Appuntamento con la paura
Christie, Il mistero di Lord Listerdale e altre storie
Christie, Dopo le esequie
Christie, Carte in tavola
Christie, Giorno dei morti
Christie, Parker Pyne indaga
Christie, Il ritratto di Elsa Greer
Christie, L'uomo vestito di marrone
Christie, Sono un'assassina?
Christie, Due mesi dopo
Christie, Fermate il boia
Christie, Il segreto di Chimneys
Christie, Tommy e Tuppence: in due s'indaga meglio
Meneghello, I piccoli maestri
Bonaviri, Novelle saracene
Greene, L'uomo dai molti nomi
Buzzati, Cronache terrestri
García Márquez, Il generale nel suo labirinto
Bulgakov, L'ispettore generale
Kerouac, Sulla strada
García Márquez, Cent'anni di solitudine
Hesse, Trilogia dell'amore e della vita
Hesse, Romanzo della mia vita
Spark, La porta di Mandelbaum
Ungaretti, Il dolore
García Márquez, Cronaca di una morte annunciata
Malaparte, Il sole è cieco
Christie, La mia vita
Pontiggia, La grande sera
Greene, I commedianti
Naipaul, India
Tomizza, Gli sposi di via Rossetti
Greene, L'ultima parola e altri racconti
Buzzati, Il deserto dei Tartari
Buzzati, Sessanta racconti
Gibran, Le ali spezzate
Gibran, Gesù Figlio dell'Uomo

Gibran, Il precursore
Desiato, Il Marchese del Grillo
Chiara, Vita di Gabriele d'Annunzio
Joyce, Poesie
Kafka, Diari
Sartre, Il diavolo e il buon Dio
García Márquez, Le avventure di Miguel Littín, clandestino in Cile
Sartre, Morti senza tomba - Le mani sporche
Galeano, Parole in cammino
Leavitt, Un luogo dove non sono mai stato
La Capria, L'occhio di Napoli
Tomizza, La miglior vita
Gibran, La Voce del Maestro
García Márquez, I grandi romanzi di Gabriel García Márquez
Fitzgerald, Lembi di Paradiso
Busi, Vendita galline km 2
Bonaviri, Il fiume di pietra
Bettiza, Il fantasma di Trieste
Mishima, Il sapore della gloria
Gibran, Il vagabondo
Tomizza, La quinta stagione
Buzzati, Dino Buzzati al Giro d'Italia
Kerouac, Visioni di Gerard
Busi, L'amore è una budella gentile
Siciliano, La notte matrigna
Fowles, La donna del tenente francese

Rilke, Requiem e altre poesie
Desiato, La notte dell'angelo
Sontag, Il benefattore
Busi, La delfina bizantina
Leavitt, Eguali amori
Malerba, Le maschere
Leavitt, Mentre l'Inghilterra dorme
Fitzgerald, I racconti di Basil e Josephine
Montefoschi, Ginevra
Hesse, Il gioco della vita
Bettiza, La campagna elettorale
Montefoschi, Il Museo Africano
Malerba, Le rose imperiali
Grossman, Ci sono bambini a zigzag
La Capria, La neve del Vesuvio
Hesse, Il gioco della vita vol. I
Hesse, Il gioco della vita vol. II
D'Eramo, Partiranno
Kerouac, Satori a Parigi
Siciliano, La principessa e l'antiquario
Leavitt, Arkansas
Bonaviri, L'infinito lunare
Malerba, Itaca per sempre
Tomizza, Il male viene dal Nord
Montefoschi, L'amore borghese
Tobino, Sulla spiaggia e di là dal molo

Yehoshua, Il poeta continua a tacere
Gibran, Il figlio dei cedri
Leavitt, La nuova generazione perduta
Kerouac, La leggenda di Duluoz
Tanizaki, Gli insetti preferiscono le ortiche
Patroni Griffi, Tutto il teatro

Hesse, I grandi romanzi di Hermann Hesse
García, Le sorelle Agüero
Rushdie, Est, Ovest
Styron, Un'oscurità trasparente
Pontiggia, Vite di uomini non illustri
Grossman, Il libro della grammatica interiore

«La scuola dei dittatori»
di Ignazio Silone
Oscar Scrittori del Novecento
Arnoldo Mondadori Editore

Questo volume è stato stampato
presso Mondadori Printing S.p.A.
Stabilimento NSM - Cles (TN)
Stampato in Italia - Printed in Italy